Arno Schmidt

DAS ESSAYISTISCHE WERK ZUR ANGELSÄCHSISCHEN LITERATUR IN 3 BÄNDEN

SÄMTLICHE NACHTPROGRAMME UND AUFSÄTZE

BAND II

EINE EDITION DER
ARNO SCHMIDT STIFTUNG
IM HAFFMANS VERLAG

ARNO SCHMIDT

Charles
DICKENS

Charlotte, Emily, Anne und Branwell
BRONTË

(William) Wilkie
COLLINS

Lewis
CARROLL
(Charles Lutwidge Dodgson)

Stanley
ELLIN

James
JONES

Anhang:

Jules
VERNE

EDITORISCHE NOTIZ

Diese Lese-Ausgabe bietet gewissermaßen Arno Schmidts private Geschichte der englischen, irischen und amerikanischen Literatur; sie bringt sämtliche Nachtprogramme und Aufsätze in chronologischer Folge nach den Lebensdaten der traktierten Autoren. Aufgrund der besonderen Bedeutung, die Jules Verne für Arno Schmidt besaß, wurden die beiden Arbeiten über den französischen Autor als Anhang im zweiten Band mit aufgenommen. Da die Arbeiten über und um James Joyce die gewichtigsten und umfangreichsten sind, wurde ihnen ein eigener Band gewidmet. Die Texte erscheinen – soweit bereits in Buchform vorliegend – als vollständiger, vereinheitlichter Neusatz nach den Ausgaben letzter Hand, beziehungsweise nach der ‹Bargfelder Ausgabe›; alle Erstveröffentlichungen folgen Druckvorlagen aus dem Archiv der Arno Schmidt Stiftung. Eindeutige Druck- und Tippfehler wurden korrigiert. Nachweise der Erstveröffentlichungen am Schluß des Bandes.

KORREKTOREN WAREN
ERNST BOMMER, RUDI SCHWEIKERT UND TILO ECKARDT

UMSCHLAG, GESTALTUNG UND PRODUKTION:
URS JAKOB, CLAUDIA KOCHER, HAFFMANS VERLAG AG, ZÜRICH
SATZ: CLAUSEN & BOSSE, LECK
HERSTELLUNG: EBNER ULM
ISBN 3 251 80057 2

Inhalt

CHARLES DICKENS

7. Februar 1812, Landport b. Portsea – 9. Juni 1870, Gadshill Place

TOM ALL ALONE'S

Bericht vom Nicht=Mörder.

Sprecher:

3 Männerstimmen

A.: ältlich; zuweilen hart
B.: jung; oft feurig
C.: für Zitate; sehr wandlungsfähig

Alle müssen sie jedoch – weil Spiegelungen ein und desselben Mannes – nötigenfalls nervös sein können, ungeduldig; ja : unmenschlich !

C. (arzthaft=bedächtig; ein Attest, wenn auch über 1 sehr wichtiges Ob=Subjekt, wird abgegeben):

Am 23. April 1869 wurde ich aufgefordert, die Untersuchung vorzunehmen – zur Konsultation hatte ich meinen Kollegen, Herrn Doktor Beard, hinzugezogen.

Der Patient berichtete von – selbst bei ihm ungewöhnlicher – Reizbarkeit, der sich seit einigen Stunden starkes Schwindelgefühl beizugesellen begann; gepaart mit einer Tendenz, rückwärts zu gehen, beziehungsweise sich auf der Stelle zu drehen. Aufgefordert, einen Gegenstand auf das kleine Tischchen neben sich zu legen, stieß er dieses unbeabsichtigterweise um, und ließ dabei den Gegenstand fallen. Besonderes Gefühl der Unsicherheit wurde im linken Bein verspürt; zumal die Gegend der Ferse als ausgesprochen ‹unnatürlich› empfunden; dennoch vermochte er eben dieses Bein anzuheben, und es schleppte nicht nennenswert nach. Klage wurde über Fremdheitsgefühl im linken Arm und der linken Hand geführt : sobald er diese auf eine bestimmte Stelle legen wollte, wurde sie unweigerlich verfehlt, es sei denn, der Patient dirigierte sie sorgfältig mit den Augen. Bedürfnis, aber Unfähigkeit, die Hände – besonders wieder die linke – zum Haar und zum Gesicht zu führen; diese linke war auffällig rot und geschwollen.

Patient gab an, daß gestern, als er Oxford Street hinunter ging, er eine Zeit lang nur imstande war, die *rechte* Hälfte der Firmenschilder über den Läden zu lesen. Schon seit längerer Zeit war es ihm, obwohl unhäufig, begegnet, ein Wort beim Sprechen oder Vorlesen auszulassen; beziehungsweise es dann später im Satz, oftmals in verstümmelter Form, nachzuholen.

Der solchermaßen mehr als ausreichend definierte Zustand besagt einwandfrei, daß *(kleine besorgte Pause; dann, ehrerbietig und etwas lauter):*

Herr Charles Dickens

sich am Rande eines Schlaganfalles befindet, dem gegebenenfalls linksseitige Lähmung folgen dürfte. Ursachen hierfür sind zweifellos seine maßlose Überarbeitung; die sich immer noch steigernde fahrige Hast, und der hochbedenkliche Mangel an Ruhefähigkeit. *(Halblaut; wie in eine Privatkladde notierend):* Kalkül des letalen Ausgangs : Sommer Achtzehnhundert=Siebzig......

(langsamer Gong)

B.: Wie alt war er da ?

A.: 57.

B.: ‹Jeune encore›, würde ein Franzose sagen.

A.: Ein Mann, der derartig gearbeitet hat, ist in dem Alter verbraucht. *Jeder* fleißige ernstzunehmende Schriftsteller : auch beim 52=jährigen Lessing beobachteten seine Bekannten das gleiche gelähmte Tappen; die stokkende Rede mit den krankhaften Wortverwechslungen; wie oft sind nicht in den Briefen der letzten Jahre Buchstaben ganz ausgefallen : meinen Sie, daß Tieck umsonst von dem ‹mörderischsten aller Berufe› sprach ?

B.: Wollen Sie in das uns=geläufige, gemütliche Dickens=Bild hineinkorrigieren ? Ich fürchte fast, ja – denn auf dem althergebrachten sieht man ja nicht den unheimlichen Fünfziger, der seine linke Hand sucht; sondern vor allem die gutmütigen Hintergründe voll Plumpudding & Weihnachts=Schnee, rotbackig=lustigen Esquires und kuriosen Käuzen, nichts wie Mistletoe & Holly.

Zwar habe auch ich die unerträglich ‹geistreichen› Essays Chestertons übersatt : jeder einzelne ein Paragon des graziösesten auf=der=Stelle=Tretens. Nicht minder die allzu grobfädige Biederkeit seines ‹klassischen› Biografen Forster; bei dem man sich auf jeder zweiten Seite unwiderstehlich versucht fühlt, ein Kreuz an den Rand zu machen : wo er garantiert wieder mal Unangenehmes vertuscht hat. Und gar die Porträtskizze, die die Ur=Enkelin, Monika Dickens, 1949 für ‹Life› entwarf, ist platterdings unerträglich positiv : ‹Profil von rechts gesehen›; die übliche weiße Fratze.

Und Sie gedenken also jetzt eine *schwarze* zu geben ?

A.: Gerade im angelsächsischen Sprachraum ist man unterdessen doch 1 Stück weiter als bei uns.....

B. (einschaltend; rücksichtsvolle Bosheit): Wo wäre man das nicht ?.....

A. (fortfahrend): ..... dort sieht man ihn bereits als ‹Dämmerungsherren›. – Und lassen Sie *Uns*=heute, zur Beschleunigung des doch wichtigen Klärungsvorganges, die Spiegel *noch* etwas schärfer einstellen – erscheint doch gerade in diesen Jahren erneut eine vielbändig=kostbare Dünndruckausgabe des Gesamtwerkes – : wenn man das Stethoskop auf die *richtigen* Stellen in Biografie, Briefsammlungen, Werken, aufsetzt, vernimmt man unweigerlich das Gleiche, wie bei *allen* Ganz=Großen : *Gespräch eines Engels mit einem Riesentintenfisch* ! –

Unserm deutschen Grabbe hat man immer zugute halten wollen, daß er im Gefängnis aufwuchs – : es gibt mehr solche Fälle.

1812 wird Dickens in Portsmouth geboren; und muß natürlich einen Vater haben, dessen Couplet=Gesang nach Tisch in Freundeskreisen ebenso bekannt ist, wie seine klein=zerrütteten Umstände. Zweimal hat er diesen Vater gezeichnet : als Mister Micawber im COPPERFIELD, von geradezu erhabener Leichtfertig= und Possierlichkeit; das andere Mal als Mister DORRIT, im gleichnamigen Buche : als verlogenen, selbstsüchtigen Escapisten.

B.: Die Wahrheit liegt in der Mitte ?

A.: Nein. Die Wahrheit liegt bei Dickens grundsätzlich im *Spätwerk* : der Vater war, wie manche Väter, ein ziemlich verantwortungsloser Geselle.

B. (warnend): Sie wissen, was Sie sagen, ja ? Wollen Sie nur schockieren; oder können Sie den Nachweis antreten ?

A. (spöttisch): Arme Wahrheit – immer muß sie schockieren ! – / Der Vater landet unvermeidlich=bald im Schuldgefängnis Marshalsea, und lebt dort bohème=mäßig lustig – während die Frau verwelkt; und der zehnjährige Junge, der weiter nichts erträumt, als ‹auf eine Schule zu gehen›, für 6 Schillinge pro Woche an ‹Warrens Blacking› verkauft wird. – *(Absichtlich kühl & nüchtern):* Seine Arbeit besteht im Einfüllen von Schuhwichse in Büchsen.....

C. (halb stöhnend, halb knirschend): Wir arbeiteten – um der lieben Lichtersparnis willen – im *Ladenschaufenster* in Bedford Street; und waren so firm geworden, daß die Leute stehen blieben, und kopfschüttelnd der Schnelligkeit unserer Finger zusahen :

Schuhwichse rein. Eine Scheibe Ölpapier drauf. Bindfaden rum. Das Papier säuberlich abgeschnitten. Dann der Deckel. – : Bis es so appetitlich aussah, wie die Büchsen im Schaufenster einer Kosmetikerin.

Manchmal sammelte sich eine ganze Menge Leute – – *(halblaut; er schämt sich für einen Anderen):* – einmal, spät, kam *auch mein Vater dazu,* als wir besonders viel zu tun hatten : *ich wunderte mich kindisch, wie er den Anblick ertragen konnte !* .....

Mein ganzes Wesen wurde damals derart mit Gefühlen der Demütigung und des Kummers durchtränkt, daß ich noch heut – wo ich reich bin; beliebt; hochberühmt – oft in meinen Träumen vergesse, daß ich ein Haus & Frau & Kinder habe, und wieder als schwärzlich=fettiges Kind durch jene Straßen wandere. – Ich habe keinem Menschen bisher davon 1 Wort erzählt, nicht einmal meiner Frau.

B. (bedächtig=verarbeitend): Und hierzu dann noch die Interieurs des Gefängnisses addiert : die ‹schweren Jungen›, und die ‹leichten Mädchen›. Ein Wunder eigentlich, daß er dann später nicht *nur* ‹Mord=Epik› geschrieben hat.

A. (scharf): Hat er je etwas anderes geschrieben ? *Hat* er je ein anderes Thema gehabt, als Elende, Rebellen und Verbrecher ? Lassen Sie sich doch ja nicht durch die Buntheit der Oberfläche täuschen : seine ‹Behaglichkeit› ist nicht die ‹organische› des fetten Faultiers; sondern eines der Wunschbilder des verzweifelt=Fleißigen zur Selbstbetäubung !

Natürlich : Wie essen & trinken seine Gestalten nicht ! Aber haben Sie jemals daran gedacht, daß vielleicht eben deswegen der Verfasser ein besonderer Lieblings=Vertrauter des Hungers sein könnte ?

Nur wer lange in Lumpen herumlaufen mußte, sich und Andern zum Gespött, hat später den Ehrgeiz entwickeln können, sich, zusammen mit Lord Disraeli, als den ‹best angezogenen Mann der Vereinigten Königreiche› zeichnen zu lassen.

Und nur, wer als Kind so allumfassend arm gewesen ist, hat später den Zwang zum ‹Geldverdienen› derartig empfinden und ihm nachhängen müssen. Er gehörte zu jener Klasse Menschen, die, wenn sie einmal sehr unglücklich gewesen sind, nie wieder glücklich sein können – allen Anstrengungen, Tarnversuchen und Erfolgen zum Trotz – *(sachlicher):* Es ist übrigens auch eine Frage des Gedächtnisses; das bei Schriftstellern ja, aus Berufsgründen, immer extrem gut entwickelt ist.

B.: Vielleicht auch umgekehrt : nur *weil* das Gedächtnis gut ist, können sie an dergleichen Beruf denken. –

Dickens also klein vernachlässigt kränklich. Die Eltern versagen. Als ‹Milieu› Gefängnisszenen, und die englisch=unmenschliche Kinderarbeit jener Jahrzehnte. : Wie bringt er es überhaupt fertig, zu überleben ?

A.: Vermittelst zweier Wunschbilder; zweier ‹Längerer Gedankenspiele›. – Einmal hält ihn aufrecht, die Hoffnung, vielleicht *doch* noch lernen zu können. Und dann ein quer=zweites; beim ersten Mal – wie fast immer bei Dickens – recht putzig zu lesen.....

C. (nachdenklich=merkwürdig): So glatt und eben war die alte Chaussee; und *so* frisch die Pferde; und *so* flott ging die Fahrt – daß ich mich binnen kürzester Zeit zwischen Gravesend und Rochester fand. Schon war der Strom hier entscheidend breiter geworden, und trug Schiffe seewärts, weißbesegelt oder schwarzberaucht : als ich am Wegrand eines ganz merkwürdigen winzigen Jungen gewahr wurde.

»Hallo.« sage ich zu dem ganz merkwürdigen winzigen Jungen : »Wo wohnst denn *Du* ?«

»In Chatham.« sagt er.

»Was machst'nn Du da in Chatham ?« sage ich.

»Na, in die Schule gehn.« sagt er.

Ich laß ihn aufsitzen – hoppsallá ! – und weiter geht's. Auf einmal sagt doch dieser wirklich=ganz=merkwürdige=kleine=Junge : »Jetzt kommt gleich Gadshill – : könnten wir da vielleicht oben auf dem Hügel mal anhalten, und uns das Haus=da ansehen ?«

»Bewunderst Du das Haus=da denn so ?« frag' ich.

»Oh*ja*, Sir !« sagt mir da der merkwürdige kleine Junge : »Ich war noch nicht halb so alt wie jetzt – ich bin schon 9 ! – da bin ich immer hingegangen, und hab mir das Haus angesehen. Und einmal war mein Vater mit; und als er gemerkt hat, wie ich das Haus=da bewundere, hat er zu mir gesagt : ‹Wenn Du später mal *sehr* fleißig bist; und *ganz* viel arbeitest – dann *könnte* es theoretisch sein, daß Du in eben diesem Hause wohnen dürftest.› – Obwohl das, natürlich, unmöglich ist.« sagte der ganz kleine, äußerst merkwürdige Junge; und starrte unterdessen immer aus Leibeskräften aus dem Kutschfenster zu jenem Herrenhaus auf Gadshill hinüber....

B.: Nun sagen Sie bloß noch : das sei Dickens *selbst* gewesen. Und hätte später in jenem Hause gewohnt.

A. (unbewegt): Es *war* Dickens selbst. Und jenes Haus *hat* ihm später gehört. – *(eindringlichst vorgebeugt):* Lieber Herr : als der Mann starb, hinterließ er ein Vermögen von 10 Millionen !

(Gong)

B.: Wie kam solche Wendung ?

A.: Sein Vater war durch nichts mehr und nichts weniger zu ‹retten›, als durch eine kleine Erbschaft. Sie ‹fiel an›; und war groß genug, daß er sich, samt Familie, aus der Schuldhaft lösen, und seinen Jungen – eines von 8 Kindern – ein bißchen in die Schule schicken konnte.

B.: Ein erstes ‹Stop› : »ein bißchen« sagen Sie : was für eine Bildung besaß Charles Dickens überhaupt ?

A.: Sie können ihn nicht mit Ihren gewohnten deutschen Klassikern vergleichen – etwa Lessing – die ein halbes Dutzend Sprachen erlernten, und keine davon schlecht; und die meist ausgesprochen ‹wissenschaftlich veranlagt› waren.

B. (hineinmurmelnd): Genauer : ‹geisteswissenschaftlich›. Dafür kein Verhältnis zu Naturwissenschaft und ‹Realien›.

A.: Dickens hat *nie* ein nennenswertes Verhältnis zu irgend einer Art ‹Wissenschaft› gehabt; ihm fehlte jegliches Organ dafür; hier lag *eine* seiner Begrenzungen.

B. (protestierend): Beziehungsweise *Stärken* : er war ja doch wohl *Dichter* von Beruf, oder ?

A.: Lassen wir für heut die Frage beiseite : wieviel oder wiewenig Wissen einem Schriftsteller noch wohl anstehe. Beschränken wir uns auf Dickens. / Mit 15 Jahren ging er jedenfalls, und ziemlich freiwillig, schon wieder aus der Schule, und wurde zunächst Lehrling bei einem Rechtsanwalt.

B. (verständnisvoll): Ah : daher seine glänzenden Beschreibungen von ‹Büros›, von ‹Kanzleien›, und ‹kaufmännischen Angestellten› sämtlicher Spielarten.

A.: Ja. Aber er war viel zu energisch, viel zu bildhungrig für solch enge Sfäre. Vor allem wollte er rasch ‹vorwärts kommen›, ‹Geld verdienen›. Anderthalb Jahre hielt er bei jenem Rechtsverdreher aus.....

B. (mahnend; man soll ja, theoretisch, möglichst keine Berufsgruppe geschlossen attackieren): ..... Rechts=*Verdreher* ?.....

A.: Bei Dickens erscheint fast *nur dieser* Typ. Sein profundes Mißtrauen gegen Justiz und Staat werden Sie später noch als eines seiner schön=bedeutenden Charakteristika erkennen. Vom Mai 1827 bis November 28 also, dient er dort, in Knechtsgestalt, im Dunstkreise der Justitia.....

B. (abweisend): Warum auch nicht ? : Kein 15=, 16=jähriger ist ein Genie !

A.: Gewiß nicht : *aber er kann eins werden !* – Wohl dem Vorgesetzten, der das ahnend erkennt – andernfalls steht ihm ein furchtbar=zukünftiges Porträt bevor. / Dickens also überblickt kühl und sachlich die ‹Verdienstmöglichkeiten›. Und entschließt sich, *Stenografie* zu lernen.

B. (befremdet): Was heißt hier ‹entschließt sich› ? Tut das heutzutage nicht jede simple Stenotypistin ?

A.: Jaaa; so ‹hundertzwanzich=Silben›; das schon. Aber Dickens, wie sich's geziemt, wollte *mehr*; er wollte auch in dieser Richtung das ‹Höchste› werden : *Parlaments=Stenograf !* Und da geht es ja oft – zumal wo man noch Demokratie hat; Opposition contra Koalition; und nicht nur, wie bei uns Deutschen leider allzuhäufig, a capella Chöre von Yes=Männern – : da geht es *lebhaft* zu ! Da braucht man 4= und 500 Silben, Sigel und Debattenschrift. – In späteren Jahren pflegte Dickens zu urteilen..... :

C. (ruhig): Ich setze das Erlernen der Stenografie dem von – sagen wir – 6 Sprachen gleich. Wie oft habe ich nicht, anläßlich wichtiger politischer Reden, bei denen *absolute, wörtliche* Verläßlichkeit sich von selbst versteht, und der geringste Fehler einem jungen Manne wie mir ohne weiteres, bezüglich seiner künftigen Laufbahn, das Genick gebrochen haben würde : *wie oft* habe ich dergleichen nicht im Regen, inmitten einer erregt brandenden Menschenmenge aufnehmen; und anschließend, im Halbfinstern, in einer halsbrechend dahinjagenden Postkutsche, auf der Fläche meiner Hand, in Langschrift, ins Reine schreiben müssen !

B.: Immerhin : hat er das auch genau beurteilen können ? Ich meine : das richtige Erlernen von auch nur *einer* Sprache nimmt ja schließlich ebenfalls Jahrzehnte in Anspruch.

A.: Zugegeben; das konnte er nicht beurteilen; er hat erst als Mann Französisch, und ein bißchen Italienisch gelernt. Aber mit dem Erwerb *einer* Sprache ist es mindestens vergleichbar, und zwar in *Dolmetscher*=Stärke : hier wie dort ist die gleiche, elektronengehirnhafte Reaktionsfähigkeit erforderlich – ich bin *sehr* dafür, daß gerade diesen Berufen Anerkennung wird. / Psychologisch anmerkenswert wiederum dies Kuriosum noch : Forster weiß zu berichten, daß, wenn das Tischgespräch angeregt wurde, die Argumente und Aperçus durcheinanderflogen : Thackeray, Carlyle, Maclise, Gladstone, Collins und Hogarth; und auch Dickens aufflammte, in Replik und Duplik – – : *dann fing die Hand des Mannes an, auf dem Tischtuch klein=krause Schnörkel zu ziehen, als hielte sie einen Bleistift, immer rasender, immer exakter : er stenografierte zeitlebens mit, ein dazu=Verurteilter, bis an sein Ende !*

B. (bedächtig): Sieh da. Kam es ihm also ‹zugut› : seine Fähigkeit, Gesprächsfetzen, Gestalten, Situationen, auf der Stelle, blitzschnell, für immer zu fixieren. – *Sehr* gut ! Wäre demnach, zur Schulung der Reaktionsfähigkeit, der Exaktheit, des Materialsammelns, jedem Dichter die Stenografie zu empfehlen ?

A.: Dazu müßten wir erst den Begriff des ‹Dichters› näher definieren. / Halten wir lieber fest das Bild des 20=jährigen Dickens : ein Wesen, wie aus Federstahl geschmiedet; dahinjagend in Kutschen, von allen vorbeisausenden Laternen gehenkert; sich durch wirbelnde Menschenmassen nach vorn schulternd, bis zur Rednertribüne; die Hand am sausenden Webstuhl der Zeit. – Da ist es ja nur noch eine Frage von kurzen Jahren, daß er anfangen wird, das was er sieht oder gesehen hat, was ihn umgibt oder umgeben hat, *(bedeutsam): uns vorzustenografieren.*

(Gong)

B.: Achso; das Entscheidende demnach : er kommt also *nicht* auf ‹gelehrte› Weise zum Schriftstellerberuf ? Er studiert *nicht* lange und sorgfältig große Vorbilder; denkt *nicht* nach über Konstruktion, Sprache, Vokalharmonie ?

A.: Nein; zunächst gar nicht. – Auf seinen zahllosen, fast täglichen Fahrten, bei Tag & Nacht, durch Stadt & Land, sieht er alle möglichen Szenen, zuweilen in extremen Beleuchtungen, und berichtet sie schlecht & recht : so entstehen die LONDONER SKIZZEN des Einundzwanzigjährigen.

B.: Demnach ganz à la ‹Ich singe, wie der Vogel singt› ? Wie das Volk sich den ‹echten Dichter› gern vorstellt ?

A.: Jawohl; genau so. – *Leider* hat Dickens ganze lange Jahre hindurch so geschrieben – und das Ergebnis war ja denn auch danach.

B. (protestierend): Wieso ? : Ergötzt sich an PICKWICK nicht heut noch eine Welt ?

A.: Wollen wir ihn bitte erst noch ganz schnell – *zu* schnell ! – verheiraten : mit der ältesten Tochter eines Journalisten=Kollegen, Catherine Hogarth, die ihn im Lauf der Jahre mit 10 Kindern ‹beschenkte›; und redlich das ihrige dazu beigetragen hat, ihm Farben für das reduziert=verlogene Weltbild seiner ersten Periode zu liefern.

B.: Das sind starke Ausdrücke für Bücher voller Gestalten, die Vielen von Uns vertrauter sind, als die Nachbarn im Wohnort selbst !

A.: Am 31. März 1836 jedenfalls kündigt die TIMES die 1. Nummer des PICKWICK an; von ‹BOZ›.....

B. (unterbrechend): Wie kam er eigentlich zu dem bekannten kuriosen Pseudonym ?

A. (ungehalten): Ach; das ist ein arg weiter Nebenweg, auf den Sie uns da führen – : Dickens hatte einen jüngsten Bruder, Augustus. Da der einem der Primrose=Söhne in Goldsmith' VIKAR VON WAKEFIELD zu gleichen begann, wurde er im Familienkreise wie der Betreffende, ‹Moses› genannt : nun sprechen Sie das einmal aus, wie wenn sie Stockschnupfen hätten.....

B. (gehorsam=quetschend): Bosses.....

A.: Und aus solchem ‹Bosses› wurde durch vereinfachende Abbreviatur in der Familiensprache ‹Boz›. – *(unwillig):* Sie müssen aber auch *Alles* ganz genau wissen!

B.: Das haben *Sie* mich schließlich gelehrt. – Aber, bitte zurück zum PICKWICK, von ‹Boz›.....

A.: Den Titel=Namen lieferte ein Fuhrunternehmer in Bath – und Dickens fing eben an zu schreiben. Hatte keine Ahnung, wie es ‹weiter gehen› würde; vom ‹enden› noch ganz zu schweigen. Kein Personenverzeichnis lag fest. Nicht einmal der Charakter der in den ersten Nummern Auftretenden ist gleichmäßig durchgehalten : eine Liederlichkeit herrscht in dieser Beziehung im ganzen Buch, die ich eigentlich immer, schon als Junge bei der ersten Lektüre, als *Beleidigung* aufgefaßt habe.

B.: Könnten Sie nicht, etwas vornehmer, von ‹kompositorischen Brüchen› sprechen?

A.: Nein! Denn ein solches Verfahren wäre heutzutage jedem Schriftsteller, der es ehrlich meint, einfach vor sich selbst nicht mehr möglich. Dergleichen Aneinanderreihung von Anekdoten und Schnurren – die genau so gut in ganz anderer, völlig beliebiger, Reihenfolge stehen könnten! – kann nur Leser nicht stören, die sich eben eine leere Stunde unverbindlich schmunzelnd vertreiben wollen. Hinzutritt eine oft unbegreifliche Unsorgfalt der Sprache, wie sie die Prosa leider so lange diskreditiert hat; sodaß Lyriker sich zeitweise rühmen konnten – und zum Teil noch heute rühmen – daß *nur sie* wüßten, was zwischen den 4 Ecken einer Buchseite möglich ist.

B.: Hier widerspreche ich : es gibt doch *glänzende* Episoden und Schilderungen darin, hinreißende ‹whims & oddities›.

A.: Was ich ja gar nicht geleugnet habe. Manches ist gut beobachtet; Manches wirklich lustig – obwohl gerade dabei viel Krampf unterlaufen ist, viel ‹Humor um jeden Preis›. / Was den Inhalt angeht – denn in diesen sind Sie ja geschickt ausgewichen – so ist das Schlimmste daran die berüchtigte ‹Viktorianische Welt›; die, was Verlogenheit, Prüderie und ‹cant› betrifft, ja zum Symbol *aller* Bürgerwelten geworden ist : *ihr* zu lange gedient zu haben; *sie* um 1 wichtigstes Alibi bereichert zu haben, ist die schwere Schuld des jungen und mittleren Dickens! : Wenn ein solcher Mann sie derart liebevoll darstellte, ja verklärte & feierte : tja dann *mußte* aber doch etwas daran sein! Dann *bestand* die Welt eben aus schwarzen Schurken – meist schon körperlich mißgebildet=‹gezeichnet›; und weißen Helden, jung schön & glühend. Oder die grauslichen Kinderbräute, die puppenhaft schmollenden; körperlich & geistig von einer *so verlogenen* Naivität und Unschuld, daß man ohne viel Mühe – von dieser Seite her –

die Verachtung begreifen kann, mit der der größere James Joyce Dickens stets behandelt hat.

B. (achselzuckend): Er hat dennoch Millionen Leser gut unterhalten : ist das nicht die Aufgabe des Schriftstellers ? Und beste Wirkungen erzielt : ist es nicht statistisch festgestellt worden, daß nach jedem Erscheinen eines seiner Romane die Bettler mehr Almosen erhielten ?

A.: Lassen Sie mal die ‹Aufgabe des Schriftstellers› beiseite – sie könnte ja vielleicht auch darin bestehen, ein *richtiges* Bild der Welt zu liefern : *Betrunkene* sind fast nie so ‹lustig› wie bei Dickens ! Kinder fast nie so rührend. Und *Frauen* ? : Also man braucht wahrlich kein ‹Wumshäter›, kein ‹Misogyn› zu sein; und sich gar nicht hypochondrisch=faunisch über Klo's und Monatsbinden aufzuregen; um die Dickens'schen Weibsgestalten als seine dubioseste Leistung zu erkennen.

B. (unwillig): Ja, was lassen Sie denn dann überhaupt noch Gutes an ihm ? Könnte es nicht auch sehr wohl sein, daß er bewußt – um sich nur erst einmal vor den Nachtmahren seiner Kinderjahre zu retten – absichtlich die Augen vor Vielem schloß ?

A.: Mag sein. – Aber der frühe und mittlere Dickens liefert dennoch das peinliche Schauspiel eines schrecklich volkstümlichen Schriftstellers, der sein Handwerk liederlich betreibt – ein ‹Meister der Fehlkonstruktion›, wenn Sie so wollen : auf diese Weise *kann* wohl einmal ein Treffer gelingen; das Meiste aber ist zu, und sei es noch so ‹rührendem›, Pfuschwerk verdammt. / Gehen wir die Stücke getrost rasch einzeln durch : das zweite war der OLIVER TWIST ...

B. (angeregt): Na also ! : schildert er eben da nicht realistisch genug die Londoner Verbrecherwelt ?

A.: Achduliebezeit ! – ‹Realistische Verbrecherwelten› finden Sie nicht einmal beim – in dieser Beziehung zu Recht berühmteren – Dostojewski : selbst der nur mittelmäßig erfahrene Polizeibeamte in irgendeinem ‹Sankt Pauli› oder ‹Harlem› weiß, und erfährt täglich, Komplizierteres und Übelriechenderes bezüglich ‹Schuld & Sühne› ! / Nein : am TWIST ist das Merkenswerteste, daß er in späteren=klügeren Jahren die Gestalt des Verbrecher=Juden Fagin bereute; und sie – ‹conscience=money› – nunmehr mit einer, allerdings auch wieder unglaubwürdig=weißen konterte, dem Riah des MUTUAL FRIEND : er hatte die Gefährlichkeit jenes ersten Klischeebildes allmählich eingesehen; und wollte sich selbst von der Aufhetzung zu Pogromen freisprechen können.

B.: Wie ist's mit NICKLEBY ? – Oder nein; lieber nicht; da liegt das Verhältnis auch allzudeutlich in den Einzelepisoden. – *(überlegend):* Hmmm. – : was bezeichnen Sie denn als den ‹Glückstreffer› seiner beiden ersten Perioden, als er noch, ohne Plan, so – *(merkbar protestierend):* herrlich erfrischend drauflos schrieb ?

A.: Den hat zwar schon Edgar Poe genügend angezeigt – der die spätere Entwicklung Dickens' leider nicht mehr erlebte – : es ist der erste Teil von MASTER HUMPHREYS WANDUHR, der ANTIQUITÄTENLADEN.

B.: Halt; ehe wir weitergehen eine für den Deutschen *ganz* wichtige Frage : was ist denn die beste Übersetzung bei uns zulande ? Die, in der wir Dickens grundsätzlich lesen sollten ?

A.: Also, auf die Gefahr hin, daß wir wegen ‹Geschäftsschädigung› von irgendeinem Tollbrägen von Verleger verklagt werden – : die, *meiner* Ansicht nach, mit Abstand beste deutsche Übersetzung, ist die von Gustav Meyrink; die 1909–14 in 16 Bänden bei Langen in München erschien. Sie ist *fast* vollkommen.....

B. (einfallend): Warum doch wieder nur ‹fast› ? – Ich hatte gerade mit Vergnügen endlich wieder einmal den Namen ‹Meyrink› gehört – und dann gleich wieder dies=Ihr entsetzliches ‹fast› !

A.: Ach es sind Kleinigkeiten nur, Minutien Adiaphora Quisquilien. Etwa wenn er in BLEAKHOUSE den Londoner Straßenkehrerjungen Jo *wienerischen* Dialekt sprechen läßt : dieser Floridsdorfer Wortschatz stört doch arg bei einer Hafenstadt mit Nebel, Regen und Wind; er hätte ‹organischer› doch wohl die geografisch ähnlichst=situierte Stadt des deutschen Sprachgebiets, also Hamburg, wählen müssen – was er aber eben nicht konnte, er *war* nun mal Österreicher. Trotzdem : *Meyrink ist der Mann.* Die Ausgabe müßte unbedingt wieder erreichbar gemacht werden; ich erinnere mich noch, wie sie, so um 1930, dann über Tietz verramscht wurde – ich habe mir damals, als Junge, 2 Bände davon kaufen können.

B.: Sehr schön. Ich notier' mir's. – Aber nun zurück zum ANTIQUITÄTENLADEN.....

A.: Nach zunächst wieder recht planlos=einleitendem Umhergetaste, Anekdoten= und Geschichten=Erzählen – einmal will er sogar, probeweise, den unwiderstehlichen Sam Weller wieder einführen ? Läßt die ‹Idee› dann aber gottlob doch wieder fallen : es ist manchmal bemitleidenswert anzusehen, dies Dickens'sche Gefummle ! – nach längerem Hin= und Hergetaste also, bricht die Geschichte dann doch aufs schönste um ihn herum aus. Gerade *weil* die Verknüpfung der Fabel mit der Realität in diesem Buch *besonders gering* ist; gerade *weil* es eine Sammlung von so fantastischen und quer=gegrillten snapshots geworden ist : eben *deswegen* kann man es als Kunstwerk=für=sich würdigen.

B.: Bitte, übersetzen Sie's ins praktisch=verständliche.

A.: Die Beschreibung des Ladens selbst / der alte kindische Spieler, der wieder ‹Grünes› sehen will / der Zwerg Quilp in seiner verrotteten Werft am Flußufer / Sampson Brass und seine komisch=verruchte Schwester / Dick Swiveller und sein dürres Marquisen=Dienstmägdlein / Kit und das Pony / die Puppenspieler, die auf dem Friedhof ihre Marionetten reparieren / ‹Jarleys Wachsfigurenkabinett› / Der Mann vorm Hochofen / und die gutmütig=saufenden Schiffer des Schleppkahns – : das Ganze ist *so* luftig gewebt, obwohl aus irdenem Material, daß man nicht mehr in Versuchung gerät, es kritisch mit irgendwelcher ‹Wirklichkeit› zu vergleichen.

B. (aufmerksam): Sie wollen, wenn ich Sie recht verstehe, damit sagen : wer nicht imstande wäre, die volle Wirklichkeit zu schildern, der sollte sich, wollte er dennoch ein komplett=großes Kunstwerk erzielen, schon gleich *so* weit von der Realität entfernen, daß man gar nicht mehr auf den Einfall käme, ihn damit konfrontieren zu wollen ? Also etwa=etwa – um praktisch=unpraktische Beispiele anzuführen – : Hoffmann BRAMBILLA ? Tieck ECKBERT. May DSCHINNISTAN.

A.: Sie brauchen nicht *nur* Märchen anzuführen – die sind ja nur die *aller*letzte Konsequenz dieser Richtung, diese ORPLID oder ANGRIA & GONDAL. Nennen Sie getrost auch ‹gebundenere› solcher in sich geschlossener bedeutender Stücke, die man zu guter Stunde immer goutieren kann : Stifters HOCHWALD; Mörikes NOLTEN; Emily Brontë's WUTHERING HEIGHTS.

B.: Sie gehen aber ziemlich weit bei Ihrer Herzählung reduzierter, oder, wohl besser, ‹leicht abgelöster› Welten.

A. (ablehnend): Noch längst nicht weit genug. Die wirklich guten, im höchsten Sinne realistischen Stücke, sind ja ganz selten. / Jedenfalls ist dieser ANTIQUITÄTENLADEN des Charles Dickens ein Meisterstück ! Der anschließende BARNABY RUDGE sinkt sofort wieder dagegen ab; wenn er auch immer noch weit besser ist, als die ihn umgebenden Bände.

B.: Immerhin – das heißt, abgesehen von der Qualität seiner Romane, über die ich übrigens noch weitgehend uneinig mit Ihnen sein möchte ! – immerhin ist er damit nun doch schon ein berühmter und reicher Mann geworden. Denn der Erfolg war doch spontan und unerhört ?

A.: Ja : von der 1. Nummer des PICKWICK wurden *400* verkauft – von der 15. waren es schon *40.000* ! – Heute werden die hellgrünen Hefte jener ersten Lieferungen, 32 Seiten mit je 2 Illustrationen, wie sie monatlich erschienen, von Bibliotheken und Liebhabern mit *Gold* aufgewogen.

B.: Sie sagten eben ‹Illustrationen› . . . . . ?

A.: Ja; *das* war *sehr* wichtig : daß Dickens gleich die kongenialen Zeichner fand ! Was Cruikshank oder Hablot K. Browne in dem winzigen Format geleistet haben, ist höchstens noch mit Chodowiecki zu vergleichen. Da sieht man so recht, was ‹zeitgenössische› gute Illustrationen ausmachen; dadurch sind diese Bücher noch mehr Organismen für sich geworden : mindestens 20 % des Erfolges gebührt ihnen !

B.: Und die Einnahmen ?

A.: Sind anfänglich *nicht* dementsprechend gewesen : Dickens hatte zunächst Verträge abschließen müssen, wie man sie eben einem Unbekannten, dem literarischen Anfänger bietet; und der Verleger war Schufts genug, ihn auch späterhin, als die Goldgrube handgreiflich wurde, daraufhin festzunageln. Gottlob war der Edelganove letzten Endes doch der Dumme : als Dickens seinen Teil redlich erfüllt hatte, ging er – sehr begreiflich ! – zu einem anderen Verlag über; und jener Bube, übermütig geworden, verspekulierte sich doch letztlich auch. / Immerhin; wenn er zunächst auch noch nicht die Riesengewinnste späterer Jahre einheimste : Dickens konnte, mit Frau und rasch anwachsender Familie, reichlich und großzügig leben – und tat es auch. Weite Reisen und Auslandsaufenthalte sind das Kennzeichen der nächsten, seiner 2. Periode; von 1840 bis 50.

(Gong)

B.: Er reist also viel und gern – könnten wir das nicht in einen tüchtigen Lehrsatz bringen, ‹der auch was setzt›, und den man sich leicht merken kann; etwa : ‹Dichter reisen gern› ?

A.: Erstens nicht immer. / Und zweitens war es bei Dickens kein Zeichen von Neigung zu fröhlicher Geselligkeit; gar nichts Lustiges oder Angenehmes : hinter dem prachtvollen Porträt von Maclise – dem vielleicht *schönsten* ‹Dichterbildnis›, im volkstümlichsten Sinne – lauern Unheimlichkeiten aller Art. Sein Reisen war von schrecklicher, nervöser Unersättlichkeit ! Man kann schon verstehen, daß seine einfacher gefügte Frau allmählich jegliche Fassung verlor, wenn sie nichts sah, als ein rasendes Leben nach der Formel ‹working & walking›.....

C.: 8 oder 14 Tage lang kann ich durchaus an einem abgelegenen, ja einsamen, Ort sein, und aufs prächtigste schreiben – aber dann weiterhin Tag um Tag : das ist unmöglich ! Meine Gestalten fangen unverzüglich an zu stagnieren, wenn mich äußerlich keine *Menschenmassen* umgeben. Die augenblickliche Abwesenheit von langen, lampenerleuchteten Großstadtstraßen beeinflußt mich in ganz eigentümlicher Weise. Am Tage trage ich kein Verlangen danach; aber wenn es dann gegen Abend geht, fehlen sie mir über alle Beschreibung – *ich muß einen Ausflug nach Paris unternehmen, und nächtliche Straßen sehen !*

A.: Immer wieder haben ihn die Freunde geschildert, wie sie ihn schon von weitem in den Straßenzügen von Hampstead sahen : wie er sich selbst bei der Brust faßte, mit den Gestalten seiner Bücher debattierte, und sofort dem Klang seines=ihres Gelächters lauschte. / Wenn er abends nicht einschlafen konnte, stand er kurzerhand auf, und ging in die Nacht; kam zum Frühstück zurück; und fing dann an, zu schreiben – *(mit Nachdruck):* Aber er ging nicht etwa *langsam*, er *‹spazierte›* nicht : *rasend schnell lief der Mann 50 Kilometer weit* ! : Rastlos nach Erholung suchend.

B.: Er brachte ja aber auch die Fülle der Bilder mit heim, die er dann über seine Bücher ausgestreut hat – *(stutzend):* merkwürdig allerdings, daß ihm – wo er doch dann so viele Sonnenaufgänge gesehen haben muß – Nebel & Regen immer am besten geglückt sind.

A.: Und Finsternis. Ja; er wurde allmählich realistischer; besser. / Aber zunächst seine Reisen : die Berichte darüber sind leider ziemlich unbekannt, weil meist nicht in die Serien der ‹Gesammelten Romane› aufgenommen; und doch gaben ja gerade sie Dickens die Gelegenheit, die ‹Reporterseite› seiner Natur endlich einmal sattsam auszuleben – was den späteren Romanen dann sehr zugute gekommen ist.

B.: Wie das ?

A.: Er scheint im Laufe jenes Reise=Jahrzehnts eingesehen zu haben, daß seine frühere ‹Technik› – in Anführungsstrichen – *keine* war. Dieses blindlings=Aneinanderreihen von Miniaturen und Döntjen, und seien sie noch so nett, *zerstört* unweigerlich das Gesamtbild eines Kunstwerks; beziehungsweise verhindert überhaupt das Zustandekommen eines ‹Gesamtbildes›. Beim Reporter dagegen, der über eine Reise berichtet : *da* ist es die gegebene, organische, ‹natürliche› Art zu schreiben, diese Nicht=Form. *Dem* fällt Alles zu, von Augenblick zu Augenblick; *Der* braucht nur Auge zu sein, und mit=stenografierende Hand : bei *Dem* ist Buntheit, Verdienst, und wirkt überzeugend.

B.: Achso; Sie meinen : er sah ein, daß die Scheckigkeit seiner bisherigen Bücher einem anderen, untergeordneteren Gebiet des Schrifttums angemessen sei ? Denn ‹Reportage› ist ja Gebrauchsliteratur. – Daß man also ein schönes Gewand nicht aus tausend Flicken machen könne; und dabei noch – und zwar nach bloßem Augenmaß – von einer Manschette aus zu nähen anfangen.

A.: Ja. Man gewinnt doch unabweisbar den Eindruck, daß er damals endlich die beiden großen Gebiete, für die er begabt war, reinlich zu scheiden begonnen hat – sagen wir übrigens, richtiger : die beiden Gebiete, für die er sich *trainiert* hatte; gegen den Begriff der ‹Begabung› hat er mehrfach protestiert : *‹I would'nt have it as a gift !›*

B. (amüsiert): Sehr nett.

A.: Vom Augenblick dieser Einsicht an, leistet er sogleich Besseres. / Schon seine Beschreibungen von Italien, der Schweiz, Frankreich, sind munter genug; obwohl noch zu subjektiv gefärbt. Die brieflichen Schilderungen der Ausflüge nach Wales, Cornwall oder Schottland sind bereits darüber zu stellen.....

B. (unterbrechend): ‹Briefliche Schilderungen› ? : War er *so ‹reich›*, daß er kostbare literarische Formulierungen und Schilderungen ungenützt in Privatbriefen deponiert lassen konnte ?

A.: Oh nein; *so* reich war noch *Keiner*. – Er hat die betreffenden Briefe jeweils an Ort & Stelle niedergeschrieben – gewissermaßen nur eine andere Art, Tagebuch zu führen – und dann später, bei Abfassung und Zusammenstellung des betreffenden Buches, reichlich wieder darauf zurückgegriffen. Es ist recht interessant, die beiden Fassungen dann miteinander zu vergleichen.

B.: Sie verlangen aber auch gleich wieder viel : ‹Fassungen miteinander vergleichen› ? Welcher Leser tut das schon; beziehungsweise : wer hat Zeit dazu ?

A.: Leider tun das viel zu Wenige : neben der unvermeidlichen Lektüre von ‹Einzelbüchern›, sollte jeder Leser 2, 3 Leute haben, von denen er aber auch schlechterdings *Alles* kennt; jede Zeile, die sie schrieben; jeden Brief; jedes biografische Schnitzelchen. / Aber wir haben keine Zeit für, selbst wichtige, Exkurse : die Perle von Dickens' Leistungen in jener Sparte der ‹angewandten Literatur› sind jedenfalls seine NOTIZEN ÜBER AMERIKA.....

C.: Lieber Leser : falls Du deinen Hut aufhaben solltest, nimm ihn bitte ab, damit Dein Haar ungehindert zu Berge stehen kann !

Man kann sich einfach nicht vorstellen, was in den USA an Husten und Spucken geleistet wird; die vergangene Nacht brach alle bisherigen Rekorde : mein *Ehrenwort* darauf, daß ich heute früh meinen Pelzmantel ausbreiten, und die halbgetrockneten Aulen mit dem Taschentuch überall davon herunterwischen mußte ! Man sah mir dabei zu, und schien überrascht, daß ich so ‹gewählt› wäre. Ich hatte ihn gestern Abend auf den Stuhl neben mich gelegt, und da lag er denn unter dem Kreuzfeuer von 5 Mann. Alle spuckten freisamlich herum; ins Kaminfeuer die Anständigen; die Meisten jedoch einfach auf den Fußboden; und Einer schnäuzte sich sogar die Nase mit den Fingern : *mitten auf den Teppich !* Freilich war es ein ‹Senator›; was, wie ich mir habe sagen lassen, einem Mitglied unsres *Oberhauses* entspricht. Zur Zeit des Zubettgehens sah der Fußboden jedenfalls aus, als sei er mit Austern gepflastert.

B. (schaudernd): Brrr. – Hätten Sie nicht eine appetitlichere Schilderung auf Lager ?

A.: So viel Sie wollen. Dickens besuchte damals ja vielerlei : Gefängnisse, Armenhäuser, Schulen, das ‹Weiße Haus›. Guckte, der lieben Komplettität halber, auch einmal 3 Schritte weit in eine ‹Prärie› hinein, und beschrieb sie dann fachmännisch seinen Landsleuten – Reporter müssen nun einmal so sein. Er war allerdings fast in keinem Falle ‹überwältigt›.....

C.: Aber mit welchen Worten soll ich *Ihn* schildern; ihn, den Mississippi=selbst, den ‹Vater der Ströme› – – *(absichtlich banal):* der, Dank sei dem Himmel, keine Kinder hat, die ihm gleichen.

: Ein ungeheurer Graben, manchmal 2 oder 3 Meilen breit, voll flüssigen gelben Schlamms, der sich mit einer Geschwindigkeit von 3 Metern pro Sekunde dahinwälzt. Die Ufer niedrig; die Bäume zwerghaft; die Moräste voll von Fröschen. Die elenden Hütten weit auseinander zerstreut, ihre Bewohner hohlwängig und blaß; das Wetter entsetzlich drükkend, Moskitos in allen Winkeln und Spalten; Koth und Schlamm überall und *auf* Allem; *nichts Schönes zu sehen : das viehischste Gewässer, das je durch ein Land floß !*

A.: Auch in den USA gibt es ‹kleine Jungen›; und Dickens schildert sie uns getreulich.....

C.: Als ich wieder zu meinem Kutschsitz emporkletterte, sah ich ein neues Paket auf dem Dach liegen, das ich für eine Art Cello in seinem braunen Sack hielt. Nachdem wir jedoch einige 10 Meilen zurückgelegt hatten, entdeckte ich, daß das Instrument an dem einen Ende ein Paar dreckige Schuhe besaß, und an dem andern eine Lackledermütze. Weitere anhaltende Beobachtung ergab, daß es ein kleiner Junge in einem schnupftabakfarbenen Rocke war, die Hände tief in die Taschen gestoßen. Er lag da, das Gesicht nach oben, so daß der Regen frei darauf niederprasseln konnte, und rührte sich nicht; ausgenommen wenn eine leichte Veränderung seiner Lage seine Schuhe mit meinem Kopf in Berührung brachte; er schien zu schlafen. Endlich, als wir Harrisburg erreichten, wo wir die Pferde tränken wollten, richtete sich dieses Wesen zu einer Höhe von vollen 1 Meter 10 *auf – lange* ruhte sein Blick auf mir, mit einem Ausdruck, in dem sich Gemütlichkeit und nationales Selbstbewußtsein mit einer liebenswürdigen Herablassung zu reisenden Barbaren aus fern=unreinlichen Welträndern paarten – dann redete er mich, gähnend & gönnerhaft, mit schrillster Kinderstimme also an : »Na, stranger ? ! – So ist das Wetter bei Euch drüben, in England, nachmittags manchmal wohl auch fast, heh ?«

B.: Da werden sich die Yankees – die ja bereits damals wie heute von ihrer führenden Rolle in der Welt arg durchdrungen waren – nicht gerade gefreut haben, daß der berühmte Schriftsteller sie, ob Sklavenwirtschaft ob Copyright, so unerwartet kritisch skizzierte ?

A.: Zumal unmittelbar darauf noch zusätzlich der Roman erschien, in den er das Material *noch* voller hineinarbeitete, der MARTIN CHUZZLEWIT. Da begannen denn, für die nächsten 3 Jahre, die meisten amerikanischen Besprechungen seiner Bücher dann wörtlich : ‹Herr Dickens, der bekannte englische Schuft und Lügner, hat sich wieder einmal mehr bemüßigt gefühlt.....›; undsoweiter.

B.: Er hat sich also im Ganzen anscheinend *jahrelang* im Ausland aufgehalten ?

A.: Wenn man alles zusammenrechnet, bestimmt. 3 Sommer hintereinander verbrachte er im französischen Boulogne; Monate in Genuesischen Villen und Palazzi – die Schilderungen gerade dieser italienischen Aufenthalte, wirken vor allem deswegen ‹anders›, weil Dickens so gar keine Ahnung von Kunst und Antike hatte; und sich, sehr richtig, nun auch gar nicht krampfhaft abquälte, gelehrte Kenntnisse zu erheucheln.

B.: Das finde ich *sehr* erfrischend : von diesen ganzen Leuten sind doch eigentlich nur 2 noch lesbar : Aristofanes und Luzian.

A.: Bleiben wir vorsichtshalber bei Dickens. Halten wir fest, daß er auch auf Reisen seine menschenfresserischen Lebensgewohnheiten beibehielt : wenn ihm im Dorfgasthaus die Nachricht wurde, daß seine Post in der nächsten Kleinstadt lagere, und heute kein Fuhrwerk mehr aufzutreiben sei – dann ging er flugs los, 20 Kilometer hin, 20 Kilometer zurück; und las noch am selben Abend, was Bulwer ihm zu schreiben hatte, was Victor Hugo, oder der Ninive=Layard. / Ein *ganz* großer Anziehungspunkt war zeitlebens das Theater.....

C. (angeregt): Bei weitem die beste Leistung habe ich gestern Abend im ‹Ambigu› gesehen. – Der alte Lemaître spielte die Hauptrolle; und *nie* bisher, in *keiner Kunst*, ist mir etwas so Grausiges und Fantastisches aufgestoßen ! Es war doch wohl ein Äußerstes an schauspielerischem Können. / Als er in der Gaststube den Reisenden trifft, den er nachher ermorden wird, und das erstemal dessen wohlgespickte Börse sieht, und wie dabei der erste Gedanke an das Verbrechen ihn überkommt – an Augen und Händen sah man's vor Allem ! – war ebenso wahrheitsgetreu wie schrecklich. Der betreffende Reisende, ein netter Mensch, lädt ihn zu einem Glas Wein ein : nun hättest Du die vage Erinnerung besserer Tage sehen sollen, die ihn überkam; wie er das Glas entgegennahm, und in einer ganz merkwürdigen, wie halb betäubten Art damit umhertastete, als entsinne er sich eines Gebrauches, daß man ‹anstoße› in guter Gesellschaft ? Aber das Glas klang nicht – und auf einmal setzte er an, und stürzte den Inhalt hinunter, als müsse er einen Innenbrand löschen. / Aber das war noch gar nichts : wie wurde nicht sein verrucht=knotiger Spazierstock zum Vertrauten und Komplizen, von dem Augenblick an, als das Projekt eines Mordes ihm einkam : wie lehnte der Knüttel da nicht an der Bank zwischen ihnen ! Halb prahlte er mit ihm und seiner Macht; und halb fürchtete er sich vor ihm; und immer wieder dieser Seitenblick, den er auf ihn warf, während er sich an den Fingern vorrechnete, was er mit dem Geld alles würde anfangen können. Und dazu das Kostüm; und so ein Gesicht ! : Ich könnte ganze Seiten darüber schreiben !

B. (verdachtsvoll): Warum bringen Sie gerade wieder *dieses* Zitat ? Ich fürchte, Sie wollen andauernd ‹etwas beweisen›.

A.: Nur ein zuvor schon Gesagtes : daß Dickens' Haupt=Thema stets nur *eines* gewesen sei : *wie verhehle ich jahrelang ein Verbrechen ?* / Aber dafür ist im Augenblick nicht der Zeitpunkt. / In den erwähnten Jahren schreibt er noch 2 weitere Romane : DOMBEY & SOHN.....

B.: Das ist mir immer etwas zu rührend gewesen. Unbeschadet der üblichen glänzenden Einzelheiten.

A. (fortfahrend): ..... und den DAVID COPPERFIELD.....

B.: Den Manche ja für sein Bestes halten.

A. (abfällig): Naja. Also dazu muß man schon ziemlich urteils*un*fähig sein. Das Buch hat, zugegeben, größtes Interesse aus zweierlei Gründen : einmal weil er viel Autobiografisches eingearbeitet hat.....

B. (einfallend): Und allein *das* wäre ja schon hinreichend – *meinem* Urteil nach.

A.: Ich fürchte, Sie irren sich. – Auch bei diesen pseudo=Autobiografien braucht der Dichter – ähnlich wie beim dubiosen ‹Reiseroman› – wiederum *keinen ‹Plan›*; ein bildender Künstler würde sagen : keine ‹Anatomie›. / Die Mühe der kunstvollen Erfindung ist ihm *wieder* abgenommen; *wieder* kann er, anstatt einer Bildsäule, einen Haufen interessantester Gesteinsproben liefern : ein Mineralienkabinett kann *furchtbar* nett sein – Insekten in Bernstein; Fischabdrücke aus dem Kupferschiefer; Feuersteine äugeln gekonnt – aber mit ‹Kunstwerk› hat das ebensowenig zu tun, wie eine Briefmarkensammlung mit einer Gemäldegalerie.

B. (widerstrebend): Sie immer mit Ihrer ‹Konstruktion› ! Leider haben Sie vermutlich sogar Recht; ich weiß allmählich wohl, was Sie meinen : den Unterschied zwischen dem bloßen ‹Reiz der Oberfläche›, und einer schönen ‹Gestalt›. Bisher hat Dickens nichts als ‹interessante Oberflächen› geliefert. – Aber halt : sprachen Sie nicht von *zwei*erlei Positivem am COPPERFIELD ?

A.: Jawohl : mich hat jedesmal, und immermehr, *Folgendes* noch fasziniert – ich weiß nicht, ob es schon ausführlich, und bis in alle Verzweigungen, untersucht worden ist; Stoff für eine gute Dissertation wäre es schon.

Einer der grandiosesten literarischen Diebstähle – *und doch kein Diebstahl !* – ist die, immer neu=wiederholenswerte, Vergleichung dieses Dickens'schen COPPERFIELD und Gustav Frenssen's OTTO BABENDIEK : der hat nämlich, bis in die kleinsten Einzelheiten, das ‹Gerüst› sich angeeignet.

B. *(hineinmurmelnd):* Beziehungsweise das *Nicht*=Gerüst.....

A.: Da ist der kleine, mißbrauchte Junge David=Otto; und sein genial=schlechter Freund Steerforth=Hellebeck. Die resolute Tante Betsey=Lene. Die erste nichtsnutzige Klein=Frau Dora=Gesa. Die beiden Schmiede, Joe=Engel, sind ihm noch aus GREAT EXPECTATIONS dazwischen geraten. Es ist jedenfalls äußerst belehrend, zu verfolgen, wie Frenssen diesen COPPERFIELD ins Schleswig=Holsteinische übertragen hat. Und zwar *so meisterhaft* – es ist ja schließlich Frenssen's bei weitem bestes Stück ! – daß es doch wieder ein *ganz=Eigenes* geworden ist. Ein Vorgang, unvergleichlich zu verfolgen. – Und, ich will es nur aussprechen, wenn es mir auch schwerfällt – denn Frenssen hat *übel* gesündigt, als er den Nazis eines ihrer unschätzbaren Alibis lieferte ! – er hat den COPPERFIELD *übertroffen.* Der BABENDIEK ist weit voller; ‹kompletter›; hier finden wir nicht mehr die meist nur entweder weiß= oder schwarzen Typen des Charles Dickens; sondern eine wahrere Welt, voller *Grauer und Rotbunter* !

B.: Und *Sie* hatten mehrfach die Stirn, mich vor ‹Exkursen› zu warnen ? / Schön; nehme ich also Ihr Urteil über den COPPERFIELD zur Kenntnis – ohne mich ihm anzuschließen. Ich wäre ein Trottel, wenn ich das auf der Stelle, beim bloßen Anhören, täte : dergleichen will überlegt sein. – Damit wäre aber nun Dickens' zweite Periode, bis 1850, abgeschlossen ?

A.: Ja; es begann die wohl wichtigste; die dritte.

(Gong)

B.: Inwiefern die wichtigste ?

A.: Genügt es, wenn ich darauf hinweise, daß er nunmehr 40 Jahre alt war ?

A.: Nein; es genügt nicht. Es gibt sehr wohl Dichter, deren Bestes weit früher entsteht : Hofmannsthal.

B. *(etwas abschätzig):* Ja; Lyriker vielleicht; die ja. Bei Epikern muß man etwas mehr Geduld haben. / Äußerlichstes Anzeichen : auch bei Dickens tritt nunmehr der – weitgehend körperlich bedingte – ‹Tusculum=Komplex› auf.

B.: Von dem hab' ich, trotz Freud & Freudianern, noch nichts gehört.

A.: So führen wir ihn denn, zumal bei Künstlern, ein : wenn man ‹jung› ist; mit jeder Hand 1 Zentner heben kann; unermüdlich geistreich & gesprächeführend : da gibt es ja nichts Fruchtbareres, als durchwachte Nächte unter Brückenbogen.....

B. (komisch=abwehrend): ‹Fruchtbareres› ? Hoffentlich nur im künstlerischen Sinne : also literarisch=Gewinnbringenderes.

A. (fortfahrend): ..... aber wenn da so die fatale Kurve um die 40 herum erfolgt – wo man das ‹Nachlassen› zum erstenmal, und erschrokken genug, am eigenen Leib & Geist umfassend verspürt – da kommt nahezu jeder Schöpferische auf die, übrigens sehr richtige, ‹Idee› : *weg* aus der nervenfressenden Großstadt, und *‹aufs Land›* ! Dort, in Ruhe, Stille, anregend=ausgesuchter Landschaft, den Körper erholen und entlasten : Vater Horaz hat's ja nett genug geschildert. Oder denken Sie an Walthers rührende Freude, à la ‹ich hân mîn lehen› : *über einen, in fleißigen Ehren ergrauten, Künstlerkopf gehört schon ein, und sei es noch so kleines, Dach !*

B.: Übersetzen wir Ihren ‹Tusculum=Komplex› also in einfaches Deutsch : Dickens kauft sich 1 Haus; ja ?

A.: Korrekt & banal; aber : Jawohl. – Und nehmen Sie, zur Strafe, sogleich Ihren Shakespeare zur Hand : KÖNIG HEINRICH DER VIERTE; 1. Teil, 1. Aufzug... :

C. (ekstatisch=beutelschneiderisch): Jungens; Jungens ! : Morgen Früh, um 4 Uhr, nach Gadshill ! Es gehen Pilgrime nach Canterbury mit reichen Gaben : ich habe Masken für Euch Alle !

A.: Also eben die Stelle, wo der unsterbliche Falstaff sich mit den ‹Schelmen in Steifleinen› herumschlägt : Gadshill; 4 Kilometer nordwestlich von Strood; zwischen London und Rochester auf Gravesend zu; mitten in den weiten Kentischen Marschen.

B.: Bitt' Euch : wieviel kostete es nach heutiger bundesdeutscher Währung von 1960 ?

A.: Zunächst einmal zahlte er für den bloßen ‹Roh=Ankauf› eine Viertelmillion – bei der es aber, und jeder Tusculums=Besitzer dürfte hier schwermütig nicken, natürlich nicht blieb. Sogleich erhoben sich die bekannten Probleme : Ausbau=Umbau; Brunnenbohren; Aufstocken; nichts wie Zaun & Gewächshaus. Ein Teil des Grundstücks – natürlich ausgerechnet der landschaftlich schönste ! – lag gegenüber, *jenseits* der Landstraße; die ‹Wilderness›, die ‹Shrubbery›, mit prachtvollen alten Bäumen : nach langwierigen Verhandlungen mit den Ortsbehörden erlangte Dickens endlich die Genehmigung zum *Bau eines Tunnels, unterhalb der Landstraße hindurch !*

B. (anerkennend): Pff ! Das dürfte Einiges gekostet haben. – Nun; er *hatte* ja genügend Geld, wie Sie eingangs schon andeuteten.

A.: Sagen wir : er erschloß sich resolut eine, bis dahin bei Dichtern ungekannte, Quelle von Großeinnahmen – darauf kommen wir noch. Sein pariser Verleger, Fechter, schenkte ihm ein aus 94 Einzelteilen zusammensetzbares zweistöckiges Holzhaus – ein Schweizer würde ‹Chalet› sagen – : das wurde in eben jener ‹Wilderness› aufgestellt; und in ihm schrieb Dickens die meisten seiner Spätwerke.

B. (langsam; nachdenklich=verarbeitend): Also nunmehr im stillen, geräuschsicheren Buen Retiro.

A.: Naja – was sagen Sie zu Zügen, wie etwa diesem ? : Im Oberstock, wo sein Schreibtisch stand, ließ er sich sogleich, an den Wänden, 5 *Riesenspiegel* anbringen : um das Wirbeln und Rascheln des Laubes der umstehenden Pappeln und Espen sich ins Unendliche zu vervielfachen !

B. (betroffen): Teufel ! Der war aber schon *weit* runter mit den Nerven ! – Eine pastorale Zwischenfrage schnell : war er tierlieb ?

A.: Ja; wie jeder vernünftige Mensch. – Zuerst war es der Rabe GRIP : er hat ihm das Denkmal gesetzt im BARNABY RUDGE; aus dem, weiterhin, Poe dann seine Anregung zum RAVEN nahm. Das Folgende mag der kundige Leser=Hörer parallelisieren mit der bekannten lithografierten Anzeige ETA Hoffmanns vom Tode des KATER MURR.....

C. (niedergeschlagen): Machen Sie sich auf traurige Nachrichten gefaßt : Mein Rabe ist nicht mehr ! / Heute, 10 Minuten nach 12 Uhr, tat er seinen letzten Atemzug. Er hatte schon seit einigen Tagen gekränkelt; aber wir hegten keine sonderlichen Besorgnisse; nahmen vielmehr an, daß es sich vielleicht um Nachwirkungen der Portion Bleiweiß handeln könne, die er vergangenen Sommer verschluckt hatte. Gestern Nachmittag wurde sein Befinden so besorgniserregend, daß ich einen Eilboten an Dr. Herring, den Tierarzt, schickte; der auch prompt erschien, und ihm eine Dosis Kastoröl eingab. Unter dem Einfluß dieser Medizin erholte er sich in solchem Maß, daß er gegen 20 Uhr imstande war, Topping zu beißen. Die Nacht verlief ruhig. Heute Früh schien er sichtlich besser; erhielt eine zweite Dosis Kastoröl verpaßt; und suppte dann seinen üblichen warmen Haferschleim, der ihm sehr zu munden schien. Gegen 11 Uhr jedoch verschlechterte sich sein Befinden plötzlich derart, daß wir vorsichtshalber den Türklopfer umwickelten. Er murmelte einiges von Topping und dem Pferde; und dann noch etwas, von dem wir jetzt annehmen, daß es sich um Verfügungen über seinen Nachlaß gehandelt haben wird, der hauptsächlich in blankgeputzten Halfpennystücken bestand, die er an verschiedenen Plätzen im Garten vergraben hatte. Als unvermittelt die Uhr 12 schlug, schien er aufzufahren; beruhigte sich jedoch gleich wieder; spazierte 2 oder 3 Mal herum; wollte bellen; stolperte jedoch plötzlich; rief noch einmal »Hallo, old girl« – sein Lieblingsausdruck – und starb. Es ist ausgesprochen Halbmast bei Uns !

B. (murmelnd): Die Rolle der Krähen & Raben, der ‹rooks› in seinen Büchern : darf man so weit gehen, und direkt von ‹Symbolvögeln› reden ?

A. (ablehnend): Nie ! : mit ‹Symbolik› hatte Dickens, gottlob, nie etwas zu schaffen; dazu war er viel zu gesund. / Später hielt er dann besonders *große Hunde* : Bernhardiner, Neufundländer; und vor allem eine Familie von 4 riesigen Bullenbeißern, Vater, Mutter und 2 Söhne; mit denen er, Fremden und Landstreichern Furcht erweckend, durch die Anlagen schritt. / In jene Zeit fällt auch die Scheidung von seiner Frau.

B.: Der ‹Dichter des Familienglücks› geschieden ? ! – a) Wie lange war er verheiratet gewesen ? – b) Warum ‹ging› es nicht mehr ?

A.: Zu a) : 22 Jahre. / Zu b) : Kate Hogarth war ihm *keine* erträgliche Gefährtin gewesen. Sie war bestens=bürgerlich. Engen Geistes : so ängstlich, daß ihr, wie Luther es ausdrückt, ‹jeder Bombart als Sünde erschien›. Außerdem – und das war nun freilich *seine* ‹Schuld› – körperlich gehandicapt und matronenhaft=verunstaltet : erwartete sie doch ständig entweder 1 Kind; oder erholte sich mühsam nach der Geburt des Zehnten. Überdem *hinderte* sie ihn allmählich sogar bewußt an der Arbeit : saß & trotzte; widersprach & muckschte; nahm an nichts Teil; und ‹betete gegen ihn›.

B. (hinein=bestätigend): A Tale of two Cities.....

A.: Es ging jedenfalls nicht länger. Und Dickens – ohnehin der Mann der Blitzentschlüsse – zerhieb kurz entschlossen den Weichselzopf von Gordischem Knoten. Sie lebten künftighin getrennt : geschieden. Er zahlte ihr, bis an sein Lebensende, monatlich rund 4.000 Mark.

B.: Also *verteilen* wir ‹die Schuld› etwas : *ER* exzentrisch, und stets in, ihr unzugänglichen, Bewußtseinskammern hausend : *SIE* körperlich von ihm verbraucht, und wütend & stur gemacht. Immerhin : keine berühmte Bilanz für 22 Jahre ! / Aber er war doch noch – relativ – jung, rund 45 : hat er wieder geheiratet ? Es gibt doch nun einmal da gewisse biologische Bedürfnisse.....

A.: Nein. – Als ‹First Lady› blieb in seinem Haushalt die *Schwester* seiner Frau, Georgina Hogarth. Wie denn erwähnt werden muß, daß er schon vorher einer ganz jung, siebzehnjährig, verstorbenen *anderen* Schwester seiner Frau, Mary, Huldigungen dargebracht hatte.

B. (nachdenklich): ‹Dichter, die Schwestern lieben› : Bürger, Schiller : Hm hm. – Warum das eigentlich : kann man sie allzu reizvoll=leicht ‹verwechseln› ? : *Dieselbe* – und *doch* eine Andere ?

A.: Eine letzte überragende Rolle in seinem Leben spielte die Tänzerin Ellen Lawless Ternan..... :

B. (frappiert unterbrechend): ..... ‹Lawless›; also ‹Gesetzlos› ? ! – Kurioser Vorname für eine Frau.

A.: Sie muß schon eines jener stählernen, herrischen Geschöpfe gewesen sein, wie sie manche Männer – denken Sie an die Titelnovelle in Stefan Zweig's AMOK – unwiderstehlich faszinieren. Als dergleichen Frau, von fast männlichen Eigenschaften, hat er sie ja in seinem allerletzten unvollendeten Buch, dem EDWIN DROOD, als ‹Helen Landless› porträtiert. / Es wird übrigens nicht ganz einfach gewesen sein, mit ihm zu leben – einer seiner Büchertitel hieß, einsichtig und düster=ergeben, ‹NOBODYS FAULT› : ‹Keiner ist Schuld› – später hat er dann ‹KLEIN DORRIT› daraus gemacht; wie denn überhaupt 2 Drittel seiner Bücher *Namen als Titel* tragen – auch ein Charakteristikum.

B. (tiefsinnig): Sagen Sie..... : War Dickens eigentlich ‹ein *frommer* Mann› ?

A.: Das können Sie bei englischen – das heißt : zum ‹cant› gezwungenen – Schriftstellern nie ganz eindeutig beantworten. Man könnte, vielleicht, mit Gewalt, Dickens eine Spielart verwaschenen Kristentums konzedieren ? – Aber ich möchte doch auch hier ausdrücklich einmal eine andere Gesinnung zur Debatte stellen, die er einen seiner autobiografischst=sympathischsten Helden, den Arthur Clennam der KLEIN DORRIT, äußern läßt..... :

C.: Clennam saß am Fenster seines Kaffeehauses in Ludgate=Hill, und zählte einer der benachbarten Glocken die Schläge nach; wobei er unwillkürlich Sätze und Refrains daraus machte – und sich nebenher fragte : wievieler kranker Leute Tod das Gebimmel wohl im Laufe des Jahres so herbeiführen möge ? / Als die volle Stunde sich näherte, wurde die Glocke immer leidenschaftlicher und ärgerlicher; als es Dreiviertel war, bimmelte sie in einem Zustande tödlich=lebhaften Ungestüms, indem sie das Volk mit rasch aufeinanderfolgenden Hieben ermahnte : ‹*Kommt*=zur=Kirche ! *Kommt*=zur=Kirche !›. / Als noch 10 Minuten fehlten, wurde sie inne, daß die Gemeinde sehr schwach versammelt sein würde; und hämmerte in niedergeschlagener Stimmung langsam : ‹Sie *wol*=len nicht *kom*=men. – Sie *wol*=len nicht *kom*=

men.› / 5 Minuten vor Voll gab sie alle Hoffnung auf, und erschütterte jedes Haus in der Nachbarschaft 300 Mal, mit einem einzigen furchtbaren Schlag pro Sekunde, als eine Art Gebell der Verzweiflung. / . . . . . / Dank dem Himmel ! murmelte Clennam, als die Stunde schlug, und die Glocke endlich schwieg. – Aber ihr Klang hatte in seinem Innern eine lange Reihe von Sonntagen wieder belebt; und diese Prozession wollte mit der Glocke *nicht* aufhören, sondern fuhr fort, weiterzuschreiten. ‹Gott verzeih mir die Sünde› sagte er, ‹*und Denen*, die mich erzogen : *Wie habe ich diesen Tag gehaßt !*› – / Da war der trübselige Sonntag seiner Kindheit; wo er, die Händchen vor sich hin gelegt, dasaß, und durch ein greuliches Traktätchen vor Schreck fast von Sinnen kam, welches sein Lehrgeschäft damit begann, daß es dem armen Kinde schon auf dem Titelblatt die Frage vorlegte : Warum es in die Verdammnis eingehe ? Und welches sich seinem kindlichen Gemüte außerdem dadurch empfahl, daß sich auf jeder zweiten Zeile eine Anmerkung befand, mit einem den Schluckauf erweckenden Verweis auf die Bibel; etwa :

2. Ep. Thess. c. III. v. 6 u. 7

/ Da war der schläfrige Sonntag seiner Knabenjahre; wo er dreimal des Tages, an einen Nebenmann gewissermaßen gefesselt, wie ein Deserteur durch ein Pikett von Lehrern, nach der Kapelle gebracht wurde – und er doch bereitwilligst 2 Mahlzeiten unverdaulicher Predigten für 100 Gramm schlechtesten Hammelfleisches verhandelt haben würde ! / Da war der endlos lange Sonntag seiner Jünglingsjahre; wo seine Mutter, strengen Antlitzes und unbeugsamen Herzens, den ganzen Tag hinter einer Bibel saß, die, wie ihr eigenes Wesen, in die härteste, schmuckloseste und steifste aufzutreibende Schale gebunden war; die einen einzigen Zierrath – *eine Kette !* – auf den Deckel geprägt hatte, und deren Schnitt mit zornrothen Tüpfchen bedeckt war. Wo er da saß, das Herz voll trüber Gedanken; und ohne mehr eigentliches Wissen vom Neuen Testament, als ob er unter Götzendienern aufgezogen wäre.

B.: Naja; ich würde eben sagen : der ewige Unterschied zwischen Kristen*tum*, und Kristen*heit*.

A.: Ach liebster Freund : *da*rauf beruft man sich gar zu gern ! Die beiden sind, meiner Ansicht nach, leider nur *zu* identisch. / Bezüglich Dickens wird die Lösung des Dilemmas die folgende, bei sehr vielen Künstlern und Wissenschaftlern übliche, sein : die Betreffenden erschöpfen alles, was sie an Scharfsinn, Gedächtnis, Einbildungs= auch Körper=Kraft besitzen, bei der Bearbeitung ihres Fachgebietes; dort sind sie ‹führend›, dort Geister des ersten Ranges, dort Autoritäten. ‹Nach Feierabend› jedoch sind sie derart erschöpft, ausgehöhlt, denk= und fantasie=unfähig, daß sie sich bei nahezu allen, nun noch auftauchenden, Problemen, mit vorhandenen Schema=Antworten begnügen : begnügen *müssen* : handele es sich um Politik, Schwester=Künste, Religionen, ‹Meinungen› irgendwelcher Art. Nur so ist das oft überaus befremdliche ‹Versagen› der ‹Gehirntiere› einigermaßen befriedigend zu erklären.

B.: Weichen wir dem, bereits wieder drohenden neuen ‹Exkurs› lieber aus : beschränken wir uns auf Dickens, und dessen jetzige, letzt=dritte, Periode. – Sie zeichnet sich aus : *wodurch* ?

A.: Durch die Wendung zum *Besseren* – in jeglicher Hinsicht. / Überwog früher das um 1 Spur zu leichte, märchenhafte Element, so wird er nunmehr hart & realistisch – eigentlich nur här=*tärr* & realisti=*schärr*. Hatte sich seine Sozialkritik zuvor meist nur *rührender* Töne bedient, so wurde er, je älter, desto *lauter und aggressiver* : so sehr, daß die ‹Queen› ihrem berühmtesten englischen Schriftsteller nie den ‹Sir›=Titel anzubieten gewagt hat. Mußte sie doch darauf gefaßt sein, daß Dickens ihn ostentativ ausgeschlagen hätte – woran ich übrigens zweifle.

B.: Das wäre also, vom rein Thematischen her betrachtet, eine sorgfältige ‹Vergrauung› – ganz wie Sie es sich, miesepetrig, vorhin wünschten.

A.: Jetzt grollten und dröhnten seine unangenehmen Schilderungen den Regierenden der ‹kleinen und kleinlich=denkenden Insel› immer peinlicher in die feinen Ohren; und kamen von einer ‹persona grata›, deren Leser nicht mehr nach Hunderttausenden, sondern nach hellen Millionen zählten – die sich freilich meistens leider nur an die lustigenoder weinerlichen Episoden hielten. / Künstlerisch noch wichtiger ist, daß er jetzt endlich=wirklich=ernstlich zu arbeiten begann : jetzt endlich fing er nicht mehr liederlich, von irgendeinem Zipfel her, zu schreiben an : nunmehr entwarf er sich in jedem Fall zuerst den umfassenden, peinlich genauen *Plan*. Nunmehr befestigte er Material auf zahllosen Zetteln; sammelte Notizen, Metafern, Redewendungen, Namen zur Auswahl. Wenn jetzt eine ‹Themsefahrt› zu schildern war, dann schlug er, scheinbar unbefangen, seiner Familie und den Freunden einen kleinen Ausflug vor; mietete ein Dampferchen; stand, mit den Andern winkend und picknickend an Deck – : *und fuhr dabei*, ‹in Wirklichkeit›, *genau die Strecke ab, die demnächst Pip und der Sträfling in den* G*REAT* E*XPECTATIONS* *zurücklegen mußten.*

B. (seufzend): Ohweh, hier eröffnen sich schon wieder so viele Nebenweglein und =fragen – – : ist es denn wirklich notwendig, daß ein Dichter dermaßen vorplant ? Verläßlichkeit ist etwas Schönes; aber auch etwas Ernüchterndes. Finde ich. Unter ‹Schöpfung› habe ich mir immer etwas grandios=Begeisterndes, improvisatorisch=Geniales vorgestellt : ‹Es werde Licht !›

A. (trocken): Und das betreffende Ergebnis *ist* ja auch danach. – / Nun, gemäß dem ‹Neuen Verfahren›, nach 2 Jahren sorgfältigster, ‹frischester› Planung – man spürt ganz deutlich die Freude an der neuen Art zu arbeiten; fühlt mit die sehr tröstliche und beruhigende Gewißheit : daß es so zwar langsamer geht, dafür aber gelingen *muß*; während sich früher nur Zufalltreffer einstellen konnten – *nunmehr* legt Dickens mit dem nächsten Buch sein zweites, höheres, Meisterwerk vor – (*deutlich=ehrerbietig*): BLEAKHAUS.

B. (verblüfft): Wie ? ! – Ich hätte eher auf jedes andere getippt. Die ZWEI STÄDTE; oder.....

A. (fest): Ich wiederhole : BLEAKHAUS. – Jeder Selbst=Schreibende sollte es mehrfach, in verschiedenen Stadien seiner Entwicklung, lesen, und davon lernen. Es ist, allein was das ‹Gerüst› der Fabel, die Konstruktion im Großen wie im Kleinsten, anbelangt, von mathematischer Perfektion. Der bloße ‹Leser› merkt das, bewußt, zunächst überhaupt nicht; wogegen der Fachmann auf jeder der 1.000 Seiten ein paarmal neidisch die Zähne aufeinandersetzen, und bewundernd die Luft einziehen muß. Es gibt in der ganzen Weltliteratur nur noch 3 oder 4 weitere, ähnlich umfangreiche Stücke, die derart ‹berechnet› wären, derart ‹aufgebaut›. / Vom ersten Satz an, wo Nebel und Dämmerung und die übliche unmenschliche Staats=Justiz=Maschinerie mit einander identifiziert werden, steht kein Wort, keine Episode mehr umsonst : nie sind Zufall – oder, wenn Sie so wollen, *Notwendigkeit* ! – als so eisernes Netz über Menschen und Dinge gespannt worden. Scheinbar zufällige Nebensätzlichkeiten, Ausrufe, Einsilbiges aller Art : wirken sich im Lauf der Handlung aus. Scheinbar belanglose – nicht ‹Taten›, sondern *Handgriffe* ! – führen maschinenhaft, 500 Seiten später, Verbrechen & Tod herbei, Glück oder Unglück Unbekannter, Nie=Gesehener, Nie=Bedachter. Um die 57 Hauptpersonen kreist unermüdlich der Planetoidenring der Nebengestalten, immer zunehmend an Zahl und Bedeutsamkeit. Und gleichermaßen spielen die bloßen *Dinge* mit : Bilder & Besen; Taschentücher & Schlüsselkörbchen; eiserne Lineale & abgeschnittenes Frauenhaar : *3 Säcke voll* !

B. (unbehaglich): Ein düsteres Buch also ? Ein ausgesprochen pessimistisches : edax rerum ?

A.: Ja. Noch kein Glücklicher hat je ein gutes Buch geschrieben. / Äußerlichster – nicht ‹Goldrand› sondern eher ‹Eisenreifen› – der Fabel ist ein Zivilprozeß, der seit rund 70 Jahren ‹läuft›; und an dem sich allmählich sämtliche Personen des Buches irgendwie ‹beteiligt› finden – die Meisten wissen überhaupt nicht, wie sie dazu kommen : ein prächtig=niederschlagendes Sinnbild der berüchtigten ‹Querverbindungen› des Schicksals. /

Lady Dedlock, eine der Heldinnen, hat, vor ihrer Verheiratung, 1 uneheliches Kind gehabt, und dies Faktum gute 20 Jahre lang verbergen können. Nunmehr will es durch eine grandios=sinnlose Kette von Zufälligkeiten, offenbar werden; und ihr Kampf, die Entdeckung – die sie ihre soziale und gesellschaftliche Stellung kosten würde – zu verhindern, zieht sich durch das ganze Buch. Im Hintergrunde steht allezeit, rostig und stumpf=schwarz, der Rechtsanwalt Tulkinghorn; ein Nicht=Verbrecher im Panzer des Gesetzes; eines der tiefsinnigsten Bilder des Todes, das die Literatur je geliefert hat : ‹Ich bin im Hintergrunde / Dir nahe jede Stunde, / mit zugefrornem Munde / und eisernem Gesicht.›

B. (unbehaglich): Also verschieb'ich die Lektüre lieber noch : das Leben ist *so* schon ‹bleak› genug. Übrigens eine vermaledeite Art, den Teufel so in tüchtiges Grau zu kleiden – bei der sonst=üblichen schwarz=roten Grimasse weiß man doch gleich, woran man ist.

A.: Als das Buch erschien, erhielt Dickens entrüstete Briefe, wie noch nie – selbst aus Freundeskreisen : hatte er doch Einen davon, Leigh Hunt, derart naturgetreu als ‹Harald Skimpole› porträtiert, daß er in der 2. Auflage die Ähnlichkeit möglichst zu verwischen suchen mußte; was aber sehr schwierig war; denn der Charakter, einmal eingeplant, mußte nun schon so bleiben.

B.: Ach, da muß man auch *darauf* noch achten : daß ein Roman von Dickens in der 1. Auflage anders ausgesehen haben kann, als in der späteren ? Das ist doch einfach schandbar. Für den *Leser*, meine ich vor allem : Wer hat schon Zeit & Lust, nach verschiedenen Fassungen zu buddeln ?

A.: Ja; leider muß man auch bei Dickens da Bescheid wissen. – Dem ANTIQUITÄTENLADEN fehlt neuerdings meist der kauzige Rahmen der WANDUHR. GROSSE ERWARTUNGEN hatte ursprünglich einen anderen, herberen, Schluß. Die englischen Ausgaben drucken auch bereits diese Textvarianten ans Ende des Bandes – wie die Engländer überhaupt in filologisch guten, billigen Ausgaben um Längen vor uns führen : Reihen wie EVERYMAN oder COLLINS sucht man bei uns vergebens.

B.: Nennen Sie doch auch noch die andern Titel jener späten Produktion : ich habe, wie gesagt, die ZWEI STÄDTE immer gern gelesen.

A.: Dabei ist es nicht einmal besonders gut. Abgesehen von Dickens' reinlich=knirschender Empörung, und seiner wundervoll konsequenten Teilnahme für die ‹Schreckensmänner›, hat er *viel* zu wenig Vorstudien getrieben; was zur Folge hatte, daß er die interessantesten, bildkräftigsten Einzelzüge überhaupt nicht gekannt, geschweige denn geschildert, ‹ausgemalt›, hat. Er war eben nicht befähigt, aus *gelesenen* Einzelheiten, – geduldig sammelnd erst; dann feurig zusammenschweißend – ein überzeugendes Großgemälde zu schaffen. Dickens war der Mann, der *zeitgenössisches* Elend *sehen* mußte : nur bei der direkten Impression durchs Auge ins Gehirn gab er Funken..... :

C.: Gestern Abend regnete es, und zwar eiskalt – eben Novemberwetter. Ich blieb unter dem Torweg des Arbeitshauses in Whitechapel stehen, um mich fester zuzuknöpfen – als ein merkwürdiger Anblick mich noch verweilen ließ : die Mauer entlang sah ich etwas liegen, was, dem ersten Eindruck nach, 7 Bündel alter Lumpen zu sein schienen, mitten in Regen und Windgepfeife. Stumme, nasse, lautlose Grausale; verhülltes Gesphinx, bis zum jüngsten Gericht an jene Steinwand gedrückt. Ich klingelte, und schickte dem Anstaltsleiter meine Visitenkarte hinein. Er kam auf der Stelle, aber er war schuldlos : seine sämtlichen Räume waren total überfüllt; er konnte mit dem besten Willen Niemanden mehr aufnehmen. / *Jedes Lumpenhäufchen war 1 Mädchen !* Und ich gab Jeder 1 Schilling. 1 davon, vielleicht 20 Jahre alt, war seit 36 Stunden ohne 1 Bissen Nahrung gewesen. »Sehen Sie mich an.« sagte sie, als sich ihre Hand über der Münze schloß, und sie ohne Dank davon schlürfte. Die Anderen desgleichen. Nicht 1 einziges ‹Danke› wurde gesprochen. / Inzwischen hatte sich eine kleine Menschenmenge angesammelt, wohl kaum minder ärmlich, als diese Ärmsten; aber obgleich sie mich die 7 Schillinge weggeben sahen, forderte Keiner für sich selber etwas; in ihrer trüben wilden Art erkannten sie die größere Not an; und machten mir schweigend Raum, als ich weiter gehen mußte.

B.: Jetzt ließ er seine ‹Armen› also nicht mehr grundsätzlich rührend=dekorativ weinen, oder engelhaft rein sein.....

A.: Nein. Nunmehr stehen seine Gestalten lieber finster und wortlos da; sehen Gott ins Gesicht; ziehen die Lumpen enger; und sagen nur die Anklage aller Anklagen : ‹Look at me !›. –

B. (ausweichend): Sie richten also ganz entschieden 3 getrennte Kreise Dickens'scher Produktion ein : den frühen, lustig=sentimental improvisierenden, von PICKWICK bis COPPERFIELD. Dann die ‹Reisebücher›. Und endlich die späten Werke, die realistisch=düster=sorgfältigen, von BLEAKHAUS bis EDWIN DROOD. Wobei das Meisterwerk der frühen Epoche der ANTIQUITÄTENLADEN; das der späten BLEAKHAUS sein soll. – Übrigens ist ‹spät› ja falsch; bestenfalls ‹späte=*ränn*› : BLEAKHAUS erschien ja, als Dickens eben erst 40 war.

A.: Sehr schön zusammengefaßt. – Die Folgerungen daraus ergeben sich von selbst. Wie, zum Beispiel, daß Dickens früher wesentlich schneller schrieb; späterhin weit langsamer; in den letzten 10 Jahren waren es nur noch zwei=einhalb Romane.

B.: Was aber doch wohl nur *zum Teil* der veränderten Methode zur Last zu legen ist. Er wurde ja schließlich auch älter; so daß noch andere, physische, Momente mitgespielt haben werden. Oder gar Krankheit ?

A.: Einmal das. Und auch etwas Anderes noch. – Sein Haupterwerbszweig während dieser letzten Jahre war nicht mehr das Bücherschreiben; sondern ‹Vorlesungen aus eigenen Werken›. Er *mußte*, und *wollte* es auch : *Groß=Verdienen !* – Nicht nur, daß er 10 Kinder und 3 Frauen zu versorgen hatte. Es nagte auch – und mit vollem Recht ! – an ihm : daß jeder reiche Hohlkopf notfalls auf ihn herabblicken konnte; ja, ihm möglicherweise noch huldvoll ‹Aufträge› geben, die er dann, froh des Verdienstes, anzunehmen hatte. Er beschloß, sich *absolut unabhängig* zu machen.

B. (resigniert): Also auch bei ihm der Zeitpunkt, wo er das Geldverdienen über die Kunst setzte.

A.: Tun Sie nur nicht so elegisch ! Solange die Staaten ihren Dichtern nicht eine Monatsrente von, je nach Bedeutung, 500 bis 1.000 Mark ‹auswerfen› : solange ist es eine *Unverschämtheit*, vom Dichter zu verlangen, daß er im Dachkämmerlein seinen Hungerödemen erliegen solle – während jeder, nicht nur ‹Glücksritter›, sondern Mittelständler, sich in Eigenheim & Borgward wiegt. / Ich will Ihnen den Dolch nur gleich recht ins feinsinnige Herz drücken; und eingehend schildern, wie Dickens, ein glänzender Geschäftsmann, seine ‹Tourneen› aufzog : da wurde zunächst, nach sorgfältigsten Beratungen mit Freunden, Verlegern, und überhaupt ‹Kennern des Lese=Marktes›, das gleichzeitig sentimentalste & sensationellst=aktuellste Buch ausgewählt. Dann strich Dickens es, im Lauf etwa 1 Monats, auf die Leselänge von 2 bis 4 Stunden zusammen. Dann trat er damit vor den *Spiegel*, und las sich das Digest vor : effektvoll; er hatte ja einmal eine zeitlang daran gedacht, Schauspieler zu werden; also entrieten ihm jetzt die entsprechenden, eiskalt eingeübten, Gebärden nicht, auch nicht das hinreißend=sparsame Mienenspiel.

B.: Meingott : so ging er dann auf Reisen . . . . . ?

A. (heiter): Noch lange nicht ! – Jetzt wurden erst Probevorlesungen im engsten Freundeskreis gehalten; gegebenenfalls deren Einwände berücksichtigt. Einfälle angemerkt : zum Beispiel war an der einen Stelle jedesmal 1 Mann zu mieten, der aufspringen, und schreien mußte : *Er ertrüge es nicht länger !*

B. (erschüttert): Was'n Kientopp !

A.: Dann wurde ein *ganz* gerissener Manager gemietet – Dolby war sein Name – der den ‹geschäftlichen Teil› übernahm : also die Fahrkarten besorgte; die Hotelzimmer bestellte; Lokalitäten mietete – wenn in einem Ort kein entsprechend großer Saal vorhanden war, nahm man eiskalt die

Kirche ! –; der vorausreiste, Reklame machte; Eintrittskarten verkaufte; kurz für *Alles* sorgte. So daß Dickens am Abend ‹nur› ans Lesepult zu treten, und die Tausende zu begeistern brauchte. Dieser Vertrag mit Dolby war gar nichts Einfaches : Dickens wußte, was er wert war !

B. (resigniert): Und was *war* Dickens so im Durchschnitt wert ?

A.: Während der großen Amerikanischen Tournee pro Woche 130.000 Mark – : *nur für ihn, wohlgemerkt* ! Und Dolby kam auch noch reichlich auf seine Kosten. In 2 Jahren verdiente er einmal so 3 Millionen. Er bezahlte sie, zuerst mit dem Verlust seiner Gesundheit; dann mit dem Tod – der sonst vielleicht noch 5 Jahre hätte auf sich warten lassen.

B.: Auch unter normalen Verhältnissen nicht länger ?

A.: Schwerlich. – Schon ehe er mit den Lesungen begann, tauchen in seinen Briefen – vor allem denen an den Freund, Rechtsberater und späteren Biografen Forster – die beunruhigendsten Wendungen auf..... :

C.: Ich weiß nicht – : ob ich *doch* noch zu wenig spazieren gehe ? Heute früh konnte ich kaum sehen; und mir war so schwindelig zumute, als hätte ich getrunken –

A. (halblaut einschaltend): – 36 war er ! –

C. (fortfahrend): Es ist zu spät, und auch nutzlos, mir zu sagen : ‹Geh sachter; zieh die Bremsen an›. Ich finde nur in der Arbeit noch etwas wie Erleichterung. Zum Ausruhen habe ich einfach die Fähigkeit nicht mehr.

A.: So schleppte er sich, rasend deklamierend, durch England und Irland; durch Schottland, und vor allem eben die USA. / Und, bezeichnend, *was* er so alles vorlas – *(eindringlich=hinterhältig):* der letzte und größte aller Erfolge war die *Mord=Szene* aus OLIVER TWIST ! – Vergeblich hatten ihm die Freunde abgeraten; umsonst die Ärzte gewarnt : falls auch nur *1* Frau im Zuhörerraum Angstanfälle bekommen sollte, würde unweigerlich eine *Massenhysterie* erfolgen ! Dickens war nicht nur nicht aufzuhalten im Bewußtsein seiner Fähigkeit : *er wollte es, geradezu pervers, auf dergleichen anlegen !* In Briefen scherzt er auf das Befremdlichste über seine »Mörder=Instinkte«; und daß er, wenn er so durch die Straßen gehe, das prickelnde Gefühl nicht loswerden könne, »daß die Polizei nach mir fahndet !«

B.: Das war aber doch schon ausgesprochen krankhaft.

A.: Nicht so übermäßig : ich erwähnte schon früher, daß das eigentliche Hauptthema aller seiner Bücher, ‹Das Verbrechen› gewesen sei, und wie man es erfolgreich zu verbergen vermöchte.....

C. (lustvoll=widerlich): Heute habe ich den bisher besten ‹Mord› geleistet ! Wir hatten in Clifton eine förmliche *Kettenreaktion* von Ohnmachten, und dabei hatten wir das Lokal noch nicht einmal sonderlich überheizt – ich glaube, man hat im Ganzen zwischen 20 und 30 Damen, steif & verkrampft, aus dem Saal tragen müssen : ich bekam allmählich fast Lust zum Lachen !

B. (völlig konsterniert): Das ist Charles Dickens ? ! Der die hübschen humoristischen Romane schrieb ?

A.: Er ist es : nur eben ist, wie immer, das volkstümliche Bild *grundfalsch !* / Daß übrigens genau dieses Thema eine tolle Faszination für ihn hatte, beweist objektiv.....

B. (gespannt): ‹Beweist objektiv› ? : da bin ich aber gespannt. Sie können doch höchstens psychologische Schlußfolgerungen ziehen.

A. (unerbittlich fortfahrend): ..... bewies sein *Puls* : normal hatte er 72. Wenn er aus COPPERFIELD las, stieg er, an ‹gewissen Stellen› bis auf 96. Am ersten Abend aber, als er den Mord an Nancy ‹verübte›, schnellte sein Puls auf 118 und ging nicht mehr herunter – am Ende der Tournee waren es, wenn dann Sikes' Knotenstock niedersauste, *124* !

B. (immer noch zu protestieren versuchend): Wieso weiß man denn das so genau ?

A.: Seine Gesundheit war allmählich soweit heruntergekommen, daß er ständig von Ärzten begleitet wurde, die ihn während der Zeit, wo er *nicht* las – und auch in den Pausen der Vorlesungen selbst – nicht mehr aus den Augen ließen. Ihm Beruhigungsmittel einspritzten. Hastig 1 Ei in Sherry quirlten und das Glas stumm zum Pult hinaufreichten, wenn sie ihn die Oberlippe über die Zähne hochziehen sahen..... :

C. (schwer : Kampf gegen Betäubung): Wenn ich mit der linken Hand irgend etwas anfassen will, fühle ich nichts mehr. Ich bin ständig erkältet, und manchmal noch 5 Minuten vor Beginn einer Vorlesung wie stimmlos – aber das vergeht wie durch Zauberschlag, wenn ich ans Pult selbst trete. Ich kann auch leider nur sehr wenig essen : zum Frühstück 1 Ei und 1 Tasse Tee; kein Butterbrot weiter; nichts. Dann, gegen 15 Uhr, etwas Geflügel oder ähnlich leichte Kost – ja; das ist eigentlich Alles. Ich *liege* aber auch vorsichtshalber den größten Teil des Tages; direkt Schlafen ist es natürlich nicht; das verhindert schon der blödsinnige Schmerz im linken Augapfel.

B.: Aber das war ja ein geradezu *manisches* Dasein !

A.: Vergeblich versuchte sein – doch aufs höchst=finanziellste interessierter – Manager, Dickens zu bewegen, die Vorlesung dieses Mordes einzustellen; beziehungsweise ihn vielleicht nur für die wirklich ‹ganz großen Städte› ‹aufzusparen› ? : Dickens sprang auf ! Hieb Messer und Gabel auf den Teller, daß der in 10 Stücken herumflog. Und brüllte.....

C. (brüllend): Dolby ! Sie mit Ihrer verfluchten ‹Vorsicht› bringen mich eines Tages noch um ! : *Nein ! ! ! – (mit normaler Stimme):* Unmittelbar darauf brach er in Tränen aus; fiel in sich zusammen; und entschuldigte sich bei Dolby : natürlich habe er Recht – *aber es ginge nicht anders.*

B. (mitleidig): Ein völlig aufgebrauchter Mensch : der seine Müdigkeit hinter Tyrannen=Grimassen versteckt. – Machen Sie ein mitleidiges Ende.

A.: Am 8. Juni 1870, nach Gadshill zurückgekehrt, hatte er den ganzen Tag – umschwirrt von gespiegeltem Laub – im ‹Chalet› gesessen, und am EDWIN DROOD geschrieben –

B. (neugierig=nachsprechend): DAS GEHEIMNIS DES EDWIN DROOD : ist es denn inzwischen gelöst worden ? Nur die erste Hälfte des Buches ist ja fertig geworden; und eine ganze kleine Literatur um die Frage entstanden : Wie wohl die zweite Hälfte ausgesehen haben würde.

A.: Nichts weniger. All der aufgewandte geistreiche Scharfsinn hat zu nahezu *nichts* Positivem geführt; denn die ‹Thug›=Theorie ist sicherlich ebensofalsch, wie, daß ‹Datchery› die verkleidete ‹Helen Landless› sein solle – ist Ihnen übrigens bekannt, daß auch ein ‹Medium›, namens James, 1873 eine Fortsetzung geliefert hat ? : nach dem Diktat von Dickens' Geist ! – Nein=nein : solange sich nur ‹Reverends› oder bloße ‹Journalisten› mit dem Problem befassen, läßt sich keine befriedigende Lösung erwarten.

B. (leise mahnend): Warum diese Voreingenommenheit ? Oder können Sie's ‹zureichend› begründen ?

A.: Ich bin nichts weniger als ‹voreingenommen› in solchen Fällen. Aber : wo 1 Meister intrikatester, folgerichtigster, *Groß*=Konstruktion unterbrochen wurde, da kann die annähernde Lösung kein Spezialist für unverbindliche *Klein*=Formen finden. / ‹Datchery› ist natürlich Bazzard. ‹Helen› nur austauschbar gegen ihren Zwilling Neville. Drood nicht Jaspers 1. und einziger Mord. Und finden wird ihn, den kritzelnd im Gestein verborgenen Vampir, Durdles mit seinem Hammer. Aber das wäre eine Untersuchung für sich. / Kehren wir zu dem Nächst=Größeren zurück : zu Charles Dickens selbst. / Er kam, am besagten 8. Juni 1870, zum Mittagessen herüber. Ging jedoch – ganz gegen seine Gewohnheit – danach noch einmal an die Arbeit. Gegen 18 Uhr, wo grundsätzlich das Abendbrot angesetzt war, kam er endgültig zurück. Schrieb noch rasch einige Briefe; privater & geschäftlicher ‹Natur›. Lud vor allem einen Freund, Charles Kent, für morgen nach London ein. Dann setzte er sich zu Tisch.

C. (befremdet): Fräulein Georgina Hogarth sah, mit größter Beunruhigung, einen seltsamen Ausdruck auf seinem Gesicht, halb schwere Unruhe, halb dumpfen Schmerz. »Eine Stunde lang, vorhin«, ‹beruhigte› er sie mit schwerer Zunge, »hab'ich mich sehr elend gefühlt.« Dennoch wünschte er – und wenigstens hier war sein Wille : der Wille eines dennoch=Guten, Gesetz – daß man ruhig weiter essen solle. / Ab & zu entfielen ihm abgebrochene Sätze – über eine demnächst stattfindende Auktion in einem Nachbarhause; über 1 Bekannten; auch daß er morgen nach London hinüberfahren wolle. Das waren die letzten vernehmlichen Worte, die er sprach : er erhob sich dabei. Schwankte. Weit schlug sein Oberkörper aus. Nur das sofortig=geübte Zugreifen seiner Schwägerin bewahrte ihn vorm Hin=Stürzen. – Sie versuchte, ihn zum Sopha hinüber zu geleiten. Aber er war unbeweglich geworden; er, der Dämmerungs=Herr in der Dämmerung; und *zu* schwer; und sank lieber auf der Stelle in sich zusammen. »Auf=die=Erde.....« war es ihr, als hörte sie ihn noch lallen. / *(geschwinde=leiser):* Sogleich wurden telegrafisch die Ärzte berufen. Die Kinder. Die engsten Freunde. – Es waren nicht mehr viel : *sie=Alle* waren mit 50 gestorben, wie jeder anständige Mensch; Keiner 60 geworden, wie Dickens einmal, trübe sich wundernd, anmerkt : *sie=sämtlich zu tode gekünstlert.....*

A. (gelassen=bedeutend): Alle Rettungs=Versuche kamen zu spät : Dickens hatte einen Gehirnschlag gehabt. / Noch ging der arme=Atem röchelnd; 24 Stunden lang. Am Donnerstag Abend; am 9. Juni 1870, 18 Uhr 10, starb Charles Dickens, der Herr der Dämmerung. / *(sachlicher=entlassender):* Sich selbst entronnen liegt er im ‹Dichterwinkel› der Westminsterabtei. Neben ihm Händel & Sheridan. Umgeben von den Denkmalen Chaucers; Drydens; Shakespeares. Auch ich bin, den schnöden Filz in der Hand, davor hingetreten : et hic Dii sunt. –

(Gong; langsam verhallend)

CHARLOTTE BRONTË
21. April 1816, Thornton – 31. März 1855, Haworth / Yorkshire

EMILY JANE BRONTË
20. August 1818, Thornton – 19. Dezember 1848, Haworth / Yorkshire

ANNE BRONTË
17. Januar 1820, Thornton – 28. Mai 1849, Scarborough

BRANWELL BRONTË
26. Juni 1817, Thornton – 24. September 1848, Haworth / Yorkshire

ANGRIA & GONDAL

Der Traum der taubengrauen Schwestern.

Sprecher:

A.:	Berichterstatter; ältlich	Männerstimmen
B.:	Frager, jung & interessiert; aber noch zu gesund, um ganz verständnisvoll zu sein.	
C.:	Gebändigt & taubengrau; aber doch, falls erforderlich von frömmster Unbarmherzigkeit. – Stellvertretend für Charlotte und Anne.	Frauenstimmen
D.:	Laut; seltenstes Gemisch aus ätherischer Wildheit und eiserner Energie: Emily Brontë.	

D. (brüsk grollend; dann erhaben): Bin *ich* im Unrecht ?
– Weil *Ihr* steht,
und glaubend zagt und hoffend fleht ?
: *Ich selbst erfüll' mir mein Gebet !*
: Gott der Gesichte, tritt hervor,
und künd', *warum* ich Dich erkor !
(kurzer, scharfer Gong)

A.: Wie so oft in der englischen, großen, Literatur kamen sie aus *keltischem* Stamm.

B. (fragend wiederholend): ‹Wie so oft› ? – Mir fallen im Augenblick nur Ossian und Swift ein. Yeats noch.

A.: Goldsmith; Joyce; Wilde; Moore. Die Schotten dazu : Burns; Scott – *(ablehnend):* undsoweiter, das ist 1 Kapitel für sich. – / Die Mutter, Mary Branwell, war aus der ‹Sonnenecke› Großbritanniens.....

B. (fürwitzig unterbrechend): Gibt's das über'm Kanal überhaupt ?

A.: Sie werden auch noch davon abkommen, nur in Deutschland ein ‹Sonnenland› zu sehen. / Penzance in Cornwall *ist* schon berühmt ob seiner ‹linden Lüfte›; und Frost und Schnee sind ganz selten, wie es sich für einen klimatischen Kurort ziemt. Dort also wächst die Mutter auf; 1 von 5 Kindern eines Kaufmanns und Ratsherrn der kleinen Stadt. Früh verwaist, lernt sie 1812, bei einer Cousine, einen jungen ‹Reverend› kennen; den Pfarramtskandidaten : *Patrick Brunty.*

B.: Dessen Vorname ja bereits den *Iren* kundtut : also *beide* Elternteile keltisch. Darf ich übrigens gleich darauf hinweisen, daß, meines geringen Wissens, die Kelten *nicht nur* feurig=romantisch=poetisch sind; sondern gleichermaßen arbeitsscheu, eitel und versoffen. Oder hat man mich da falsch berichtet ?

A.: Es ist zwar mißlich, mit ‹Volkscharakteren› zu arbeiten; einzelne Züge treffen freilich : aber wir haben es grundsätzlich mit Individuen zu tun ! / Stellen Sie sich den kleinen Patrick Brunty – 1777 war er geboren – als barfüßigen, ziemlich zerlumpten Jungen vor; umgeben von dem üblichen irischen Kinderdutzend.....

B. (einschaltend): Richtig; das hatt'ich vorhin noch vergessen : Armut & Fruchtbarkeit.....

A.: Der Vater – übrigens Protestant : ein erster un=irischer Zug – besitzt ein paar ganz unzureichende Morgen Ackerland. Der Beruf speziell dieses Sohnes, ergibt sich ‹organisch› : *so* mächtig ist sein Knochenbau, *so* hochgewachsen schon der 14=jährige, daß Jedem unwillkürlich das Wort ‹Grobschmied› einfällt – ergo wird er zu einem in die Lehre gegeben.

B.: Vorhin war er aber doch ‹Reverend›, wie Sie sagten : Was ist da passiert ?

A.: Die ‹Begabung› des Jungen ist ebensogroß wie sein Lerneifer, *und sein Fleiß* : un=irisch, eh ? ! – Abends sitzt er beim Dorfschulmeister; bildet sich, so gut es geht : mit 17 macht er bereits den Hilfslehrer. Er muß unbeschreiblich gearbeitet haben; denn mit 21 ist er schon Hauslehrer bei den 2 Söhnen eines wohlhabenden Pfarrers, der eines der Häupter der ‹Wesleyaner› ist – Sie, der Sie zu Verallgemeinerungen neigen, würden sagen.....

B. (rüstig=unbeschämt): ‹Die Neigung des Angelsachsen zur Sektenbildung›, würde ich sagen. – *(herausfordernd):* Möchten Sie etwa behaupten, daß ich Unrecht hätte ? –

A.: Nicht, wenn Sie es unter dem größeren, bedeutenderen, Aspekt einer prachtvoll=unbezähmbaren *Neigung zur Selbständigkeit* sehen; wie sie eben die Zierde des Engländers darstellt – *(halblaut=bekümmert):* ...und dem Deutschen so notorisch fehlt. / Dieser Pfarrherr jedenfalls tut das

Seltenste : er schickt den hochbegabten 25=Jährigen auf seine Kosten zum Studium nach Cambridge – natürlich muß auch für 1 ‹Stipendium› noch gesorgt werden.

B. (nachdenklich): Mit 25; und ohne systematische vorangegangene Schulbildung *studieren ?* – Ts : das ist allerdings eine anerkennens= und hochrühmenswerte Energieleistung – das kann nicht Jeder !

A.: Wenn Sie das nur einsehen. – Ganz abgesehen von dem rein *menschlichen* Problem : als ärmlicher, halbgebildeter 25=Jähriger, mit steinreichen, 17=jährigen Lords=Söhnen auf der gleichen Schulbank sitzen ! / Jedenfalls schafft er's – aber wie ! : Eisern & rücksichtslos gegen sich, gegen Körper Geist Gesundheit; spartanisch einfach in Kleidung Wohnung Essen – *(mitleidig=leiser):* – auch früh schon gezwungen, durch die allerbilligsten, leicht erreichbaren, Stimulantien, aus Leib & Seele das Letzte für gelehrte Nachtwachen herauszuholen.

B. (betroffen bis beschämt): Oh – : Fusel ? Als Gehirnpeitsche ?. – Dann hätte ich mich allerdings vorhin=ä – *(tapfer):* – *albern* ausgedrückt.

A. (bestätigend): Wenn Patrick Brunty – der übrigens in jenen Cambridge=Jahren, mit leiser Hand, seinen *Namen* abzuwandeln begann : erst in *Bronte*, noch *ohne* irgendwelche Akzentuierung; dann in das allgeläufige ‹Brontë›, mit dem Trema über dem ‹e›...

B. (fragend): ... und zwar warum ?

A.: Der bekannte Schläger=zur=See, Lord Nelson, war 1799, nach Abukir, zum ‹Herzog von Bronte› ge=‹duket› worden...

B. (triumfierend): Also *doch* die berufene Irische Eitelkeit.

A. (berichtigend): Sagen wir, verständnisvoller, *so* – : der Arme, von künftigen Mitgliedern des ‹Oberhauses› Eingekreiste, hat sich wahrscheinlich ein kleines ‹Alibi› verschaffen wollen : ein hilfloser Versuch, seine – vermutlich furchtbare ! – Isolation zu durchbrechen. : In *meinen* Augen ausgesprochen *rührend.* – / 1806 jedenfalls ist es ausgestanden : er wird offizieller Geistlicher der englischen Hochkirche; und durchläuft in rascher Folge mehrere kleine Pfarrstellen. Sehr bald landet er in Haworth in Yorkshire; und ist dort, nach 50 endlosen Seelsorgerjahren, 1861 gestorben.

B.: Vorher wollen wir ihn aber erst einmal heiraten lassen : seine Cornwall=Keltin von vorhin, ja ?

A.: Und hat mit ihr 6 Kinder : 5 Töchter – von denen 2 im Schulmädchenalter sterben; und 1 Sohn. Auch die Frau erliegt früh einem Krebsleiden : 1821. Eine ihrer Schwestern, Elizabeth Branwell, hat dem Schwager dann, bis an ihr Ende, den Haushalt geführt. – / Stellen Sie sich also vor.....

B. (bremsend): Moment ! – : Könnten wir eventuell ganz ‹von außen› herankommen ? : Dann könnte ich mir's ja am allerschönsten bildhaft vorstellen. Könnten wir mit Yorkshire=selbst beginnen ? Ich weiß lediglich, daß es in Mittelengland liegen, und von ausgezeichneter Rauhheit sein soll; sowohl was den Dialekt seiner Bewohner, als vor allem auch das Wetter betrifft ?.....

(langsamer nachdenklicher Gong)

A. (überlegend; Zug für Zug zusammenstellend): Yorkshire 1826 ? – / Wenn man von London aus, dem endlos erleuchteten, 300 Kilometer nach Norden fährt : da wird das Land hügelig; enge gewundene Tälchen durchschneiden das gebuckelte Labyrinth; dann kommen weite moorige Hochflächen, schwarz, rauh, noch heute völlig ungezähmt. Kein frisches Laubgrün, keine farbenprächtige Blume; höchstens Haideflächen; Steine dann und wann. Und über allem die prachtvoll graue Wildheit eines rasch strömenden Himmels : die wenigen Baumkrüppel fliegen am ganzen Leibe !

B. (mit leiser Mahnung): Also, nüchterner : öde unwirtlich verlassen. – Kann man bis ‹langweilig & ungesund› gehen ?

A.: Das kommt auf die geistige und körperliche Konstitution an : Wer ‹mediterran veranlagt› ist, und ‹gesellig›, Der tut gut, ‹West=Riding› von seiner Landkarte zu streichen. / Die Bevölkerung, wie immer in solchen Landstrichen, ist ausgesprochen ärmlich. Wobei sich als unvermeidliches Correlat Habsucht mit ergibt. Die Sitten rauh : Bildung gelangt wenig in solch entlegene Hügel; auch der Dialekt bergbewohnerisch breit : besonders dem *deutschen* Leser mühevoll zu verstehen.

B.: Der Städtchen also wenige und kleine. Auf dem eigentlichen ‹Lande› annähernd die Atmosfäre der Hauptmann'schen WEBER, ja ?

A.: Genau sogar ! : SHIRLEY schildert das Elend recht faßlich; wenn auch etwas zu ‹foin›; die Ursache dafür erfahren Sie noch. / Jedenfalls nähern Sie sich, in Gedanken, bitte, durch die beschriebene Einöde nunmehr einem kleinen Flecken : *Haworth*. Die Straße steigt hügelan – der Ort ist schon aus 3 Kilometer Entfernung voll sichtbar – rechts links und im Hintergrund, die weiten ungegliederten Hänge, moorüberlaufen : wenn die ‹Haide blüht› werden sie purpurn ! – Zur Zeit soll es freilich gießen und stürmen.....

B. (gefällig kunstvoll schaudernd): Brrrr : wie die Scheiben des Abteils schraffiert sind ! – *(betroffen):* – oder, meingott, nicht einmal *das* ! : Wir schreiben ja erst 1826, wo es noch gar keine Eisenbahnen gibt ! – *(ergeben):* Nujut. Gehen wir also zu Fuß. – Oder müssen wir gar reiten ?

A.: Nein; ich will mich erbarmen : ‹Wir fahren in der Kutsch'› ! / Schon ist, wie gesagt, längere Zeit der Kirchturm in Sicht gewesen – nun verschwindet er auf einmal; die Straße windet sich um den plumpen Hügel; über das Brückchen des ‹Beck›; immer weiter hinauf, immer steiler. Schon geht es durch die ersten Häuser des Fleckens.....

B. (‹mitgehend›=einfallend): Was für Häuser : Fachwerk mit Stroh ?

A.: Nein : große Bruchsteine; Steine gibt es genug hier. / Auf dem Plateau=oben 1 kleiner freier Platz, auf 3 Seiten mit Gebäuden eingefaßt : Kirche Schule Pfarrhaus : in langen Sätzen springt die Regenschlange vom Dach. Etwas erhöht noch, über allem, der Friedhof. – Die eine offene Seite führt ins Freie; hinaus auf, erst, Äcker – die sind jetzt grauer Brei; dann fahl=schöne Weiden; dann gleich wieder Moore, wo Wasser faul zwischen Gräsern schwimmt.

B. (mißtrauisch): Pfarrhaus & Friedhof beisammen; und der letztere ‹*höher* gelegen› ? Das hör'ich arg gern; zumal in jener Zeit der Flachbrunnen mit Handpumpe : wäre da nicht gegen das *Trinkwasser* einiges Namhaftes einzuwenden gewesen ?

A.: Ja; natürlich. Die hohe Sterblichkeitsziffer im Pfarrhaus kann durchaus auch *damit* zusammengehangen haben – *gesund* ist es auf keinen Fall gewesen. / Aber haben Sie am Fenster des Pfarrhauses – die Scheiben zerflossen freilich wie Protoplasma – die 4 Gesichter gesehen ?

B. (neugierig): Nein. – Führen Sie sie vor.

A. (mitleidig): Es waren *Kinder*=Gesichter : blaß klein spitz; still mit verhangenen Augen : Charlotte 10 Jahre; Patrick Branwell 9; Emily 8; Anne 6. Sie sind allein im Zimmer.....

B. (fragend): Wo ist denn jene Mutterschwester, Tante Elizabeth, die sie erzieht ?

A. (bedauernd): Oben in ihrem Zimmer : sie hat viel Kopfschmerzen, und kann – ehrlich kränklich; überdem misanthropisch – sich den Kindern nur zu, genau festgesetzten, Erziehungsstunden widmen.

B.: Und der Herr Papa ?

A.: Das ist 1 *ganz* schwieriger Fall. – Auf der einen Seite glänzend begabt – er ist Schriftsteller, und hat 2 Bände Gedichte und Novellen veröffentlicht; späterhin auch noch Predigten – und kann auf *Einfälle* kommen ! Bizarr=genial, wie nur je irische ‹bulls› oder ‹whims› ! : Als er einmal merkt, daß seine Kinder Hemmungen haben, sich über irgendetwas frei auszusprechen, holt er ‹einfach› 1 Maske vom Boden; Jedes der Kinder bekommt sie, der Reihe nach, vorgebunden; und kann *‹folglich› : ist es doch nunmehr ‹1 Anderer› !,* ungezwungen reden.

B. (frappiert): Das ist allerdings – 1 tolle Idee ! – Aber grandios auf kindliche Mentalität abgestimmt. – *(einschränkend):* das heißt : auf die Mentalität *sehr begabter* Kinder. / Was ist denn aber Ihre ‹*andere* Seite› ?

A. (kopfwiegend): Andererseits ist Patrick Brontë ein grauslicher Autokrat & Haustyrann ! / Einmal hat seine Frau ein seidenes Kleid geschenkt bekommen – er entdeckt das; und, in rasendem Puritanismus, wie nur je eine der ‹Eisenseiten› Cromwells, *zerschneidet* er es, 1 knirschende Viertelstunde lang, in kleinste Schnipsel.

B. (mitfühlend): Arme Frau. Die morgens aufwacht; und dergleichen Dickkopf auf dem Kopfkissen neben sich finden muß.

A.: Wenn er sich geärgert hat, pflegt er treppab zu rennen, vor die Hintertür; *und seine Pistolen in die Luft zu feuern* ! – Oben die kranke Schwägerin=im=Bett, beziehungsweise die Kinder=unten, nickten dann wohl sachlich : irgendetwas hatte Väterchen anscheinend geärgert.

B.: Immerhin : ziemlich heftige Belustigungen für einen ländlichen Pfarrherrn, wie ?

A.: Bezeichnend, daß & Wem er speziell *diesen* Zug weitergab : einer der *Töchter :* dem eisengrauen weiblichen Dschinn Emily. – / Schlimmer als dergleichen akustische Abreagierungsmanöver war jedoch eine andere seiner Gewohnheiten – *(halblaut):* und ‹richtiger› wiederum; wie man's nimmt. – *(wieder normal):* Er *speiste* grundsätzlich allein; stundenlang; ganz für sich.....

B. (aufmerksam): Ich habe einmal Jemanden gekannt, der pflegte zu sagen : ‹Er äße ungefähr ebensogern in Gesellschaft, wie er in Gesellschaft das Gegenteil tue› – *(entschuldigend):* freilich mußte der Betreffende fast 7 Jahre beim Militär, bzw. in Kriegsgefangenschaft zubringen; wo 1 nicht unbeträchtlicher Fluch ja *darin* besteht : daß man nie – *aber auch schon nie !* – allein ist.

A. (verneinend): Hier lag der Fall *wieder* noch anders. / Ich deutete schon früher an, daß Patrick Brontë eine – zumal um 1800 – fänomenale Energieleistung vollbracht hatte : vom zerlumpten irischen Bauernjungen an; bis hinauf in einen geachtetsten Hoch=Beruf. Er hatte ‹es geschafft› – : – *aber er soff seitdem !* – / *(sachlicher):* Und um seinen Kindern; und ‹seiner Umgebung=allgemein›; das unschöne Schauspiel zu ersparen, aß *& trank* er allein. Noch im Verfall beherrscht, und von supremer Energie : was wird der Mann in den 40 Jahren, die er noch – ‹unerforschlicher Ratschluß Gottes !› wird er geflucht haben – leben mußte : *Alle; Frau & sämtliche Kinder überleben mußte !* – seinen unzerstörbaren Knochenbau nicht verwünscht haben !

B.: Hm. – Wenn Sie's *so* sehen; dann ist da natürlich 1 gewisse Tragik..... : Hmmm. / : Jetzt fangen die 4 Kindergesichter *doch* an, mich zu beunruhigen. – *(nach 1 Ausweg suchend):* Wie steht es denn mit *Spielgefährten* ?

A. (unerbittlich fest): Keine ! Und es ist ja auch schwer vorstellbar, welcher Art solche ‹Spielgefährten› sich unter den Dorfkindern von Haworth hätten auftreiben lassen sollen ? Für diese 4, unheimlich begabten, spitzfindigen : spinnfitzigen, merkwürdigsten Kinder ! / Stellen Sie es sich doch, bitte, ganz eindringlich vor : *Diese* Landschaft. Und *diese Isolation.* Und damit gepaart 4 *Intellekte rarer Sorte* ! – / *(bedeutend lauernd):* Was würden *Sie* – nicht nur zum Weiter=Leben; nein : zum nackten *Über*=Leben ! – denn hier vorschlagen ? –

B. (ratlos): Tcha. – / Oh verflucht : *so* hab'ich mir das nicht gedacht ! : *Immer* Regen ? Immer Wind; immer *ganz* allein ? – Hm. – / 1 *Vorschlag* : – : Wie wär's mit einem weißen Spitz ? Beziehungsweise einem löwengelben, ich will keinem ‹Besitzer› wehe tun. Oder daß jedes der 4 Kinder ‹sein Kätzchen› hat ?

A.: Selbstverständlich. *Das* hatte ohnehin jeder der 4. Vor allem der Groß=Genius der Familie, *Emily*; von der die überlebende Schwester schreibt : »Für *menschliche* Wesen hatte sie *nie* etwas übrig; die Summe ihrer Liebe galt, von A bis Z, : *Tieren.*« / Allerdings auch das wieder in einer amazonischen Art : als die Riesen=Bulldogge ‹Keeper› – ‹Packan› zu Deutsch – nicht gehorchen wollte; sondern immerfort, trotzig, die Familienbetten besudelte, ging Emily nach oben. *Griff* sich das Tier – obwohl notorisch *Lebensgefahr* damit verbunden war ! – *drosch* den Riesenhund windelweich. Und kam dann still, ohne 1 Wort; schneeweißen Gesichts; zurück in den Kreis der zitternden Geschwister. – / : Der Hund lag, nach Emily's Tode, monatelang winselnd, vor der Tür ihrer Schlafkammer. Und starb 1 Jahr darauf; an gebrochenem Herzen.

B. (unbehaglich): Schön. Gut. – Obwohl ich einsehe, daß *Tiere* zum Überleben noch nicht ganz genügen. – / Frage : Was also bleibt den Vieren ? !

A. (feierlich): Es bleibt die *letzte* große Rettung des, in extremer Situation befindlichen jugendlichen Genius. Es bleibt – *(mit einprägsamem Nachdruck): das ‹Längere Gedankenspiel›* !

(Gong; langsam=unentschieden)

B. (probierend): Das ‹Längere Gedankenspiel› . . . . . Ich kann mir wohl denken, was Sie meinen. – *(Nüchterner):* Obwohl ich mich gegen die feierliche *Über*=Betonung wenden würde, die Sie anscheinend beabsichtigen : ‹Träumer› sind doch weder so selten; noch so ehrwürdig.

A.: Wobei wir gleich eine erste sprachliche Unscharfheit berichtigen können. / Der Unterschied zwischen ‹Traum› und ‹Gedankenspiel›, liegt ja *darin*, daß die *Traum*=Ereignisse in ausschlaggebendem Maß *passiv* erlitten werden : wir erfahren nur zu oft unerwünscht=empörendste Rücksichtslosigkeiten, Alpträume, Gefangenschaften. Während beim *Gedankenspiel* das Individuum wesentlich *souverän* schaltet; aktiv=auswählend und anordnend. Was man in der Alltagssprache einen ‹Träumer› schilt, ist in Wahrheit nichts, als ein süchtig=fauler ‹Gedankenspieler› : die ‹Traumspiele› der Literatur sind im Grunde *Gedankenspiele*.

B.: Zugegeben. – Aber ist mit solch sprachlicher Klärung viel erreicht ? Gewiß ist nichts häufiger, als daß Einer sich ‹etwas ausmalt›; das ist weder ein seltener noch extremer Vorgang; sondern gehört zum unveräußerlichen Bestand unserer Bewußtseinstatsachen.

A.: Sehr richtig. – Und die, der literarischen Formung fähigen ‹Gedankenspiele› sind bekannt genug. Ja : ‹zeichnerisch› sind auch kindliche ‹Gedankenspiele› sattsam bekannt; denn das Kind ist eben nun einmal ein berüchtigter ‹Gedankenspieler›. Der ausführlich=künstlerischen Wiedergabe durch *Worte* jedoch, ist die Kindliche Vorstellungswelt äußerst schwierig zugänglich : weil die werkgerechte Handhabung des erforderlichen Wortschatzes eben beim Kind nicht gegeben ist – da gibt es denn auch keine objektive Mitteilbarkeit; zumindest nicht durch Worte. Denn was im Allgemeinen so an kindlichen Gedankenspielen serviert wird, ist ja entscheidend verfälscht durch mühsam=spätere Reflexion – vielleicht sind Frauen hier zur Wiedergabe geeigneter; ich denke an manche Passagen des Niels Holgersen oder der Colette. Ich allerdings halte diese Klasse der Gedankenspieler für, im allgemeinen, literarisch *nicht* erfaßbar..... *(murmelnd):* Malkin vielleicht...

B.: Moment. : Darf ich Sie mit 1 Namen widerlegen ? : ORPLID !

A. (nickend): Das ist zwar, genau genommen, ein Produkt jünglingshafter Jahre; aber ich akzeptiere es aus bestimmtem Grunde. – *(langsam wiederholend):* ‹Du bist Orplid, mein Land, das ferne leuchtet›. : Wie würden Sie den Begriff ins Englische übersetzen ? Nicht langatmig *umschreiben*; sondern eine ganz kurze, schnelle Ein=Wort=Übersetzung. Daß ein Angelsachse sofort wüßte, was Sie speziell hiermit, mit ‹Orplid›, meinen ? –

B. (schweigt verblüfft.).....

A. (eindringlich): ANGRIA müßten Sie sagen : *Angria und Gondal* !

(Gong)

B. (neugierig): Ach*so*. – Es führen viele Wege nach Haworth : ein ‹Orplid› also ist das letzte Auskunftsmittel der 4 Kleinen Blaßgesichter am Fenster ?

A.: Prägen Sie sich die Situation nur noch einmal recht ein. / Der Tag hat schon Grauingrau *an*gefangen. Der Pechklumpen einer Morgensonne brennt 1 Augenblick zwischen den Bleigebürgen der Wolken – gleich verschwindet sie wieder. Angezogen und dennoch frierend warten die Vier im unangenehm großen, nicht zu erheizenden, Zimmer im Erdgeschoß. ‹Tabby›, die großknochige Yorkshire=Bäuerin – Magd, Köchin & Kindermädchen in einer Person – hat die Morgensuppe angerührt : mit dem unrettbar verseuchten, aller sanitären Maßnahmen spottenden, Leichenwasser.....

B. (schaudernd): Brrr – haben Sie nich'n Konn=jack im Haus ? – *(erleuchtet):* Übrigens da fällt mir ein : vielleicht hat der Vater *des*wegen Alle überlebt, eben *weil* er sämtliche Speisen so ausgiebig mit Whisky desinfizierte ? !

A.: Der Einfall ist so abwegig nicht. / Jedenfalls sitzen die Kleinen anschließend herum. *Lesen* mit ausdauerndstem Fleiß. Spielen mit ihren *Tieren*. Gaffen verloren durchs *Fenster* ? : Die schwarzen Knochen der Pflanzen triefen; hinten graut das Moor.

B.: Aber die Tante gibt ihnen doch, denk'ich, Unterricht ? War er übrigens im geringsten nützlich ?

A.: Oh ja; sie war eine gebildete Frau. – Aber lange hintereinander hält sie das Stundengeben nicht aus; überwältigt von Nerven & Kopfschmerz, zieht sie sich wieder nach oben zurück, auf ihr Zimmer.

(unvermittelt fallen, rasch=unregelmäßig, 5 möglichst laute Schüsse : die Zuhörer sollen getrost aufwachen. Zumindest auffahren.)

B. (verständnisvoll): Aaah – der Herr Papa haben sich über etwas geärgert.

A.: Die Kinder lernen indes ihre Lektionen für morgen – das geht nur allzuschnell; denn sie sind sämtlich schandbar ‹begabt›. Draußen verdämmert schon wieder der Tag. Wolken, immer schwerer erkennbar, arbeiten sich durch den Himmel.....

B.: Also lag durchaus etwas wie eine ‹Tagesordnung› fest : man lebte *nicht* genialisch ?

A.: Man lebte, wie Genien zu leben pflegen : das heißt, gemäß einer Tagesordnung von geradezu *unsinnigem Pedantismus*. – Der echte Künstler hat nämlich, von Berufswegen, in seiner Arbeit, ‹dienstlich› so viel mit dem Chaos zu tun, daß er es sich gar nicht leisten kann, auch im häuslichen Leben noch Bohème zu spielen – wie der Nicht=Künstler sich das meistens so vorstellt. ‹Künstler=Sein› ? : das heißt 50 bis 100 Prozent mehr arbeiten dürfen, als andere Berufe. – / Und also konnten sich die Bewohner des Fleckens Haworth, Fremden gegenüber anheischig machen, *fast auf die Minute genau* Auskunft darüber zu geben, was die Insassen ihres Pfarrhauses=oben jetzt gerade treiben würden : da sind die, stundenplanmäßig festgesetzten Näh=Lektionen im Schlafzimmer der Tante – demselben Zimmer, das vorher auch dem eigentlichen Schulunterricht diente. Zu feststehender Stunde, sehr zeitig übrigens, wird gegessen. Spätnachmittags, von 18 bis 20 Uhr, liest die Schwägerin dem Schwager, allein auf seinem Zimmer, vor.....

B. (resigniert): Naja. Es stand zu erwarten.

A. (fortfahrend): Punkt 20 Uhr versammelt sich die ganze Familie, inklusive der Tabby=für=Alles, im Amtszimmer des Pfarrherrn, wo eine Abendandacht gehalten wird. Um 21 Uhr liegen Vater, Tante, Tabby, Jeder in seinem Bett=oben – und nun sind die Kinder ‹frei›, im großen Halb=Saal unten : rastlos, energiegeladen, tigern sie auf & ab. Drücken die Näschen an die Fenster ? : Draußen, im Wind, fängt es zu pfeifen an, über die Schafkoben her, die undeutlich im Moor hocken : so eine Nacht ist im Anzug, wo Eule wider Eule fliegt.....

B. (irritiert): Sehr schön; beneidenswert=lyrisch – aber wollen wir, bitte, dadurch die Fakten nicht verfälschen; ich möchte Zahlen, Daten, scharfe Bilder : *wie alt* sind die Kinder, als sie nun – ich merke es wohl – ihr erstes ‹Längeres Gedankenspiel› beginnen ? – *(nach einer kleinen Pause):* Oder nein; noch ein anderes zuvor : was gab den ersten Anlaß dazu ?

C.: Wir richteten unsere Spiele ein : im Juni 1826 JUNGE LEUTE. / Ende Juli 1827 UNSERE KAMERADEN. / Dezember 27 DIE INSELBEWOHNER..... Ich will den Ursprung unserer Spiele, soweit ich es vermag, noch exakter angeben :

Papa kaufte in Leeds ein paar hölzerne Soldaten für Branwell. Als er von der Reise zurückkam, war es schon Spätabend, und wir im Bett; und so wurde es Morgen, ehe Branwell mit seiner Schachtel Soldaten an unsere Mädchen=Tür kam. Emily und ich sprangen sofort aus den Betten; ich griff mir 1 der Soldaten, und rief sogleich : »Das ist der Herzog von Wellington ! Das soll mein Herzog sein !«. Ich hatte kaum ausgesprochen, als auch Emily 1 zur Hand nahm : das solle ‹Ihrer› sein. Und schon kam auch Anne herbei, und sagte, 1 müsse ihr gehören.....

A.: Das berichtet Charlotte in der GESCHICHTE DES JAHRES.

B.: Schon wieder erheben sich diverse neu=dringende Fragen. – Als erstes das : *Wie alt* waren die Vier, als jene Soldaten, jene ‹Spielvorlagen›, anmarschiert kamen ? Übrigens : verwendeten die Brontë's ebenfalls das

Wort ‹Spiel› ? Oder übersetzen Sie's nur so, um Ihre Theorie zu untermauern ?

A.: ‹Play› ist ihr technischer Ausdruck dafür. – Und 1826, als das Große Spiel beginnt, ist Charlotte, die Älteste, 10; Patrick Branwell 9; Emily 8; Anne, die jüngste, 6.

B.: Enorm jung. – Und Alle 4 spielen dasselbe Spiel ? Es handelt sich also um eine ‹Gemeinschaftsproduktion› ?

A.: Zunächst ja. – Die Kinder beleben also jene Soldaten – die bald DIE JUNGEN LEUTE heißen; wohl auch DIE ZWÖLF – und fangen an, einander deren ‹Erlebnisse› zu erzählen; sie in der Fantasie mit= und nach=zuspielen. Zunächst müssen die Helden natürlich, um ihnen volle Handlungsfreiheit zu ermöglichen, zu ‹Neuen Ufern› transferiert werden.....

C.: Schön. Also, wie ich zuvor schon erwähnt habe, gingen wir am 1. März des Jahres 1793 von England aus unter Segel. Am 15. kam die spanische Küste in Sicht. Am 16. landeten wir kurz; kauften Vorräte an Lebensmitteln=undsoweiter ein; und stachen am 20. wiederum in See. Am 25., um die Mittagsstunde, rief Henry Clinton, der sich zufällig in der Takelage befand, zu uns herunter, daß er ‹das Auge eines Taifuns› erblicke! Binnen Minutenfrist waren wir Alle an Deck, und starrten unverwandt und erschrocken in Richtung eines Berglandes, über dem wir deutlich den ominösen Fleck, hoch im Himmel, hängen sahen.....

B.: Also das seit Ramses geläufige, uralt=heroische Mittel, um zu Fabelküsten zu gelangen : ein Sturm, dergleichen man, seitdem die Welt in Angeln geht, noch nie erlebt hat, jagt Schiff & Mannschaft hurtig=gefällig in ihre Neue Welt. – Übrigens fiel eben schon 1 Name : wie weit sind die der andern Seefahrer bekannt ?

A.: Aber alle, ohne Ausnahme ! Sie werden schon noch sehen, wie sorgfältig, wie umfangreich, das Ganze auf= und ausgebaut ist. – Hören Sie nur... :

C. (zählt schüchtern=selbstbewußt her): Marcus O'Donell / Ferdinand Cortez / Felix de Rothesay / Eugene Cameron / Harold Fitz=George / Francis Stuart / Henry Clinton / Ronald Traquair / Ernest Fortescue / Gustavus Dunaley / Frederick Brunswick / und Arthur Wellesley.

A.: Genau das – für ‹primitive› Typen von Gedankenspielen charakteristische – ‹Höhergreifen› in den Namen; die Selbstberauschung durch wohllautendste Akusmata : ‹Brenzaida und Zamorna›. Man kann ohne weiteres die Behauptung aufstellen, daß die Gedankenspieler der unteren Klassen, solcher Selbst=Hypnose durch prunkvolle Silbenakkorde nicht zu entraten vermögen. Einen Satz den man, nebenbei bemerkt, nicht ohne weiteres umdrehen darf : es gibt sehr wohl Gedankenspiele vom höchsten

Kunstwert, Poe ‹Pym›, denen, gewissermaßen als atavistisches Schwänzchen, diese Verstiegenheit noch anhaftet.

B.: Es ist ja aber auch durchaus menschlich=begreiflich, wenn das nicht für voll genommene Schulkind, der Lehrling im Büro, der Kommis hinterm Ladentisch, die Näherin am Fließband – sämtlich hoffnungslos umgeben von Max Grete Paul, Lehmann und Müller und Schmidt, und überhaupt derbster Alltäglichkeit – wenn die daran verzweifeln, daß zwischen solcher, ihnen ‹banal› erscheinender Kulisse, ‹Höheres› möglich sei. Daß ‹Rita Hayworth› in Wirklichkeit auch nur Lieschen Müller oder so heißen könne, *glauben* sie nicht; daß ‹Giuseppe Verdi› auf gut=Deutsch ‹Josef Grün› bedeutet, *wissen* sie nicht; und außerdem ist ein ‹Marquis von Douro› eben auch heute noch mit dem Begriff ‹viel Geld› verbunden. – / Aber wie geht es den Jungen Leuten aus Haworth weiter ? : Wo landet man ?

A.: An der Westküste von Afrika scheitert behutsam das Schiff; und flugs gründet man die Neue Welt : das Königreich *Angria.*

B.: Ahî ! –

A.: Glass Town ist die Hauptstadt des ‹Heiligen Landes›; hier residieren und wirken zunächst die 12 Herren aus lackiertem Holz, an ihrer Spitze Arthur Wellesley – bis dann, später, Jeder seine eigene Provinz zugewiesen erhält : Die Fabel erweitert sich ins Maßlose ! / Schützend stehen ihren Helden zur Seite 4 Groß=Genien, unbegreiflich herrliche und mächtige Geisterwesen; und sie heißen, nicht allzu unerkennbar, Branii.....

B. (interessiert): Ach : Branwell, der Junge ?

A. (fortfahrend): Emmii; Annii; und Tallii.

B.: Emily demnach; Anne; und folglich – das wäre so leicht sonst nicht erkennbar – muß Tallii Charlotte sein : es wird also auch eine *eigene Mythologie eingerichtet* ? – *(murmelnd):* Tatsächlich immer frappanter die Ähnlichkeit mit Orplid, und dessen auch so wild musizierenden Namen, Weyla und Ulmon – : das spielten ja übrigens *auch* Mörike & Bauer zusammen.

D. (geheimnisvoll und dramatisch): Eines Abends saßen wir Alle versammelt im Großen Zelt; die Meisten von uns um das röhrende Feuer in der Mitte.....

B. (unterbrechend): Hier ist den kleinen Herrschaften aber doch wohl Yorkshire dazwischen gekommen ? : Bei den ‹Aschantis›, in Zentralafrika, pflegt man schwerlich um den heulenden Kamin herum zu sitzen.

D. (erst ein wenig unwillig, ob der profanen Störung; dann wieder voll melodramatisch): ..... Um unser Lager draußen raste der Sturm, und wir lauschten ihm in bangem Schweigen. Nicht Einer von Uns mochte reden, viel weniger lachen; und die Pokale standen unberührt=randvoll auf der runden Tafel. Mitten in solche Stille hinein, hörten wir den Schall einer Trompete, der aus der Wüste herüber zu kommen schien – im nächsten Augenblick rollte ein Donnerschlag durch den Himmel heran, daß die Erde in ihren Grundfesten zu erzittern drohte. / Schon waren wir Alle auf den Beinen, und standen erfüllt von Schreck; der sich jedoch unlängst in Verzweiflung wandelte, als ein neuer Ruf des furchtbaren Hornes erscholl. Mit *einem* Schrei – nicht des Mutes, sondern der Furcht – stürzten wir Alle aus dem Zelt; wo unser draußen ein Anblick von so gräßlicher Größe harrte, daß selbst heute noch, nach nunmehr 40 Jahren, wenn ich jener schlimmen Nacht gedenke, meine Glieder zu zittern beginnen, und mein Blut erstarrt – / : Wolkenhoch ragte ein mächtiger und schrecklicher Riese ! Seine rechte Hand hielt eine Trompete; die Linke 2 Wurfpfeile mit feurigen Spitzen.....

B. (verständnisvoll hineinmurmelnd): ..... Ah : 1 Gewittergottheit : nischt wie Thor plus Keraunos.....

D. (mächtig fortfahrend): ..... Auf einer Gewitterwolke, die vor ihm wallte, ruhte sein Schild; auf seiner Stirn stand geschrieben : *Ich ! Sturmgeist !* – Er schritt heran, über das schwarze Gewölk weg, das seine Schenkel umrollte, unachtsam des wilden Geblitzes, das ihn bezuckte. Näher trat er dem Ort, wo wir bebend standen; beschrieb 3 Feuerkreise in der Luft mit seinen Flammenwaffen – und hob dann die Faust zum Schlage : ? ! ! ! .....

B. (wohlig=angeregt): Es wird Einem so recht behaglich bei dergleichen, nicht ? : Weiß man doch genau, daß gar nichts Nennenswertes passieren *kann* – sonst wären die Helden ja sämtlich weg, und das Spiel aus. : Soll der Bube ruhig noch'n paar Flammenkreise beschreiben.

D. (erhaben): In diesem Augenblick vernahmen wir, klar und laut, eine Stimme, die sprach : »Geist ! – : Ich gebiete Dir, abzulassen.« – / Wir fuhren herum; und erblickten eine neue Gestalt, *so* gigantisch, daß selbst jener Geist nur ein Zwerg gegen sie schien. Sie warf einen freudigen Blick auf uns – und verschwand.

B.: Nemo contra Deum nisi Deus ipse. – Jetzt sagen Sie *eines* : woher *weiß* man das denn Alles so genau ? Bei Mörike ist es sattsam bekannt : im MALER NOLTEN läßt er Larkens erinnernd von dem großen Gedankenspiel der Jugend berichten – wobei sich natürlich nie ganz der Skrupel verliert : wieweit ist dieser Bericht kindlich=verläßlich ? Und wieviel davon ist, später hinzugekommene, reflektierend=berichtigende Kunstform des Erwachsenen ?

A.: Mit 11 Jahren – ich gehe nach der Ältesten, Charlotte; für die

Jüngste müssen Sie immer 5 abziehen – mit 11 also beginnt das Große Spiel; mit 13 setzen die ersten Niederschriften ein.

B.: Wieso verfielen die Kinder auf solchen Gedanken : es ist doch ganz ungewöhnlich in jenem Alter, dergleichen *schriftlich zu fixieren* – also ‹freiwillig Aufsätze zu schreiben›. Das wäre ja 1 Pracht=Exempel kindlichster Gedankenspiele, von denen Sie vorhin dekretierten, daß sie ‹literarisch nicht erfaßbar› seien. – Ist das erhaltene Material nennenswert umfangreich ?

A.: Machen Sie sich erst noch klar : daß ‹Schreiben=Schriftstellern› für diese Kinder etwas so Fernliegendes nicht ist. Sehen sie doch täglich den Namen des Vaters gedruckt vor 2 Büchern; *lesen* sie doch unermüdlich – da können sie schon zu guter Stunde auf den Einfall eigener Produktion geraten. / Außerdem *erfordern* der Riesenumfang, wie auch die daraus resultierende Kompliziertheit des Großen Spiels die Gedächtnishilfe schriftlichen Festhaltens. Und – das ist nun Ihre 2. Frage – : 1 Wunder ebenso, wie 1 Glücksfall für uns – ‹Uns›, das heißt hier ‹Leser, Schriftsteller, Literaturhistoriker, Pädagogen, Psychologen, Soziologen› ! – : *mehr als einhundert Hefte*, verschiedenen Umfangs; zusammen eine unglaubliche Masse Information, neben der unser deutsches ORPLID ins Belanglose verblaßt, liegen noch vor. Lange Zeit ehrfürchtig=verständnisvoll bewundert von der Brontë=Forschung, werden jetzt allmählich die vielen Tausende von Seiten gewürdigt; bedeckt mit so winziger, halb Schreib= halb Druckschrift, daß sie ohne stark vergrößernde Lupe einfach nicht lesbar ist.

B. (beeindruckt): Und Alles befaßt sich mit ANGRIA ? Mit seiner Geschichte; seiner geografischen und politischen Entwicklung; seinen Bewohnern ?

A.: Ganz sorgfältig wird das Reich aufgebaut. Da gibt es etwa ein *biografisches* Sammelwerk, excellent zum Nachschlagen à la ‹Who's Who ?› : LEBENSLÄUFE UND CHARAKTERISTIKEN DER BERÜHMTESTEN MÄNNER DER GEGENWART. Darin findet man, unter vielen Anderen, YOUNG SOULT, den Dichter; zu dem der bessere Teil Branwells Modell gestanden hat. Da ist SERGEANT BUD, einer der Groß=Schurken.....

B. (einfallend): Kann man dessen Steckbrief mal hören ? Schurken sind ja immer interessant.

C.: SERGEANT BUD ? – / : Dieser Mensch steht jetzt in seinem 25. Lebensjahr. Er ist groß und dünn. Sein Gesicht, obwohl eigentlich knochig, wirkt voll, und sein Profil ist sogar hübsch. Sein Auge blitzt; und Alles in Allem genommen sieht er gar nicht übel aus. / Er ist ein gewandter Rechtsanwalt, und ein mächtiger Lügner, unverschämt und von einer eisernen Stirn. Schriftlich drückt er sich zwar etwas weitschweifig aus, ist jedoch ein erzgeschickter Disputierer. An seinen kleinlichen Geiz reicht nur noch seine Verruchtheit heran. Er ist gleichzeitig ungesellig, und von widerlichstem Stolz; ein ebenso verstaubter Bücherwurm, wie großmaßstäblicher Schuft. Kurzum : er ist der echte Sohn seines Vaters ! – Jedermann kann ihn bestechen – wie ich auf meine eigenen Kosten in Erfahrung gebracht habe. Ins Gesicht hinein schmeichelt er Einem, trotz dem aalglattesten Höfling; hinter dem Rücken verleumdet er Einen, nach echter Schurkenweise. : Es ist eine ausgesprochene Schande, daß TALLII ihn derart in Schutz nimmt ! / Die Männer, die ihn seinerzeit durchprügelten, haben völlig recht gehandelt; und wenn es nach mir ginge, ließe ich ihn zunächst kielholen; dann bekäme er 70 mit der neunschwänzigen Katze aufgezählt; dann ließe ich ihn, verkehrt auf einem Kamel sitzend, durch ganz GLASS TOWN führen; und zum Schluß an einen 60 Fuß hohen Galgen hängen – wenn er dann tot wäre, könnte man ihn herunter schneiden, und die Chirurgen dürften ihn sezieren.

B. (frappiert & belustigt): Nicht schlecht. Wie keck gemacht ! – und das schrieb die 13=jährige Charlotte ?

A.: Da sind etwa PIGTAIL; und DOKTOR HUME BADRY. Ein »bedeutender politischer Schriftsteller« ist KAPITÄN BUD.....

C. (sachlich): KAPITÄN BUD. – : Dieser große Politiker steht zur Zeit im 45. Lebensjahr. Er ist hochgewachsen von Gestalt, dazu knochig und muskulös. Seine Züge wirken hart und abstoßend; das tiefliegende Auge glitzert und blickt durchbohrend. Sein Gang ist ausgesprochen ungraziös; eine seiner Schultern dazu noch etwas höher, als die andere – kurzum, seine ganze äußere Erscheinung gehört nicht gerade zu den ansprechendsten. / Dennoch bleibt er immer der fähigste politische Schriftsteller unserer Tage, und seine Arbeiten tragen so viel gedankliche Tiefe und ein derartiges Wissen zur Schau, daß ihr Nieveau selten von Anderen zu erreichen ist – zu übertreffen nie. Zuweilen schreibt er freilich ein wenig allzutrocken; und würde noch öfter so wirken, wenn nicht eben seine bedeutenden Fähigkeiten dem die Waage hielten. Ich muß gestehen, daß ich mehrfach, selbst über seinen besten Werken, eingeschlafen; und ebensooft, mit Beschämung, wieder erwacht bin. / Er ist hochgradig nervös, nörgelig und reizbar; obschon seine Lauterkeit und Rechtschaffenheit über jeglichen Zweifel erhaben sind. Man sagt von ihm übrigens, daß er Hypochonder sei; und Zeiten habe, wo er sich selbst für eine Feuerflamme hält, einen Stein, eine Auster oder auch einen Krebs. Ja, einigemale soll er sich schon als die Blüte einer Glockenheide empfunden haben, und *so* exponiert, daß er sich von jedem Windstoß in die Lüfte geführt däuchte. Während dieser Zustände sorgen seine Freunde dafür, daß die Öffentlichkeit ihn dann nicht zu Gesicht bekomme. – Was an dergleichen Unterstellungen Wahres ist, weiß ich nicht; obwohl ich glaube, daß einiger Grund dafür vorliegen mag.

B. (aufmerksam): Sehr nett. Man denke nur. – Könnten Sie eventuell noch einige weitere *Titel* von Heften nennen ? – *(bedauernd):* Für *mehr* ist im Augenblick ja leider keine Zeit.

A.: 4 Bände umfassen die ERLEBNISSE DER INSELBEWOHNER. Einmal erscheinen 6 Nummern einer Monatszeitschrift, ‹MAGAZIN DER JUNGEN LEUTE›. Fantastische Erlebnisse, Fabeln, immer ‹geformter›, mischen sich ein : DIE VIER ALTEN WASCHFRAUEN VON STRATHFIELDSAYE. DER TISCH UND DIE VASE IN DER WÜSTE. INNERES EINES BIERHAUSES, ein Gedicht. SZENE AUF DER GROSSEN BRÜCKE. ‹ETWAS IN 14 ZEILEN›.

B. (lüstern): Aber das sind ja aller=leckerste Überschriften ! Finden sich auch umfänglichere Produktionen darunter ?

A.: Durchaus : ein größeres Fantasiestück heißt DER GRÜNE ZWERG, EIN MÄRCHEN VOM PERFEKT – also eine ‹grammatische Fabel›. : DER DICHTERLING, Schauspiel in 2 Bänden. ERNTE IN SPANIEN.....

B. (entschieden): Genug zunächst – wir wollen ja möglichst nicht *auch* unversehens der vorhin angeprangerten ‹Berauschung durch Namen› unterliegen – obwohl ‹Wonnen der Aufzählung› wohl korrekter wäre. / Auf jeden Fall handelt es sich, wie ich einzusehen beginne, um ein ganz erstaunliches, in seiner Erhaltung einmaliges, Beispiel kindlicher Erfindungsgabe und Gestaltungskraft.

A.: Das meiste ist leider in Deutschland so gut wie noch ungekannt; zumal die Forschungslage überhaupt noch immer nicht voll befriedigend scheint. Besonders ausgezeichnet haben sich hier angelsächsische Filo*loginnen* : Phyllis Bentley; Fanny Ratchford; Margaret Lane. Dabei wären ja gerade hier rarste Schätze zu bergen; Sie sagten es vorhin schon, für Wen=Alles. / Mit zunehmenden Jahren nimmt nun auch in ANGRIA die literarische Fülle immer zu : Witz, Satire, Selbstkritik, treten auf.....

C. (eine halbbetrunkene Männerstimme imitierend): Eigentliche Verwandte ? : Besitze ich nicht. – Ein paar Leute, die sich so nennen, gibt es zwar; zumal in Gestalt von 3 Mädchen; aber.....

D. (eine nüchterne Männerstimme imitierend. – Einfallend): Wie heißen diese=Ihre 3 Schwestern denn ?

C.: Charlotte Wiggins; Emily Wiggins; und Anne Wiggins.

D.: Und die sind ebenso exzentrisch wie Sie ?

C.: Ach, das sind erbärmliche dumme Kreatürchen, nicht wert, daß man sie erwähnt. – Charlotte ist 18; ein vulgäres muffiges Ding; und reicht sogar *mir* kaum bis zum Ellenbogen. Emily ist 16; lang und schlaksig; mit einem Gesicht, so groß wie ein Markstück. Tja und Anne ? – : Anne ist überhaupt nichts.

D.: Wie das ? Doch kein Idiot ?

C.: Na viel fehlt nich.

D.: Hmm. – Da seid Ihr ja ein feiner Verein, Master Wiggins !

B. (konsterniert): Halthalt : wieso ist Charlotte denn jetzt auf einmal 18 ? – Ich denke, sie war *11*, als das Große Spiel begann ? – *(hoch=argwöhnisch):* Sagen Sie doch mal : verraten Sie mir doch mal – : *Wie lange* haben die Vier denn an ihrer Saga gewebt ?

A. (nach einer kleinen Pause): – Sechzehn Jahre lang.

B. (entsetzt): 16 Jahre hindurch ? Ja meingott das ist ja..... : wenn man sich die Folgen für das Leben vorstellt.....

A.: Lassen Sie mich erst noch etwas mehr Material herbeitragen – die von Ihnen angespielten ‹Folgen› werden sich dann noch deutlicher, und wie ‹von selbst› ergeben. / Zunächst, also ab 1826, wird 5 Jahre lang gemeinsam an ANGRIA gespielt. Dann geht Charlotte ab, in ein Internat; und Branwells nunmehrige Premier=Tätigkeit bei der Verwaltung des Staatenbundes befriedigt die beiden Anderen *so* wenig, daß eine politische Spaltung eintritt : Emily & Anne gründen zusammen ein eigenes neues Königreich : *Gondal*.

B.: Und damit wäre ja endlich das zweite Abrakadabra=Wort zum Vorschein gekommen.

A.: Als Charlotte dann 1834 zurückkehrt; setzt eine neue stürmische Entwicklung in ANGRIA ein : ihr Liebling und Traumheld ZAMORNA, hat in einem langen, sorgfältig beschriebenen Krieg die vereint=neidisch angreifenden Neger & Franzosen zurückgeschlagen; und will nun, auf seine Verdienste pochend, dafür König der Ostprovinzen werden. Mit Hilfe seines verruchten Schwiegervaters, des EARL VON NORTHANGERLAND, gelingt es ihm sogar, im Parlament von GLASS TOWN eine knappe Mehrheit für seine Pläne zu gewinnen. Hier nun, im Reich des Geliebten, findet für Charlotte eine typische ‹Wunscherfüllung› statt.

B.: Freud=haftester Sorte, was ? – Ich würde aber empfehlen, Sie häuften nicht allzuviele, mir doch nicht geläufige Namen. Es liegt also für *beide* Groß=Reiche, ANGRIA wie GONDAL, das Material aufs ausführlichst=herrlichste fest ?

A.: Mm=jaa. – Für ANGRIA direkt. Und auch über GONDAL *haben* die entsprechenden Chroniken vorgelegen; sie werden in den Geburtstagsschriftchen, die sich die Geschwister grundsätzlich überreichten, zitiert. Sie selbst haben sich anscheinend nicht erhalten; dafür aber hat die Brontë=Forschung, je länger desto unverkennbarer, feststellen müssen : daß Emily's ganzes Werk, am deutlichsten die GEDICHTE, dieser GONDAL=Welt entstammen...

D. (kraftvoll träumend):

Ich komme, wenn Du Dich trauernd
allein ins Gemach gelegt;
wenn des Tages tolles Getreibe –
Rufe; Lachen – schweigt; und die Scheibe
des Abends noch kühler beschlägt.

Wenn des Herzens wahre Gedanken
keine Rücksichtnahme verdorrt,
wenn Scherz & Lust herrlicher schwanken –
dann komm'ich; und aus allen Schranken
trag'ich Deine Seele fort.

Hörst du ? : Die Stunde schlägt.
: Die Wilde Zeit ist nah.
Spürst Du schon, wie Dich, schlimm & hold,
fremde Gefühlsflut überrollt;
Herold einer *noch* stärkern Macht ? –
: *Jetzt bin ich da !*

B. (mitleidig): Oh, das kann böse werden. – *(kopfschüttelnd):* 16 Jahre zehrendster Fantasien, wie im Tollkirsch=Traum ? / War denn wenigstens die beschriebene ‹Gruppenbildung›, die ‹politischen Koalitionen›, organisch ? *Paßten* die Paare, innerlich wie äußerlich, einigermaßen zusammen ?

A.: Ich glaube doch; ja. – / Einmal Charlotte & Branwell; Beide winzig klein und zierlich. Missis Gaskell, die erste Biografin, hat ihre Freundin Charlotte – zweifellos noch schonend – *so* geschildert..... :

C. (mitleidig=gedämpft): Ich habe dergleichen nie wieder, bei keinem irdischen Wesen, gesehen. / Ihre Gesichtszüge waren häßlich, grob, und sehr unregelmäßig. Der Mund gekrümmt, die Nase um Nummern zu groß. Die Gestalt klein, wie die eines Kindes. Hände und Füße die winzigsten, die ich je an einer Frau sah : wenn sie ihre Finger in meine legte, war es, als schmiege sich mir ein gewichtsloses Vögelchen in die Mitte der Handfläche. / Schon als Mädchen wirkte sie wie ein winziges altes Weibchen. So kurzsichtig war sie, daß man immer den Eindruck hatte, sie suche beständig etwas, und verdrehe deshalb so Gesicht und Hals, um es zu finden. Wenn man ihr ein Buch gab, duckte sie den Kopf derart tief darauf, daß sie fast mit der Nase aufs Papier stieß.

B.: Ah; daher auch die lupige Schrift. – Kein ‹Frauenideal›, was Sie da geschildert haben.

A.: Körperlich nicht, nein; in dieser Beziehung das Gegenteil. / Und ähnlich gebaut war Branwell. Beide übrigens irisch=rothaarig; obwohl Charlotte gern von ‹einer Brauntönung› sprach.

B.: Und nun die beiden andern Koalitionspartner ?

A.: Die waren Beide *hoch*gewachsen; knochig; mit endlosen Armen und Beinen. / Anne in einer stillen Art *hübsch* : mit klaren Brauen, gutem Mund, wundervoll ‹unberührtem› Gesicht. / Emily, die Enkelin der Titanen, weitgebärdig=schlaksig; die Röcke hingen an ihr herab, wie an einer Vogelscheuche : schön vor lauter Häßlichkeit, storchte sie übers Moor; kranichte durch Pfützen; reiherte ins Röhricht.

B. (verdachtsvoll): Ihre Stimme klingt so *anders*, Ihre Schilderung wird *dithyrambischer*, wenn sie dieser Emily gedenken – : Wie das ?

A. (ehrerbietig): Weil man bei ihr irgendwie mit dem Absoluten in Berührung kommt. Ungereift noch, gewiß; auch unvollkommen – sie war 30, als sie starb : aber da fängt der Schriftsteller ja erst an. / Lassen Sie uns jetzt ein paar Jahre weiter springen, bis, ganz rund, 1845.

B.: Die inzwischen anfallenden, mit Recht sogenannten ‹Zeitereignisse›, spielen überhaupt keine Rolle ? Wichtig sind allein ANGRIA & GONDAL ?

A.: Ja. – Und widmen wir uns nunmehr dem, was Sie bereits vorhin=entsetzt als ‹die Folgen› ahnten : die, bei Unbemittelten unausbleibliche, ‹Berührung mit der Außenwelt› findet statt.....

B. (verständnisvoll einfallend): Und geht natürlich – naja; ‹schief› ist ja gar kein Ausdruck ! Nach 16 Jahren Fantasterei *müssen* ja Tragödien eintreten.

A.: Man entschließt sich – nicht leicht; es sind überaus *scheue* Wesen; Alle – sich versuchsweise der Schriftstellerei zu widmen; nachdem das ‹Hauslehrern› und dergleichen nur Qualen ‹einbrachte›. 1846 erscheint, im Selbstverlag – also richtiger : auf eigen=arme Kosten ! – 1 Bändchen Gedichte von CURRER, ELLIS & ACTON BELL – (die Einstufung als Namens-Transvestiten liegt nahe). *(sachlich):* Es wurden davon verkauft – : *zwei Stück*. Heute, nachdem Emily endgültig als zur englischen Hochliteratur gehörig erkannt worden ist, wiegt man das Büchlein natürlich, wie üblich, ‹mit Gold auf›.

B. (hineinmurmelnd): Schade nur – besser : wie unangenehm & beschämend ! – daß es den Toten nichts mehr nützt !

A.: Denn wenn auch Vieles davon durchschnittlich ist – zum Teil nach Kirchenlieder=Rhythmen gearbeitet; zum Teil moralische Platitüden und Denk=Unwürdigkeiten, wie sie den armen gottvergifteten Dingern bei einem solchen Heim ja unvermeidlich unterlaufen *mußten* – : der Wert des verschollenen Buches liegt in den Gedichten der Orion=spreizigen Emily...... :

D. (trotzig, prometheisch):
Rechtfert'ge *Du* mit hellem Blick –
wenn Nüchternheit, schwerfällig, dick,
auch spottet über mein Geschick –
: mit güldnem Mund tritt *Du* hervor,
und künd', *warum* ich Dich erkor !

Verstand & Ernst sitzt zu Gericht,
be=robt, mit nüchternem Gesicht –
: Du schweigst doch, mein Verteid'ger nicht ?
Nein, Feuergeist; tritt an zum Streit;
: ich warf die Wirklichkeit beiseit' !

Erklär': »Emily Brontë hat
bewußt vermieden Euren Pfad
: Ihr wißt nicht, welch Land sie betrat. –
Wohlstand und Macht mied sie bewußt;
auch Ruhm und Lockung jeder Lust.

Wohl gibt sie zu, daß manche Nacht
sie ihr Gelübd' Euch dargebracht,
und oftmals hat an Euch gedacht. –
Doch Opferduft wird oft verweht;
und ihrer wurde kalt verschmäht.

Da schwor ihr Mund : Ich opfre sehr
an Eurem Altar nimmermehr !
Mein Herz gehört dem Einen, der
stets nah mir ist, ein Wundermann,
mein Sklave, Kam'rad und Tyrann.

Mein *Sklave* : noch gebiet'ich Dir;
mein Wille schwankt : noch folgst Du mir :
ich mach' zum Gott Dich und zum Tier. –
Kam'rad bist Du : denn Tag & Nacht
entzückst Du mich, mehr als gedacht,

mit Lieblings=Schmerz. Ich lach' und wein'
und Thränen fließen freudig ein,
und düstre Sorge mischt sich drein. –
Und doch *Tyrann* auch; ob ich schon
rebelle oft, und fluch' am Thron.
(lauter & wilder):
Doch hab *ich* Unrecht; weil *Ihr* steht,
und glaubend zagt, und hoffend fleht ? :
Ich selbst erfüll' mir mein Gebet ! –
(feierlich):
: Gott der Gesichte, tritt hervor;
und künd', warum ich Dich erkor !«. –

B.: Und *davon 2 Stück* verkauft ? : Oh shame ! – Könnten Sie etwa noch 1 Beispiel geben ?

D. (ablehnend):
Reichtum ? – : Darüber lache ich !
Manns=Liebe ? – : Schwüler Tand.
Und Ruhm ? – : War auch wohl nur 1 Traum,
der mit dem Morgen schwand.

Und *falls* ich bete – wär' für mich
das Einz'ge, was ich fleh'
: ‹Laß mir mein Herz. Und füg' hinzu
Freiheit, wie ich's versteh !›

Jawohl. – Und ist auch kurz mein Tag,
dies sei sein Grundgebot :
Die Seele ohne Fesseln, frei;
und Mut bis in den Tod !

B. (bedächtig): Ich vernehme das geisterhafte Amazonen=Gerede nicht ohne Entsetzen. – Wollen wir doch die Augen offen behalten : die 4 blieben ja nicht *ewig Kinder*; obwohl Sie jenen Zweien, Charlotte und Branwell, die körperliche Unentwickeltheit bereits ausreichend bescheinigt haben – gut; sollen sie sämtlich, rein biologisch, ‹Spätentwickler› gewesen sein : aber *einmal muß* doch die Konfrontierung mit der Wirklichkeit stattgefunden haben; einmal der Einbruch der Außenwelt erfolgt sein – mir graut schon jetzt vor dem unvermeidlichen Resultat.

A. (bestätigend): Das erste Opfer war Branwell; aus dem, den vorhandenen Nachrichten zufolge, möglicherweise ein guter *Porträtmaler* hätte werden können. – Nie in eine Schule gegangen; von Vater Tante Schwestern ausgebildet=verzogen; mußte er, um des lieben Geldverdienens halber, den ‹Hauslehrer› zu machen versuchen. Er kam in der gleichen Familie Robinson unter, wie seine Schwester Anne : die ‹Frau des Hauses›, eine ältliche, aber nicht unhübsche, hitzige dicke Puppe, fand Gefallen an dem feingliedrigen zwergigen Fantasten. Tändelte & schäkerte entsprechend mit ihm. Und warf ihn beiseite, als es notwendig wurde; das heißt, als das Primat häuslicher Verhältnisse überwog. Er; ungeschützt; nur in ANGRIA heimisch, wo er Gesetze geben konnte, brach prompt zusammen; und verkam in Suff und Opium : mit 31 Jahren war er tot.

B. (unbehaglich pustend): Was erlitten die Andern ? – Ich bin auf Alles gefaßt.

A.: Auch die Schwestern versuchten immer wieder, monatelang, für's Gute Baare die ‹Gouvernanten› zu machen – und flohen immer wieder, abgestoßen von Menschen wie Dingen, hustend und totunglücklich, nach Haworth zurück; wo sie dann weiterhin, in ätherischer Beschränktheit verbrannten. / Die leeren Moore hatten ihnen Geist, Geschmack, Charakter, geformt; sie waren absolut autark – *(banal einschränkend):* bis auf das Geld. Weltfremd im besten Sinne. Menschenscheu : wenn Besucher kamen, zumal ganz Fremde, verdrehten sie sich auf den Stühlen, daß Gott erbarm'. Lieber wären sie über glühend gemachte Pflugschare geschritten, als durch ein – selbst bewunderndes – Spalier von Unbekannten.

B. (trübe): Jede Kleinigkeit der Außenwelt repräsentierte sich ihnen also störend=vergrößert ?

A.: Berüchtigt und bezeichnend war der ‹Ordnungs=Sinn› der Schwestern : sobald im Parterre=Zimmer in Haworth nur 1 Stuhl unrecht stand – konnten sie die Unterhaltung nicht fortführen ! : unauffällig mußte eine der Schutzgottheiten ANGRIAS aus ihrem Himmel herabsteigen, und das Dings lautlos=beiläufig zurechtrücken. / Ganz wichtig vor allem noch die bis ans Ende durchgehaltene ‹Geschlechtsfremdheit› der 3 Mädchen – absolut geschlechts=*los* waren sie *gar* nicht : die Träume ihrer Nächte waren *glühend*, und *durchaus* ‹von Männern›. Und wenn sie über schwärmerische Dialoge und *erdachte Küsse* meinethalben auch nicht hinausgegangen sind – : biologisch reiften sie eben doch heran; und gerade in den eisenstirnigen ‹Roundheads› von Puritanern dürfte in dieser Richtung Einiges vor sich gehen : *umsonst* liegen die nicht andauernd im clinchesten

Clinch mit ‹Satan› ! – Und jedes ‹Nachtleben› ‹greift› eben auch entsprechend ‹an›..... :

D. (finster):

Nacht ? – : bringt Erquickung nicht;
nicht Schlaf Kraft Mut.
Bereis' ich doch nur wildres Meer
und schwärz're Flut.

B.: Darf ich gerade diesen Lebensabschnitt also noch einmal kurz zusammenfassen : alle 3 Schwestern haben sich in dem, damals den Töchtern des Mittelstandes einzig möglichen Frauenberuf, der demütig=wohlanständigen ‹Gouvernante› versucht – bald als private ‹Erzieherinnen›; bald an irgendwelchen Instituten – und sind, wie zu erwarten stand, gescheitert. Nur zu begreiflich : es muß ja keine ‹Begegnung› mit der Realität gewesen sein; sondern ein ausgesprochener Zusammenprall. Jetzt, im Herbst 1845, sitzen sie also, alle Drei, ratlos wieder daheim in Haworth. Und kommt jetzt endlich der, in einem derartig ‹literarischen Haushalt› ja schlechterdings unausbleibliche Augenblick, wo man im Ernst ans Bücher=Machen heran geht ? Die Begierde nach ‹Dichterruhm› *muß* ja, und zwar vermutlich enorm früh & intensiv, aufgetaucht sein.

A.: Ja; das Geld wird immer knapper. Der Bruder ist bereits vollendeter Potator. Da fassen die Mädchen sich ein Herz; und lassen, auf eigene Kosten, 1 Gedichtbändchen drucken.....

B. (unterbrechend): ..... von dem ganze 2 Exemplare verkauft wurden; ich erinnere mich. Ein Unternehmen, durch welches der Wohlstand also nicht gerade zunahm.

A.: Gleichzeitig aber hat Jede, verabredungsgemäß, begonnen, einen *Roman* zu schreiben – und das kurioseste aller literarischen Schauspiele läßt sich in diesem einzigartigen Fall genau verfolgen : die *‹Yorkshirisierung›* der Königreiche ANGRIA & GONDAL; die Übertragung und Transformation von Gestalten, Gesinnungen, ganzen Szenen; von der bloßen Schreibtechnik noch zu schweigen.

B. (neugierig): Fanden sich leicht & schnell Verleger für die merkwürdige Ware ?

A.: 18 Monate lang gingen die Manuskript=Pakete hin und her zwischen Haworth und immer anderen Verlagshäusern. Im Jahre 1847 endlich, erschien dann von jeder der Schwestern 1 Roman.....

B. (einfallend): Der also, im Fall Emily, WUTHERING HEIGHTS gewesen sein muß – sie hat ja nur den einen veröffentlicht; schön; den erwähnt ja auch der allerknappste Abriß der englischen Literatur. Von Charlotte war es..... ?

A.: Die – zumindest früher sehr bekannte und beliebte – JANE EYRE, die auf der Stelle ein best=seller wurde : Charlotte war eine gemachte Frau ! / Die stille, unbarmherzig fromme Anne – so recht ein ‹sanfter Unmensch› – hatte AGNES GREY vorgelegt.

B.: Was waren nun die Themen dieser 3 Bücher ? Beziehungsweise, richtiger : wie ging die von Ihnen angedeutete Übertragung der GONDAL=Welten nach West=Riding vor sich ?

A.: In für Jede ganz bezeichnender Weise. / *Emily* veränderte am wenigsten, nahezu nichts : sie wählte lediglich, als Kulisse, ihre geliebten öden Moore und Haiden; die geschwinden Wolken mit den entzündeten Rändern. Die dienenden Gestalten, 2. und 3. Ranges, sind zum Teil echte Yorkshire=Typen, bis auf den grausamen Dialekt; der, wie gesagt, einen deutschen Leser manchmal zur Verzweiflung treiben kann, vor allem der ‹Joseph›. Das eigentliche ‹Thema›, die Liebe zwischen Heathcliff & Catherine, ist reinstes GONDAL.

B.: Guter Name : ‹Heath=cliff› : es bleibt ja auch, nach der Lektüre, der Eindruck eines riesenschwarzen Steingesichtes, gleich den Klippenköpfen der Osterinsel. WUTHERING HEIGHTS *ist* schon eines der guten Rätsel der Literatur – : Sie sind ja sicherlich einverstanden ?

A.: Aber sehr ! – Obwohl ich ausdrücklich auf die *kompositorische Unzulänglichkeit* hinweisen möchte : die Konstruktion ist eine Zumutung an den Leser ! ‹Erinnerungen›, erzählt in der 1. Person Singular, wechseln mit ‹Briefen› oder ‹Tagebucheintragungen› oder der einfachen Erzählungsform – die formalen, nicht *Kühn*heiten sondern *Unmöglichkeiten* sind in einer rührend=frühgenialen Art gehäuft, daß man in *dieser* Hinsicht ständig zwischen Bewunderung und Mitleid schwankt. – Aber es ist natürlich trotz allem ein großes Buch : ‹this woman had pure imagination›, urteilt Joyce.

B. (sinnend): Was Charlottens erwähnte JANE EYRE noch heute goutierbar machen *könnte*, ist, meiner Erinnerung nach, die sehr gültige Schilderung ihrer Schulzeit; mit dem wundervollen Haß des Kindes gegen Lehrer und Tanten=Tyrannen – Szenen, die nunmehr also, nach dem, was Sie mir von kindlich=frühester schriftlicher Fixierung berichtet haben, *noch* bedrückend glaubhafter erscheinen. – Oder, später=im=Buch=dann, die keusch=verwilderte Liebe zwischen Jane und ihrem kraftvoll=unschönen Mister Rochester . . . . .

A. (einfallend): . . . . . der im Grunde niemand anders ist, als der HERZOG VON ZAMORNA : direkt aus ANGRIA importiert ! Und der ‹byronische› Charakter ist ja gar nicht übel beibehalten. / Der vorhin auch bereits schon, unauffällig, genannte DOKTOR HUME BADRY erscheint späterhin in VIL-

LETTE als ‹Dr. Home› mitsamt seiner sanften Tochter. / LADY ZENOBIA ELLRINGTON ? : der ist die wahnsinnige ‹Mississ Rochester› im Herrenhaus zu Thornfield, wie aus dem Gesicht geschnitten.

B.: Tatsächlich ? – Übrigens mögen diese *Namen* schon durchaus ein Studium für sich sein : dies ‹Dornfeld› wieder jetzt. WUTHERING HEIGHTS, wo sich über *Hügeln Gewölk* zusammenbraut; übersetze man es nun als ‹Sturmhöhen› oder ‹Wetterhäuser›. Und auch AGNES *GRAU*.....

A.: Ja; auch Fräulein Anne Brontë ist, bei näherer Bekanntschaft, nicht ganz un=pikant – obwohl sie freilich immer die, literarisch schwächste der 3 Schwestern bleiben, und von den beiden Andern nur ‹mitgenommen› werden wird. Sie, Anne, griff auf ihre Gouvernanten=Erfahrungen – richtiger ‹Erleidenheiten› : es waren ja alles nur Tolstoj'sche ‹Leidenswege› – zurück; und die steinern=hochchristliche Erbarmungslosigkeit ihrer Schilderungen ist gar nicht ohne betrübliches Salz : wie sie in ihrem zweiten, veröffentlichten Stück, dem MIETER VON WILDFELL HALL, ihren leiblichen Bruder Branwell porträtiert=seziert hat – den Zerfall eines Säufers; und seine indigniert duldende Familie – das ist wahrlich *keine ganz* leichte Ware : wie da der Blick des Hausherrn verglast; die Hände immer mehr torkeln; das rötliche Haar – *sie* sagt glatt & kalt ‹rot› ! – wie das Haar also erst ausgeht : da wird ‹eine Vertiefung auf dem Scheitel unangenehm sichtbar›, die rosa Rest=Löckchen wirken immer=feucht – – : Nein, nein : sie gehörten schon zueinander, die 3 taubengrauen Schwestern.

B.: Aber das Ende ?

A. (resigniert): Dieses ‹Ende› kam nur allzu rasch. / September 1848 hatte Branwell sich endlich ‹glücklich› zu Tode gesoffen. / Und schon vorher sahen die Schwestern angstvoll, wie Emily immer hustender von ihren einsamen Wanderungen heimkehrte : bezeichnend für die unnahbare Natur der Gigantin, daß Niemand, auch die Schwestern nicht, auch nur 1 Wort von Schonung oder gar ‹Untersuchung› anzudeuten wagte. So verfiel sie, krächzend und wild, feurig=fleckigen Gesichts, mehr & mehr.

B.: Ob nicht auch *das* dazu beigetragen hat – zu solch gleichgültiger Vernachlässigung des eigenen Körpers, mein'ich – : daß ihre eigenen Gedichte, ihr grandioses WUTHERING HEIGHTS, so gänzlich *unbeachtet* blieben; und die, doch geringere, Schwester ihr mit der, weit leichter verdaulichen JANE EYRE davonlief ?

A.: Schon möglich. – Auf jeden Fall mußte die sorgende Schwester es in ihre Briefe schreiben..... :

C.: Tag für Tag, wenn ich sah, mit welcher Fassung sie ihr Leiden ertrug, blickte ich verstohlen=stundenlang zu ihr hinüber, erfüllt von Angst, Bewunderung und Liebe : ich habe dergleichen nie wieder erlebt; wie ich denn auch niemals Ihresgleichen in meinem Leben begegnet bin. Stärker denn ein Mann, einfacher denn ein Kind, war sie eine Einundeinzigste! Das Furchtbarste war, daß sie – wenn schon rücksichtsvoll gegenüber Anderen – mit sich selbst nicht das geringste Mitleid hatte. Ihr Geist dachte nicht daran, sich dem Fleisch auch nur im mindesten zu fügen : von der schon zitternden Hand, den erkaltenden Gliedern, dem versagenden Auge, forderte sie die gleichen Dienste, wie zur Zeit ihrer Gesundheit : daneben still stehen zu müssen, und keine Silbe wagen zu dürfen – das war ein Leid, mit Worten nicht zu beschreiben!

B.: Konnte denn kein Arzt helfen?! Oder wenigstens auf Hilfe *hin*deuten? – Ein Aufenthalt in Davos hätte Uns die Unersetzliche ja doch wohl erhalten?

A.: Bei dem bloßen *Wort* ‹Arzt› fuhr die Titanide auf! – Wahrscheinlich sollte kein Stockfremder sie – und womöglich *nackt*! – sehen dürfen. – *(achselzuckend):* Vielleicht, wenn es damals schon Ärz*tinnen* gegeben hätte.....? / Jedenfalls kam nur allzurasch der Tag – der 19. Dezember 1848 war es – wo Charlotte der geliebten Schwester, der nicht mehr zu Gehen Fähigen, ein Sträußlein Heide in die Hand gab : Emily saß eisern am Fenster, und tat, als könne sie noch nähen. Als die gläsern hervortretenden Augen selbst das geliebte Reis nicht mehr erkannten, die Finger nicht mehr zuzugreifen vermochten; als der Atem rasselte, und die Dienstboten, angstvoll die Hand vor den Mund geschlagen, sich im Hausflur zusammendrängten – : da wußten die Schwestern, was heut zu erwarten stand.

B. (mitfühlend): Und Niemand – weder Anne, noch der Vater noch Charlotte – wagten einzugreifen? Zu kommandieren? – Seltsam.

A.: Gegen Mittag rutschte ihr die krampfhaft bewegte Näharbeit aus den Fingern. Der Mund stellte sich offen. Die Schwestern huschten herbei. – : »Wenn Ihr meint –« rasselte es : »– meinethalben mag der Arzt jetzt kommen.....« – : 1 Stunde später, ehe der Betreffende herbeigeholt werden konnte, war Emily Brontë tot. / Beim Begräbnis schritten in der ersten Reihe, gleich hinter dem Sarge, der mühsam=verständnislose Vater und ‹Keeper›, der Riesenhund. Dann folgten die beiden Schwestern.

B.: Und auch Anne ist doch ebenfalls, wenn ich mich recht erinnere, nicht zu Jahren gekommen?

A.: Leider; nein. Schon bei Emilys Begräbnis hatte sie der Schwester stumm das blutige Taschentuch gezeigt – innerhalb einiger weiterer Monate war Charlotte allein.

B.: Ist wenigstens *sie* leidlich alt geworden?

A. (achselzuckend): 7 Jahre später, mit 39, starb auch Charlotte Brontë. Erschütternd *und kläglich* noch, ihr einer rascher Versuch, zu ‹heiraten›; die

Liebe zu erfahren, wie man in ANGRIA liebt. – / Ausgerechnet einen häßlich=steifen, durchschnittlichsten ‹Reverend› Nicholls – ‹rechtwinklig an Leib & Seele› ! – erkor sie sich zu dem Experiment. Nachdem diverse andere ‹Große Lieben› in die Brüche gegangen waren : genauer : gescheitert an ihrer, gelinde ausgedrückt, ‹Unscheinbarkeit› : *keiner jener Geliebten,* weder Dr. Hegel in Brüssel, noch ihr Verleger George Smith, hatte jemals auch nur im Entferntesten *geahnt*, daß er geliebt würde !

B.: Und selbst *wenn* jene Herren eine Ahnung gehabt *hätten* : sie hätten wohl schwerlich, auch nur im Entferntesten, daran gedacht, das reizlose, hüfthohe Geschöpf à la maître zu minnen. / Und jene verzweifelte ‹Ehe› war also nicht – sagen wir's schon *ganz* angemessen=platt – nicht ‹glücklich› ?

A.: Ach, lieber Freund : daran gemessen, wie man *in Angria* zu lieben pflegte – wie man, schon 1 Stufe tiefer, in Charlottens *Romanen* zu lieben pflegte – : *mußte* die Enttäuschung nicht klein ausfallen ! An ihre Busenfreundin, Ellen Nussey, hat sie die kleinen, herzbrechend zu lesenden, Billetlein geschrieben . . . . .

C. (trübe=ergeben): Denke Dir, Ellen – : *ich bin verlobt !* / Ich bin sehr ruhig; sehr gefaßt; ich erwarte *nichts.* / Was mir an Glück zu schmecken vergönnt sein wird, ist von der nüchternsten Sorte. Ich weiß für gewiß, daß mein Verlobter mich liebt – und auch ich liebe ihn wohl, darauf vertraue ich. Ich schätze ihn als einen warmherzigen, gewissenhaften, hoch=sittlichen Mann. Und wenn ich, darüber hinaus, einem Bedauern Raum geben wollte, daß er nicht auch künstlerisches Talent besitzt, sowie hohe Gedanken und einen, meinem kongenialen, Geschmack – so müßte ich ja ebenso anmaßend, wie undankbar sein. / Zweifellos ist es die Vorsehung selbst, die mir dies=mein Los zuweist : folglich ist es, des bin ich gewiß, auch das Beste für mich.

B. (schaudernd): Brrrr ! Aber das ist ja ein ganz verfluchter ‹Liebesbrief› ! : *So* spricht eine junge Braut ? ! : *Das* ist die ehemalige Geliebte des ‹Herzogs von Zamorna› ? / *(indigniert):* Wie instinktlos ! – Wie hat hier Bigotterie eine, wirklich ‹schöne›, Seele beschädigt.

A.: Zum Teil unleugbar. – Berücksichtigen Sie jedoch auch Charlottens trübliche ‹Aussichten› für den Rest ihres Lebens : *Häßlichkeit in der Einsamkeit !*

B. (ungehalten): Ja aber warum mußte sie denn dann ausgerechnet einen *So=Falschen* nehmen ? ! Lieber doch Gar=Keinen ! – / Na, egal : machen Sie ein Ende.

A.: Noch teilt sie der Freundin, geheimnisvoll=entsetzt, etwas *ganz=Neues* mit . . .

C. (angstvoll): Oh, liebste Nell ! – / : Während der letzten 6 Wochen hat sich die Färbung all meiner Gedanken doch *sehr*=sehr verändert ! : Ich weiß jetzt mehr von der Wirklichkeit des Lebens, als wir einst ahnten ! . . . / Oh Nell=Nell : welch feierliches & gefahrvolles & seltsames Ding ist es doch für ein weibliches Wesen – – *(scharf=flüsternd): – ah : eine Frau zu werden ! ! – –*

B. (sachlich=mitleidig): Sehn=Se ? : ‹Die Folgen eines allzulangen Aufenthaltes in ANGRIA› nannte ich es vorhin.

A.: Am 29. Juni 1854 hatte Charlotte Brontë geheiratet – und war folglich, nach der immer noch herrschenden, barbarischen Sitte, ihres Namens verlustig gegangen, und eine ‹Misiss Nicholls› geworden. – Wenige Monate später, im Anfangsstadium einer ersten Schwangerschaft, erlag ihr difficiles Körpermaschinchen der ungewohnten Realität. / – *(bedeutend):* Im England der vorigen Jahrhundert=Mitte hatten die 3 Schwester=Geister, die taubengrauen, nichts zu suchen. Wohl aber herrschten sie in 2 gläsern=glühenden Groß=Reichen, deren Umfang wir heute allmählich –

(betont): – Wir : *Leser; Genießer; Pädagogen=Psychologen=Soziologen !* – ahnend, ehrerbietig, abzuschreiten beginnen :

in ANGRIA – : in GONDAL ! –

(Gong)

DREI SCHWESTERN.

Man muß schon eine sehr gute Karte von England haben, um das Dörfchen Hartshead darauf zu finden; da kommt erst ein Hügelland (mit dem »höchsten Berg« Englands, dem Whernside, darin : 728 Meter stellt man lächelnd fest); dann die flachgewölbten Haidehügel der »Wolds« mit langsamen stummen Schafheerden, und endlich die wüsten Yorkmoore, schwarz vom Torfboden, einsam, voll dürrer oder fleischfressender Pflanzen. An die auch heute noch öden Landstriche grenzt im Nordwesten, gespeist von den Bodenschätzen Kohle und Eisen, das große Industriegebiet von Leeds=Bradford; der dürftigen Landbevölkerung gesellen sich ohne Übergang die Arbeitermassen der Fabrikstädte.

Hier, in Hartshead, wirkte zu Anfang des vorigen Jahrhunderts der Landpfarrer Patrick Brontë. Von seinen Kindern waren 3 Töchter am Leben geblieben; obwohl auch sie zarter Gesundheit und ständig kränkelnd. (Dazu noch ein unbedeutender Sohn). Der Vater war ein durchaus gebildeter Mann mit festen humanistischen Kenntnissen; auch Besitzer einer für seine Verhältnisse umfänglichen Bibliothek, und hatte sich sogar selbst in »Ländlichen Gedichten« versucht. So erhielten die Kinder schon bei ihm reichliche literarische Anregung, schrieben mit zehn Jahren ihr Verslein, und bekannten sich abends im Bett gegenseitig den Lieblingswunsch : später einmal berühmte Schriftstellerinnen zu werden.

Charlotte war die Älteste (geboren 1816); dann Emily (1819); und endlich Anne (1822).

Den ersten Unterricht gab der Vater selbst; und nicht nur, weil er der dazu geeignetste Mann der Umgebung war, sondern auch der eingeschränkten häuslichen Verhältnisse halber. Später gerieten sie in die hölzernen Hände britisch=kalter Internatstyrannen, religiöser Sadisten, die sie dazu noch halb verhungern ließen; aber es mußte ausgehalten werden : waren sie doch dazu bestimmt, sich später einmal ihr Brot mit Stundengeben zu verdienen. So wurde Charlotte, deren Leben sich am genauesten verfolgen läßt, Lehrerin an derselben Anstalt, in Heckmondwike, an der sie einst Schülerin gewesen war. Versuchte es dann mit Gouvernantenstellen in Familien des niederen Landadels, wo sie tief aus dem Kelch der Hauslehrerfreuden trinken durfte. Und ging endlich mit ihrer Schwester Emily als Lehrerin der englischen Sprache an ein Mädchenpensionat nach Brüssel. Der Sommer 1845 fand die Drei, gründlich müde des undankbaren Berufes, wieder im Vaterhaus vereinigt.

Durch Zufall entdeckte Charlotte in jenen Tagen ein paar Blätter mit Versen in der Handschrift Emilys, und als sie ihr Entzücken darüber aussprach, brachte auch die jüngere Anne gleichmütig ein Bändchen beschriebenen Papieres herbei : da erwachte mit einem Schlage wieder der Traum der Jugend vom »großen Dichter« ! So unerfahren die Drei auch waren, die da begeistert die Köpfe zusammensteckten, so gesund waren doch die Überlegungen, die sie anstellten. Zuerst einmal beschlossen sie, sich Pseudonyme zuzulegen; männlichen Klanges, um der Kritik keinerlei Handhabe zu bieten, sie als »Blaustrümpfe« zu traktieren. So nannte Charlotte sich Currer Bell (C. B., die Anfangsbuchstaben, beibehaltend); Emily wählte Ellis Bell; und Anne entschloß sich als Acton Bell aufzutreten. Das (nebenbei ausgesprochen mittelmäßige !) Gedichtbändchen der Drei wurde zwar gedruckt, verschwand aber sogleich sang= und klanglos wieder; worauf man, leicht geknickt, aber durchaus nicht gebrochen, verabredete, es als nächstes mit Romanen zu versuchen : Mitte 1847 offerierten sie also den Verlegern den »Professor« (Currer); »Wetterhäuser« (Ellis), und »Agnes Grey« (Acton). Die beiden letzteren wurden rasch angenommen; während Charlotte geraten wurde, ein umfangreicheres Produkt einzureichen. Sie tat es mit der seinerzeit berühmten »Jane Eyre«. Da sich der Druck der schwesterlichen Romane verzögert hatte, erschienen alle drei praktisch zur gleichen Zeit, Ende 1847.

Der Erfolg, zumal der »Jane Eyre« war durchschlagend : alle Drei waren jetzt »gedruckt«; alle Drei waren »Dichterinnen«; die kühnsten Pläne schienen nicht zu gewagt. Da brach plötzlich bei allen die Familienkrankheit, die Schwindsucht, aus. Zuerst starb, noch nicht 30 Jahre alt, am 19. Dezember 1848, Emily; und innerhalb weniger Monate folgten ihr Anne (†28. Mai 49), sowie der oben erwähnte Bruder. Charlotte hielt sich noch einige Jahre aufrecht; heiratete sogar im Juni 1854 noch den Hilfsprediger ihres Vaters, den Reverend Arthur Bell Nicholls, starb jedoch ebenfalls am 1. April 1855 – vor hundert Jahren also – zu Haworth. –

Die unbedeutendste der drei Schwestern war Anne (Acton); ihre Gedichte sind beklemmend durchschnittlich; und ihr bereits genannter Roman eine der flachsten Leistungen englischer Familienbelletristrik, voller »cant« und Sittsamkeit; wie billig heiratet die geplagte Hauslehrerin=Heldin dann am Ende den Ortspfarrer. Auch der »Mieter von Wildfell Hall« sind mäßige Arbeit; ihr fehlte eben die Kraft, andere Flüssigkeiten als die »Milch der frommen Denkungsart« zu würdigen.

Die Älteste, Charlotte, bietet eines der Paradebeispiele der Literaturgeschichte für die Urteilsunfähigkeit der Rezensenten ! Gewiß sind ihre Bücher solide Arbeit der Thackeray=Schule, verläßliche Sterling=Währung, voll von common=sense; gewiß sind ihre Charaktere, zumal die weiblichen, scharf und nicht unoriginell profiliert; aber sie als ausgesprochene »Löwin des Tages« zu feiern, war damals in London völlig unangebracht. Auch ist nicht die beliebte »Jane Eyre«, die sogar als deutsches Bühnenstück (bearbeitet von Charlotte Birch=Pfeiffer grausigen Angedenkens) manche Träne ausgepreßt hat, ihre beste Leistung; ebenso nicht »Villette«, die französische Gouvernantengeschichte (in die sie einen großen Teil ihres ersten, zunächst abgelehnten Romans eingearbeitet hat). Sondern »Shirley«, in dem die Schilderungen des Lebens der ärmeren Landbevölkerung, sowie der Arbeiterstädte zur Zeit der Kontinentalsperre sogar kulturhistorischen Wert haben. Das nämlich zeichnete vor allem die Werke der Schwestern aus : daß sie aus der im einleitenden Abschnitt angedeuteten Spannung der wilden Landschaft schrieben; ihre Sympathien uneingeschränkt den schwer arbeitenden Klassen widmeten; und schärfste Sozialkritik an den »höheren Gesellschaftsschichten« übten.

Das Genie der Familie jedoch war die, ein halbes Jahrhundert lang vor der bändereicheren Schwester fast Übersehene, Emily ! Ihr einziges Buch »Wuthering Heights« (was wohl am präzisesten mit »Wetterhäuser« zu übertragen wäre; etwa wie wir manchmal in Lokalbezeichnungen von den »Siebenhäusern« sprechen) trägt unverkennbar alle Spuren hoher dichterischer Veranlagung. Die überhitzte wirbelnde Luft des Buches; die sommerlich erstarrten, oder schneestiebenden, Hochmoore; die eigenwilligen beiden Cathrinen, oder der Hauptheld, der Schwarztroll Heathcliff, sind von unnachahmlicher Originalität und Kraft. Gewiß hat der Erstling manchen Fehler; die Erzähltechnik ist noch unzulänglich; zuweilen tritt ein Bruch in der Fabel auf; aber unvergeßlich bleibt der Gesamteindruck : ein boshaft=mächtiges Gesicht, auf eine schwarze Klippe im Odmoor gezeichnet.

(WILLIAM) WILKIE COLLINS

8. Januar 1824, London – 23. September 1889, London

»DER TITEL ALLER TITEL!«

Betrachtungen zu
Wilkie Collins & seiner ‹Frau in Weiß›

Sprecher:

A.:	Berichterstatter	
B.:	Fragen & Einwände	
C.:	Frauenstimme	für
D.:	Männerstimme, tiefliegend	Zitate

D. (witzig=trocken, ‹Mark Twain› im Telegrammstil): Moroser alter Berg; Höhe schätzungsweise 1500. Niemand besteigt ihn; (Führer haben ihn anscheinend vergessen). Wirt des kleinen Gasthofes, (excellentes kühnes Profil!), meldet sich freiwillig. / Aufstieg begonnen bei einer Art Wolkenbruch, der uns förmlich steinigt : CD überrundet Mister Porter – (Name des Gastwirts) – schon auf dem ersten Kilometer. C Nachhut. / Regen grausam ergiebig; Nebelschleier schwarz; Beleuchtung etwas düsterer als Mitternacht. P aufgeregt; CD zuversichtlich; C (perspektivisch bereits stark verkleinert) wirkt resigniert...

B. (unterbrechend): Ganz lustig; aber : um Wen handelt sich's bei den Monogrammen?

A.: ‹CD› ist der Schreiber des Briefes, der große Charles Dickens. Er hatte die Gewohnheit, anstelle von Tagebüchern, wie andre Leute sie wohl führen, lange Relationen in Stichworten an seine Freunde zu versenden; die er dann, falls er sich zu dem betreffenden ‹Reisebuch› entschloß, wieder von Jenen auslieh. Die Munterkeit seines ‹unter dem Diktat der Ereignisse› entwickelten Depeschenstils ist ebenso erfrischend, wie die Form sich, bei näherem Studium, als eine sehr=gültige Art der Schnellfixierung von, in großen Fudern andringenden Neuen Eindrükken, herausstellt, und so ungefähr das Gegenteil von ‹salopp› ist.

D. (nimmt wieder auf): ... Alle hautnaß; dafür nicht 1 Spazierstock bei den Teilnehmern vorhanden. / Gipfel gegen 1 Uhr mittags erreicht – nachtähnliche Dusternis & Todtenstille : Mister P unruhig. CD produziert Kompaß aus Jackentasche : Mister P zuversichtlich. In fernstem

Thalgewinde 1 Haus ?; CD, groß & ruhig : ‹Nordnordwest› : Mister P strahlt ! / Unverzüglich Abstieg begonnen. CD triumphierend (da Kompaßbesitzer); so lange, bis Kompaß zerbricht : Mister P (der nie zuvor einen gesehen hat) untröstlich. Bekennt sogleich, daß er seit mindestens 20 Jahren nicht mehr hier auf Carrick Fell gewesen, und den Weg nach unten nicht kennt. / Inzwischen etwas dunkler : zwei erkennen auf 1 Meter 80 Entfernung den Dritten nicht; (dies Faktum besonders gesichert, da mehrfach unfreiwillig probiert). CD & C allmählich klar darüber, daß Mister P sie ständig um den Berg herum=, jedoch mit nichten tiefer führe. Dahinzielende Erkundigung, von Mister P dadurch beantwortet, daß er sich auf ein kantiges Stück Granit niederläßt & bestätigt, ‹daß er anständig fertig sei›. CD stärkt Mister P mit Optimistischem Gelächter, der einzigen Erfrischung über welche die Gesellschaft gebietet. / Erneuter Abstiegsversuch : Mister P schlechter als beim ersten Mal. Kriegsrat : Antrag CD's auf ‹gradaus=runter !›; schwächlich unterstützt von C. Mister P lehnt ab; Begründung : Vorhandensein von ‹Schwarzen Gewölben›; einer Schlucht, unergründlich, und angeblich Schrecken des ganzen Landkreises. Also Verirrung weiter vorangetrieben. / Wasserlauf, donnernd & schäumend, erscheint. CD deutet an, daß dieser, er möge wollen oder nicht, nach *unten* fließen, und man ihm also, auf jegliches gymnastische Risiko hin, folgen müsse : ? – Mister P überlegt; widerspricht; gibt nach. / Die nächsten 2 Stunden vergehen unter Balanciren, Luft=Sprüngen, ‹Wasser=Stürzen›. – Atempause, verbunden mit Umschauen : ? : Entsetzen ! : *C ist verschwunden ! !* …

B.: Richtig; den hatten wir noch gar nicht entschlüsselt : Who's who ?

A. (darauf hinzeigend): Eben *Er*, der Verfasser der ‹Frau in Weiß› auf Ihrem Tisch=hier : Wilkie Collins.

B. (int'ressiert): Ach ! Dann, bitte, doch noch etwas weiter; es ist ja biografisch phiel=zu=wenich über ihn bekannt.

D. (fortsetzend): … Mister P brüllt; CD juhút : ! – : ? – : schwache Hülferufe im Hintergrund. CD kehrt um : C, ruhend im Bach=Bett, mit gruslig verrenktem Knöchel. / Fuß bandagiert, vermittelst einer Flanellweste des Unterzeichneten. Anschließend C aufgerichtet und zwecks Diagnose gegen einen Cairn gelehnt : ? : dekorativ; aber Calamität unverkennbar. / C teils unter'n Achseln gestützt; dann wied'rum über der Schulter getragen : Wardour wie er leibt & lebt ! …

A. (rasch=halblaut erklärend): … aus Scott's ‹Alterthümler› …

D. (abschließend): … endlich am Fuß des Berges – selbstredend die ‹wildeste Stelle›, wie Mister P zu beschwören sich mehrfach erbötig macht. Ersichtlich auf' s verruchteste außerhalb jedweden Verkehrs gelegen : CD schickt Mister P nach einem Fuhrwerk aus; (wie erwartet vergeht Rest des Tages)...

(Gong)

A.: Die Beiden – DICKENS & COLLINS – haben oftmals zusammen Ausflüge unternommen; und nicht nur kleinere, wie eben diese Tour nach Cumberland; man war, zum Beispiel, 1853 – und 56 dann wiederum – in Frankreich & Italien miteinander. Und wenn man nicht reiste, sah man sich regelmäßig daheim, in London. Da leitete DICKENS etwa bei sich zuhaus ein Liebhabertheater, wo Beide, in von ihnen verfaßten Stükken, mit=auftraten – es muß, in Tavistock=House, *hín=reí=ßénd !* zugegangen sein. Die Zeugnisse dafür liegen zum Teil heut noch vergraben in Tagebüchern & Briefwechseln der Zeitgenossen. So notierte sich Lord CAMPBELL über eine der Aufführungen des ‹Kleinsten Theaters der Welt›, anläßlich der Aufführung des ‹Leuchtturms›, neben all den andern ‹whims› & Schnurren der Begleitumstände...

B. (unterbrechend): ... zumbeispiel ? –

A.: Nu – es wurden natürlich ‹Programme› gedruckt : ‹wie es erfreulicherweise gelungen sei, als Dramaturg & Bühnenbildner diesmal Mister CRUMMLES zu gewinnen› – DICKENS=selbst – als Culissenmaler Herrn STANFIELD RA – das war der berühmteste britannische Maler von ‹Seestücken› jener Zeit, WILLIAM CLARKSON STANFIELD – und der Text des ‹garantiert neu=artigen & überhaupt gänzlich originellen häuslichen Melodrams› stammte von : ? – *dreimal* dürfen Sie jetzt raten...

B. (liebevoll & etwas ungehalten): Also *da* verdient'ich ja, öffentlich in einem ‹Quiz› vorgeführt zu werden ! WILLIAM WILKIE COLLINS *muß* es natürlich sein.

A. (nachdenklich): Versteht sich. – Und 1 der 18 ‹Parkettsitze› hatte THACKERAY inne; und 1 anderen CARLYLE, der sich anschließend, nachts=dann, stenografiert hat : »Das tollste diesmal der greise Leuchtturmwärter : DICKENS agierte derart wild & pittoresk, daß mir sofort POUSSIN's ‹Bacchanal›, in der NATIONAL GALLERY, einfiel.« – Der erwähnte Lord & Justizminister erhob sich beim anschließenden Abendessen; schlug ans Glas, & gestand – *(abfällig=nüchtern):* – ich zitier's nur des Kontrastes halber, zu den Ministern & Kanzlern unsres ‹Denker=&=Dichter›=Naziönchens – *(fortfahrend):* – Lord CAMPBELL also bekannte für sich, daß es, nehmt nur Alles in Allem, eben doch mehr sei, ‹Pickwick› geschrieben zu haben, als ein ‹Premier› zu sein.

B. (etwas unangenehm berührt & haßDich): Schön; zugegeben : es *ist* peinlich, daß Generalmajor ACHILLES & Bundeskanzler NESTOR immer wieder vergessen, daß von ihnen=Allen der Teufel noch etwas wüßte, wäre nicht HOMER gewesen. – Darf ich darauf verweisen, wie *ich* ein Prinzip daraus mache, die ‹Bücher des Monats› grundsätzlich zu lesen : bei den Angelsachsen=drüben *gilt* dergleichen was; da gibt's ganze Buch=Clubs, die sich sofort der betreffenden Stücke bemächtigen & sie ihren Lesern leichtzugängig machen – die Deutschen reagieren auch hier wieder beträchtlich pomadig. / – : Die Freundschaft DICKENS=COLLINS also, hat ein Lebenlang gehalten ?

A.: COLLINS' jüngerer Bruder, Charles, hat sogar 1860 eine Tochter, KATE DICKENS, geheiratet – auch er, kurioserweise, mit der gleichen Doppelbegabung wie alle COLLINS'es versehen : Malerei plus Literatur. Der *Vater* war nämlich ein, leidlich bekannter, Landschafts= & Genre=Maler gewesen. Als ihm, am 8. Januar 1824, der erste Sohn – eben unser WILKIE=hier – geboren wurde, erwies der Junge sich bald als überzart; und die Eltern nahmen ihn, auf Anraten der Ärzte hin, mit auf ihre – bei Malern anscheinend unausbleiblich – ‹Reisen nach dem Süden›. Zumal hat ein längerer Aufenthalt in Italien, auf den frühreifen sensiblen Dreizehnjährigen intensivsten Eindruck gemacht – : und in jedem seiner Bücher kommt ‹folglich› irgendetwas ‹Italienisches› vor.

B. (vereinfachend): Also von Haus aus wohlhäbig; und zu keinem ‹Beruf› genötigt.

A.: Ganz=so=einfach war es nicht. / Er hat es zuerst als ‹Volontär› in einer der großen londoner Tee=Firmen versucht. Aber der ‹kaufmännische Angestellte› behagte ihm auf die Dauer ebensowenig, wie die dann 5 Jahre lang betriebene Ausbildung als ‹Barrister› in Lincoln's Inn : *nominell* hat er die Approbation als Rechtsanwalt erhalten : direkt ‹praktiziert› jedoch, meines Wissens *nie*. Einzig für seinen eigentlichen ‹späteren Beruf› hat er Vieles davon brauchen können.

B.: Ach : aus *der* Richtung stammt das, ernüchternde, 1=Seiten=Vorwort der ‹Frau in Weiß› : jener Advokat, von dem er sich angeblich beraten ließ . . . : ?

A.: . . . war natürlich Er=selbst.

B.: Ein Vorwort, das übrigens in der neuen=deutschen Ausgabe *nicht* erscheint : warum wohl ?

A.: Einmal dürfte der Übersetzer, wie sich's gehört, die *erste* Auflage zugrundegelegt haben : und die hat eben *kein* Vorwort. Außerdem ist es ‹flüchtig› hingeschrieben; ganz ephemer; auf ein zeitgenössisches Publikum berechnet; und setzt die bestsellerhaft=breite Kenntnis des Romans in einer Art *voraus*, daß es nicht nur filologisch=fragwürdig & assistentenhaft=pedantisch, sondern dem Buch & seinem Erfolg *schlicht abträglich* gewesen wäre, dergleichen davor zu kleistern.

B.: Läßt sich hören. – / Aber, zurück : wie kam COLLINS zur Literatur ?

A.: Als 1847 sein Vater starb, schrieb er – wie vorher zwischen Beiden (etwas macaber !) vereinbart – dessen Biografie. War er doch nicht nur in einem Maler=Haushalt aufgewachsen; sondern *Selber=Einer : lange* hat er überlegen müssen, *welcher* der Musen er sich attachiren solle. Und daß die ‹ROYAL ACADEMY› 1849 sogar ein Bild von ihm ausstellte, wird das große Schwanken auch nicht nennenswert vermindert haben. / Jedenfalls wurde die solide=materialreiche Bio...

B. (hineinmurmelnd): ... Kunststück : *der Vater* ! ...

A. (heiter fortfahrend): ... von der Öffentlichkeit so wohlwollend aufgenommen, daß COLLINS sich ermutigt fühlen konnte, gleich=noch eine Jugendidee zu Papier zu bringen, und den ‹Historischen Roman› : ‹ANTONINA, oder der Fall Roms›, hinterdrein zu schicken.

B. (murmelnd): Ahá : also gleich zu=Anfang ‹was Italienisches›...

A. (berichtigend): Es handelt sich – *außerhalb* jeglichen Zusammenhangs gelesen ! – um ein conventionell=mittelmäßiges Stück (Zeit ‹Alarich›; und überhaupt ‹Kampf um Rom›); das erst, sobald man sich ausgiebig=biografisch damit befaßt, wichtig werden wird. / Immerhin konnte COLLINS dem Gedanken näher treten : für=immer bei der Schriftstellerei zu bleiben. Zumal er eben, 1848, das unschätzbare Glück erfuhr, *ganz in die Nähe* eines CHARLES DICKENS zu geraten. Und bei einem 24=Jährigen kann der Anblick eines *só*=Vitalliebenswürdigen & gleichzeitig blendend=Arrivierten : schon ins Gewicht fallen.

B (etwas unsicher): – *wann* war DICKENS doch gleich geboren ?

A. (leicht anzüglich): Ich betracht' es nicht als Schande, das zu wissen – : 1812. / War also damals rund=40; und just im Begriff, seine beiden=großen Zeitschriften zu starten, die ‹Household Words›; und ‹All the Year Round›...

B. (bremsend): 'ch weiß nich. – : Mir fällt immer ‹GARTENLAUBE› dabei ein.... : ?

A. (kalt=bestätigend): Warum nicht ? – Es stimmt an Ihrem Vergleich *mehreres* : die Gründungszeit. Die enorme, jahrzehntelang=vorhaltende Beliebtheit. Auch das ‹Nie=wo› hatte vielfach die ähnliche Nicht=Höhe. – Aber die englische Zeitschrift wies eben doch ‹Spitzen=Maxima› auf, die dem *deutschen* Blatt abgingen. / Hierfür=jedenfalls, brauchte & suchte & *ver*=brauchte, DICKENS rastlos *‹Mitarbeiter›*; und belegte, nach kurzem ‹Maßnehmen›, WILLIAM WILKIE COLLINS sogleich mit Beschlag.

B. (etwas unwillig): Und so ein halber Zufall gab einfach den Ausschlag ?

A. (bedächtig): Sie übersehen, wie bloße Leser öfter, das wichtigste : einmal war mit solchem Angebot die langfristige finanzielle Sicherung für einen Groß=Versuch gegeben; und weiterhin, mit dem bereits unerschütterlich beliebten Blatt, ein beneidenswertes Forum für einen, relativ ‹jungen› Autor.

B.: Collins hatte, außer dem erwähnten, noch weiter nichts geschrieben ?

A.: Doch. Zwei Sammlungen von Kurzgeschichten – an 1 davon, dem ‹Picking up Evening=Shadows›, ist interessant, daß der junge Joyce dadurch zu seinem ersten, leider nicht erhaltenen Novellenband, den ‹Silhouetten› angeregt wurde – auch ein paar kleinere Romane, die für Dickens' Fachmanns=Auge eben ‹das Talent› verrieten. – Auch in späteren Jahren des Ruhmes ist Collins dem Exempel des Großen Freundes insofern noch gefolgt, als er auf endlose Vorlesungs=Tourneen nach Dollarika ging, und sich dadurch endgültig ruinierte. Heimgekehrt, hat er dann, in immer zunehmender Zurückgezogenheit, in seinem Haus in der londoner Wimpole=Street gewohnt & geschrieben.

B.: Worin bestand sein Leiden eigentlich ? Ich hab' nur irgendwo gelesen, daß er stärkster ‹Opium=Eater› gewesen sei.

A.: Seit Mitte Dreißig bereits, wurde er von rheumatischen Schmerzen gepiesackt, die so unerträgliche Ausmaße annahmen, daß er – vom väterlichen Atelier=Betrieb her ohnehin an milde Formen der Bohème gewöhnt – schließlich zum Opium griff – das es damals übrigens im freien Handel gab : 67 soll die Tagesdosis bereits so stark gewesen sein, daß er damit eine komplette Fußball=Mannschaft inclusive Schiedsrichter unter'n Tisch getrunken hätte.

B. (sorglich): Dann wird er aber als Hausgenosse nicht übermäßig angenehm gewesen sein – : war er verheiratet ?

A.: Nicht direkt. – Er hat ein geregeltes Nicht=Hagestolzendasein geführt, mit 2 Frauen gleichzeitig; mit denen er sich auch hat begraben lassen : Caroline Graves, die noch zu erwähnen sein wird; und Martha Rudd Dawson, von der er 3 Kinder hatte.

B. (heimlich angeregt): Also ausgesprochene ‹Zustände›. Ob das 1 der Gründe sein könnte, warum bei den, notorisch prüde=tuenden Engländern, etwas umfassend=Biografisches noch nicht erschienen ist ? Es sind doch erst kleinere Monografien, die beste noch Robinson, vorhanden . . .

A. (kopfschüttelnd): Ich hab den Eindruck, daß Sie sich die Zustände im Hause Collins – oder die, sicher ähnlichen, bei De Quincey &

COLERIDGE – etwas *zu* heftig & pikant, & über*haupt*=falsch vorstellen. Sie müssen von den Künstlern, die irgendwelche Anregungs= oder auch Brems=Mittel verwenden, eine, gar nicht einmal kleine, Gruppe von Solchen abzweigen, die während des – nennen wir's ‹Schöpferischen Anfalls› – eben weder ‹die Möbel graderückt› noch Weib & Kind verdrischt; sondern, (was merkwürdigerweise Manchen förmlich *kränkt*), die durchaus die Kontrolle über ihre Arbeit behalten.

B.: Sie, das *muß* einen schlichten Bürger aber auch erbittern dürfen, mitanzusehen : wie Der eben *nicht* simpel=besoffen ist; sondern während=dem die schönsten Sachen fabriziert ! Das uns zeitlich=nächste Exempel ist ja wohl JOYCE gewesen. Hm. Dennoch : auf Normale muß das irgendwie befremdlich wirken.

A. (bestätigend): Oh, ein gewisses ‹Schauspiel› wird's schon gewesen sein, wenn COLLINS sich abends dann vom Schreibtisch erhob, und auf geschwollenen Gichtbeinen zur Treppe stapfte. Plötzlich – seine Kinder haben's berichtet – stehen blieb & die dicke gedrehte Holzsäule des Geländers bös=artig fixierte : »Drop it ! –«, versetzte er scharf : »Kein Wort mehr davon !«. Lauschte dem, was der untersetzte Mahagoni=Kerl zu proponieren anscheinend nicht unterlassen konnte : ? – dann lachte's leis & verächtlich aus dem Riesenvollbart – : »Of cor*p*se« – er sprach das englische ‹natürlich› grundsätzlich so aus; wie's dem Großverwalter von ‹mysteries› ja vielleicht auch geziemt. – Kamen aber schon neue Phantome die Stufen heruntergerempelt. Manche ließen sich ja mit kurzem Gruß oder einem 1=Wort=Bescheid zur Seite schultern. Andere aber erwiderten ausgiebig, oder flaxten ihn gar an – tja, und da dauerte es eben allabendlich eine ganze Zeit, eh' WILKIE COLLINS so ins Bette kam...

(Gong)

B. (resolut): Die vom Leser aus immer=entscheidende Frage : was ist denn nun *von=ihm=für=Uns* übrig ?

A.: Sie haben mit Ihrem Kriterium hinsichtlich dem Grade des Noch=Lebendigseins fast recht...

B. (einfallend): ... wieso nur ‹fast› ?

A.: Insofern, als die bloße Unbekanntheit mit 1 Buch, einem Autor, wenig besagt. Das ‹Kenn ich nich›, oder gar ‹Nie gehört !› mancher Leute, ist so wenig ein Argument, daß es vielmehr ein rechter Einwand gegen Den ist, dem dergleichen entfährt. Ihre, an sich berechtigte, Frage also, hätte etwa zu lauten : Was von COLLINS könne Uns=Heutigen, gesetzt es würde zwar nicht direkt neu=entdeckt, aber gut=wiedererobert vorgelegt, denn noch schmackhaft sein ?

B.: Wenn ich recht verstehe, läuft Ihre Korrektur darauf hinaus : daß dem normalen, beruflich anderweitig ausgelasteten Leser, COLLINS' Bücher einfach nicht mehr erreichbar seien; ergo eine Urteilsbildung unmöglich – es sind ja wohl, sogar in England, niemals ‹Gesammelte Werke› erschienen ?

A.: Zumindest seit 50 Jahren nicht mehr im Handel; man muß seine, rund 30, Bücher, mit einem ganz merkwürdigen Grad von Mühwaltung zusammensuchen – dabei wären, meines Erachtens, ein Halbdutzend der Erneuerung würdig.

B.: Was das betrifft, hab' ich zufällig in einem 1935 erschienenen Buch, GERTEIS ‹Detektive›, die Empfehlung gelesen :

C.: »Wenn ein Verleger, in einer großen Reihe klassischer Romane, auch einen Vertreter des Detektiv=Romans haben möchte, dann wird er, mit großer Wahrscheinlichkeit, nach dem ‹Mondstein› von WILKIE COLLINS greifen.«

B.: Nun weiß ich zwar – zB aus der beneidenswert=soliden EVERYMAN=Reihe – daß, in England=selbst, immerfort *diese zwei* Titel lebendig sind : die ‹Woman in White› und der ‹Moonstone›; und im vergang'nen Herbst ist ‹No Name› wieder vorgelegt worden, (leider, neben dem Fischer=TB vom ‹Zauberberg› das druckfehlerreichste Buch des Jahrhunderts). Immerhin war ich, beeinflußt durch die erwähnte HEIMERAN'sche Empfehlung, erstaunt, als GOVERTS uns jüngst nun eben *nicht* den ‹Mondstein› servierte, wohl aber die ‹Frau in Weiß› : ?

A.: Das ist nicht schwer zu erklären. – Einmal abgesehen davon, daß *ich* ‹Krimis›, die *nur=dies* sind, nicht mag; dürfte auch der, von jenem – mir übrigens unbekannten – Herrn empfohlene ‹Mondstein›, als Beginn einer COLLINS=Renaissance, deshalb undiskutabel erschienen sein : weil er über=komplett ist.

B.: Was besagen will ?

A.: Zumbeispiel, daß selbst das aufgeregt=Außergewöhnliche darin ein bißlein strapaziert wird. Es enthält *zu=viel* der Gnaden : den ‹Großen Kommissar›, Sergeant CUFF; den ‹Fluch=Edelstein›; die Exoten à la ‹Inder›; bemüht den scheinbar unwiderstehlichen Arzt=Komplex & Hypnose & Liebe; auch so manchen ‹Triebsand›, in dem Personen, die der Autor nicht mehr recht zu beschäftigen weiß, unauffällig versinken können...

B. (nüchtern): Moment. All=das ist seitdem – dh seit 100 Jahren nun ! – aber doch mit mehr oder weniger, meist sogar wohl *mehr* Geschick durchexercirt worden : DOYLE CHANDLER SAYERS STANLEY=*Ellin*... *(er verstummt)*

A. (höflich): Nur zu wahr. Heutzutage, wo in dieser unangenehmen Richtung Vieles geschehen ist, würde Er, der Vorgänger, wirken wie ein Nachfolger. Und zwar wie ein ziemlich plumper, der mit der Technik noch nicht gut zurechtkommt; und deswegen, um zu ‹wirken›, erstmal alles hineinstopft : Wer den ‹Mondstein› als aller*erstes* Stück einer COLLINS=Erneuerung wählte, der würde dem Mann einen *schlechten Dienst* erwiesen haben. Der Verlag war, – der, wie die ‹ZEIT› es mit Recht nennt, ‹erstaunliche Erfolg› beweist's – ausgesprochen *gut beraten*, da er den ‹Mondstein› überging. Und selbst als Nummer 2, 3 – vielleicht sogar 4 – würde *ich* ihn noch zurückstellen.

B.: Sehr hübsch & geheimnisvoll : man wird ja auf Ihre ‹2, 3, 4› unwillkürlich neugierig : ?

A.: Ich stimmte vor allem für die, 1872 erschienene, ‹Poor Miss Finch› – ein psychologisch=feines Stück, das diverse FREUD'sche Theoreme aufs eleganteste illustriert : *lange vor FREUD* ! / ‹Kains Nachlaß› ? ‹Jezebels Daughter› ? / Die von Ihnen erwähnte Frau SAYERS hat dafür plädiert, daß noch ‹Armadale› und ‹No Name›, als den beiden bekannten Romanen gleichwertig, im Buchhandel gehalten werden sollten – da es sich um eine Krimi=Verfasserin handelt, hat das Urteil nur halben Wert.

B. (spitzig): Seit wann hat das Urteil von *Fachleuten* nur noch halben Wert ?

A. (stoisch): Sobald es sich eben um kein ‹Fach› handelt – was in unserm Fall ja ‹Die Literatur› hieße – sondern um ziemlich nichtswürdige Veranstaltungen zur Belustigung ungeschulter Massen : die Millionen=Beliebtheit des ‹Krimi›, ob Buch ob Fernsehen, spricht gleichzeitig das künstlerische Todesurteil über ihn.

B. (lauernd): Also dürft'es, Ihrer Ansicht nach, dergleichen über*haupt*nicht geben ?

A. (kopfschüttelnd): Natürlich *muß* es dergleichen *‹geben›* : Das Volk hat sein *Anrecht* auf Unterhaltung ! Nur wäre ihm vielleicht, ab & zu, zu bedeuten : daß es sich bei seinem Zeitvertreib *nicht um Kunst* handele, sondern um *Kindernahrung*. Ein Gesichtspunkt, unter dem Ihre Frage nach einer möglichen COLLINS=Renaissance wiederum variiert werden könnte...

B. (begierig): ... und zwar *wie* ! ?

A.: Daß man seine – eben nicht ‹toten›, sondern nur ‹schlummernden›, ergo der Dornröschenhaften Wiedererweckung fähigen – Bücher, in 2 Gruppen zu teilen hätte :

a) diejenigen, die vom nackten Krimi=Material her auch heute noch Abnehmer fänden...

B. (ergänzend=einfallend): ... und die also einem Verleger, & sei es als ‹Bildheft›, heut noch als ‹gängig› einleuchten würden.

A. (nickend fortfahrend): ... und b) solche, bei denen es sich um saecular=gültige, *literarische Bemühungen* handelt – was denn freilich sogleich ein kaufmännisch weit ‹delikateres› Objekt bedeutet : Sie machen sich vermutlich keinen Begriff davon, welch seelische Kämpfe in einem Verleger...

B. (unterbrechend): ... das Neueste was ich höre : Verleger *haben Seelen* ?

A. (schmundselnd): Im KORAN wird derlei Zweifel nur bezüglich von Frauen geäußert – was, ins Schweizerische übersetzt, dann wohl ergibt, daß Die nicht ‹wählen› dürfen – aber stellen Sie sich's trotzdem mal, intensiv, vor :

1. ein *ausländisches Buch* : das also auch noch ‹gut übersetzt› sein will ! –

2. *Über 100 Jahre alt !* – Und zwar nicht kokett=altmodisierend, sondern ganz organisch=ältlich...

B. (etwas zweifelnd): ... was bedeutete ? –

A.: Nu, daß der Held *keinen* schnellsten Wagen besitzt; & der Anti=Heros keinen Laser=Strahler. Die Räuberbräute keinen Exkurs über Psychoanalyse oder ‹Abstrakte Malerei› hersagen können. Und die Heldin, in sexueller Bedrängnis, vergebens nach auch nur *1* Unterputz=Schalter tappt; denn es gibt, unvorstellbarerweise, noch keine ‹Elektrizität›. – Und endlich

3. noch ein *‹Brocken›* von gut=tausend Normalseiten !

Was Wunders, wenn bei sothanen Umständen, jedweder Verleger ersteinmal aufschreit : *‹I say No !›* – wie selbstredend auch 1 Buch von COLLINS heißt.

B. (lebhaft): Und *dennoch* hat es geklappt ! – entschuldigen Sie den banalen Ausdruck – aber Sie haben natürlich Recht : es war ein *weiter Weg*, von der, in ältlichen Conversations=Lexica eingesargten Schönen, der ‹Femme en blanc› von 1859 – : bis zum *‹Buch des Monats für Februar 1966›* ! ...

(Gong)

A. (gedankenverloren): Tjaa; so hieß die französische Ausgabe. – *(ironisch):* Bezeichnend übrigens für Uns=&=Unsre=Zeit, daß einige Buchhandlungen – so Ínbonn & Úmbonn & Úmbonnherúm – sich zu beteuern bemüßigt fühlten : das Buch hätte sich *noch* besser verkauft, wenn dem Verlag nicht der unbegreifliche Schnitzer unterlaufen wäre, es eben *nicht* die ‹*Dame* in Weiß› zu taufen.

B. (entrüstet): Gefühllos ! – Die arme ANNE CATHERICK, die rührende Figurine, *ist* doch gar keine mondäne ‹Dame› !

A. (achselzuckend): Wem sagen Sie das ? Ich führ's doch nur als wirtschafts=wunderliches Symptom an : natürlich gehört Einiges dazu, auf solch fashionablen Schwachsinn zu verfallen. Wenn man sich diese Initial=Scene einmal richtig vorstellt...

C.: Meine Mutter & Schwester hatten so viele Letzte Worte gesprochen, und mich so oft gebeten, doch noch 5 Minuten zu bleiben, daß es nicht mehr weit von Mitternacht war, als das Dienstmädchen endgültig das Gartentor hinter mir zuschloß. Ich tat ein paar Schritte auf dem Weg, der der kürzeste nach London zurück war; hielt dann inne & zögerte : ... / Der Mond stand rund & groß an einem dunkelblauen=sternenlosen Himmel; und die rauhen Haideflächen wirkten in seinem geheimnisfollen Licht derart wild & öde, als läge die große Stadt wohl 100 Meilen weit entfernt in ihren Niederungen. Die bloße Vorstellung, eher als unbedingt notwendig wieder in die Dusternis & Treibhausluft Londons hinabsteigen zu müssen, widerte mich an – ich beschloß deshalb : erst den weißen geschlängelten Sandpfaden=hier über die einsame Haide zu folgen; mich dann London durch die am lockersten besiedelte seiner Vorstädte zu nähern, also auf der Finchley Road; und dergestalt, in der Frische & Kühle des neuen Morgens, an der Westseite von Regent Park anzukommen. / Gemächlich verfolgte ich also meinen Weg; genoß die unirdische Stille der Landschaft, und bewunderte das sanfte Gemisch von Lichtern & Schatten, wie zu beiden Seiten von mir, eins das andre auf dem unebenen Grunde aufs zierlichste ablöste : ich ‹dachte› eigentlich dabei überhaupt nicht. Dann allerdings, als ich in einen Weg eingebogen war, wo es weniger zu sehen gab, zogen die Fantasiebilder, die der mir bevorstehende Wechsel natürlicherweise erzeugte, meine Aufmerksamkeit immer ausschließlicher auf sich; und zu der Zeit, als ich am Ende dieses Weges anlangte, war ich bereits in wunderliche Gebilde vertieft : von LIMMERIDGE=Haus; von Herrn Fairlie & den beiden Damen, deren Übungen in der Kunst zu aquarelliren ich nun so bald zu beaufsichtigen haben würde. / Ich war an dem speziellen Punkt meines Spaziergangs angelangt, wo sich 4 Landstraßen treffen; und hatte bereits, automatisch=schlendernd, die nach London eingeschlagen – als, binnen dem Bruchteil 1 Sekunde, jeglicher Blutstropfen in meinem Körper gerann; unter der Berührung einer Hand, die sich mir, urplötzlich & ganz leicht, von hinten auf die

Schulter legte. / Ich fuhr sogleich herum, während sich meine Finger um den Griff des Spazierstocks krampften... : Dort, mitten auf der breiten mondhellen Landstraße – dort, wie wenn sie im selben Augenblick aus der Erde emporgewuchert, oder vom Himmel heruntergesunken wäre – stand die Gestalt 1 einzelnen Frau; von Kopf bis Fuß in weiße Gewänder gekleidet; ihr Gesicht in ernster Frage mir zugeneigt; mit einer Hand, die auf das dunkle, London überlagernde Gewölk hinzeigte : ! – während ich sie meinerseits nur anstarren konnte. / Das seltsame Frauenwesen sprach auch zuerst : ‹Ist das hier die Straße nach London ?› fragte sie. / Ich betrachtete sie aufs aufmerksamste, während sie diese merkwürdige Frage an mich richtete. Es war jetzt kurz vor 1 Uhr. Alles, was ich beim Schein des Mondes zu unterscheiden vermochte, war ein farbloses jugendliches Antlitz, mager anzuschauen, und zumal um Backenknochen & Kinn scharf geschnitten; große=ernste, schier sehnsüchtig aufmerksame Augen; ein nervöser unsicherer Mund; auffällig feines Haar von blaßgelber Farbe. Keinerlei Verwilderung oder Unverschämtheit in ihrem Auftreten : es war vollkommen ruhig & selbstbeherrscht; ein bißchen Schwermut mit 1 kleinen Schuß Argwohn. Im Klang der Stimme, wenig wie ich bis jetzt davon gehört hatte, schien etwas merkwürdig Verhaltenes & Mechanisches zu liegen; obwohl sie ganz auffällig schnell gesprochen hatte...

A.: Die Szene ist von COLLINS aufs intensivste erlebt worden : MILLAIS hat es aufbewahrt, wie man, zusammen mit den Brüdern COLLINS, das Haus von deren Mutter, in Hanover Terrace, verließ; die Sommernacht war warm & der Mond das übliche groß & klare Zeichen. Unversehens vernahm man, aus dem Garten einer Villa am Wege, 1 Schrei ! – und »herausgestürzt kam die Gestalt einer jungen & anscheinend sehr hübschen Frau, ganz in wehendes Weiß gekleidet, das im Mondschein opalte – sie flog dahin, wie wenn der Wind sie triebe. ‹Wie lieblich, & wie fraulich›, war alles, was MILLAIS sagen konnte; denn schon rief WILKIE : ‹Ich muß wissen, Wer sie ist & was hier vor sich geht !› – und war bereits hinter ihr her. / Vergeblich harrten Wir seiner Wiederkunft. Und als Wir Uns am nächsten Tage sahen, schien er abgeneigt, sich über sein Abenteuer näher auszulassen.« – *(vertraulich):* mit brav 90=prozentiger Gewißheit, ist das die 1 seiner lebenslänglichen 2 Frauen gewesen; nämlich die schon erwähnte CAROLINE GRAVES.

B. (versonnen): Ach – : Ob das, literarisch umgesetzt, 1 der ‹zureichenden Gründe› sein könnte, wieso Mann sich dem, imgrunde ja doch irgendwie ‹defekten› Frauenwesen, dennoch seltsam ‹zugetan› fühlen kann ?

C. (antwortet; an A's statt): Der Westhimmel war voll von verwildertem Gewölk, und der Wind blies kalt vom Meer herüber – ich entschloß mich, in der tiefen Türblende des Kirchleins Aufstellung zu nehmen : in jede der beiden Seitenwände war ein schießschartenähnliches Fensterchen eingeschnitten; und durch das 1 davon konnte ich Frau FAIRLIE's Grab sehen. / Gerade vor mir, der Kirchentür gegenüber, lag ein kahles Stück Friedhof, begrenzt von seinem niedrigen Mauerstreifen; dahinter, einer fahlen Barre gleich, ein öder Hügelhang, über den im starken, gleichmäßig sausenden Wind, Wolken mit Sonnenuntergangsfarben schwerfällig dahintrieben. Kein lebendes Wesen war zu sehen oder zu hören – kein Vogel strich mir vorbei, kein Hundegebell scholl vom Küsterhäuschen herüber. Wenn in dem fernen stumpfen Murren der Brandung einmal eine Pause eintrat, wurde sie sogleich von dem unerfreulichen Rascheln der Baumkrüppel am Grabe drüben ausgefüllt, und dem schwächlichen kalten Gewischel des Rinnsals in seinem steinigen Bettlein...

A.: Ganz CASPAR=DAVID=FRIEDRICH=mäßig, dieser ‹Gottesacker am Meer› – und über den, halb sauber=gewischten, Grabstein hinweg, starrt den Leser eben, schwächlich & ernst, genau das gleiche Gesicht an, wie damals auf der mondweißen Chausee, 1 Handbreit hinter Mitternacht.

B. (etwas nervös): Schön, sehr=schön. – Aber nun 1 erstes Manko des, zugegeben hübsch=vollschlanken !, Buches : Held & Prima=Donna, ‹LAURA FAIRLIE & WALTER HARTRIGHT›, besitzen doch, bestenfalls, die Plastik von Spielkarten=Dame & =König ! Bin ich da *sehr* modern=verworfen, wenn ich mir einfach nicht vorstellen kann, daß solche ‹2 Lämmlein weiß wie Schnee›, jemals, wie am Buch=Ende ja angedeutet, ‹1 Kind› miteinander zu ‹erzeugen› vermochten ? : *wie haben Die=das gemacht ?*

A.: Sie haben's absichtlich erlesen=frivol ausgedrückt. Und auch insofern geht Ihr Tadel an COLLINS vorbei, als er eine *ganze Epoche* trifft : damals *mußte* ein Autor halt, hell=angestrahlt in Bühnen=Mitte, 2 Menschen=Attrappen hinstellen, die süß=unbeholfen Händ' & Füß' umeinander legen : *als Alibi !* Das wirklich=Wichtige aber spielt sich *in*, beziehungsweise *dicht vor der Culisse* ab. Sind dort doch angeblich nur Statisten=Comparsen am Werk; zum Teil ausdrücklich als Bösewichter & =Wichtinnen deklarirt; Denen man ergo einiges – recht Vieles – : vielleicht sogar Alles ! ? – verzeihen kann; ohne sich ob der Sympathie mit, der Freude an, ihnen moralisch belastet vorkommen zu müssen.

B. (begreifend): Achsó ! – Durch das chemisch gereinigte Haupt=Paar in Vordergrunds Mitten, wird das ‹Über=Ich› des Lesers auf's respektabelste beruhigt; so daß dann im breiten Rahmen=Rankenwerk allerlei Schalkisches vor sich gehen darf : ‹da Wir ja *doch* nur träumen, kommt's darauf *auch* nicht an›.

A. (bestätigend): Ergibt sich der Satz : ‹Im Victorianischen Roman sind die Neben=Figuren immer die Haupt=Figuren›.

B.: Und Sie meinen, das sei eine Maxime, die sich die Auguren damals untereinander, mit dem unbefangensten Gewissen & in schlichter Autoren=Notwehr, auch eingestanden hätten ?

A.: Von den Besseren zumindest, ist's schriftlich belegt. – Darf ich übrigens COLLINS' Heldin doch etwas verteidigen ? Daß hier nämlich eine ergiebigste *Doppelrolle*, ob Film ob Fernsehn, vorliege : ‹LAURA FAIRLIE *und* ANNE CATHERICK›=*zusammen*, böten die Möglichkeit für ausgesprochen *feine* looking=glass=Thrix.

B. (kritisch): Dafür ließe sich aus ‹Ihm›, aus WALTER HARTRIGHT, besonders wenig machen. Und auch sein erfolgreicher Nebenbuhler, der eigentlich sackgrobe Schurke, ‹SIR PERCIVAL GLYDE›, ist doch etwas *zu* einseitig=ochsig geraten.

A.: Zumindest ist es leicht, für ihn *keine* Sympathie zu hegen. / (Dennoch sei erwähnt, wie 1 Leserin mir spontan mitteilte : der Mann verdiene, recht überlegt, doch auch ein gewisses Mitleid.) / Aber führe das immer zu weit : desto int'ressanter ist ja die, GLYDE zugeordnete *weibliche* Mitspielerin, die ältere FRAU CATHERICK. Die vielleicht von sämtlichen Frauengestalten des Buches den größten Tiefgang hat : matronenhaft=lauernd, ganz vir*a*go intacta, und von einer so klotzigen Energie der Jenseitsvongut&böse=Sorte, daß man sich unwillkürlich=tiefatmend sagt : wenn *Die* mal mit CONTE FOSCO aneinander geraten wäre : *das* müßte ein Duell ergeben haben !

B. (angeregt): Womit sie natürlich nun *den Namen* genannt haben, der *auch meiner* Ansicht nach, das Zünglein jedweder Waage unwiderstehlich nach der Plus=Seite hinüber zwingt : ISIDOR BALDASSARE OTTAVIO *Conte Fosco*; Ritter des Ordens der Eisernen Krone von Pavia, korrespondierendes Mitglied mehrerer gelehrter Gesellschaften des In= & Auslandes : eine uns allzulang vorenthaltene Gestalt der Weltliteratur. Seitdem verstehe ich gut, wie TS ELIOT das Buch derart rühmen; oder Premier GLADSTONE darob, und nicht nur 1 Mal, schier Unterhaussitzungen verpassen konnte.

A.: Ja. Die letzte *wirklich* große, literarische ENCYCLOPAEDIA BRITANNICA – also *nicht* die im Handel befindliche, zur Halb=Illustrierten ausgeartete neueste; sondern die 13. oder 14. Auflage ! – *die weiß* es noch : ...

D. (würdig; con grandezza sein eigenes Lob rezitierend): »WILLIAM WILKIE COLLINS, besaß im höchsten Grade die Gabe, das Interesse des Lesers zu fixieren. Die labyrinthisch geknickte Einfachheit seiner Fabel ist schlechthin ingeniös; und viele seiner Gestalten sind nicht nur ‹wirklich›, sondern *ungewöhnlich=wirklich.* – *(pompös; aber ja nicht karikierend):* Sein Meisterstück in dieser Beziehung ist *Conte Fosco*, aus der ‹Frau in Weiß› : immer & immer wieder nachgeahmt, hat doch keine Imitation jemals die Subtilität plus Massivität des Originales erreicht.«

B. (nachdenklich): Manche Rezensenten haben ihn, einem Ausdruck des Buches selbst folgend, einen ‹Napoleonischen Verbrecher› genannt – *mich* dünkte er fast noch mehr Cäsarisch=klug; etwa im Sinne von SHAW's Stück – *(er zitiert):* ‹Seine Ausdrucksweise klingt frivol, weil er ein Italiener ist; aber er *meint*, was er sagt.›

A.: Ohne uns jetzt darauf einzulassen, ob der Unterschied zwischen Cäsar und Napoleon noch eine Dissertation wert sei, halten Wir uns lieber an diese moderne Variante von Beiden, an CONTE FOSCO : ein großer dicker Mann von schon=60; der stärkste Törtchen= & Windbeutel=Esser; und der sich dennoch mindestens so leicht & leis' bewegt, wie eine Frau...

B. (lebhaft bestätigend): Daraus hat COLLINS ja förmlich ein System gemacht : Gegensätze zu koppeln zu dem 1 Mann, in CONTE FOSCO. Seine Neigung für Kleinst=Tiere, Canari & Weiße Mäuse : die darüber hinwegtäuscht, daß er, wie MARIAN HALCOMBE es ausdrückt, ‹eine Tigerin zu zähmen imstande wäre›. Zusätzlich möcht' es noch eine dunkle Andeutung auf ‹Kerkermilieu› liefern sollen.

A.: Ein hochgebildeter Mann, & Wissenschaften wie Künsten leidenschaftlich zugetan : wie zitiert er nicht DANTE; spielt er nicht ROSSINI, & singt dazu, mit seiner schönen hallenden Baß=Stimme, die, wenn er will, sämtliche Scheiben beifällig mit=summen macht. Und ist doch wiederum der geräuschempfindlich=Sensibelste von Allen...

C. (halblaut): Wir gingen diesen Abend später als gewöhnlich auseinander. Gegen Mitternacht wurde die sommerliche Stille draußen, durch ein leises Schwermütiges unterbrochen, das durch die Bäume schauderte. Wir Alle empfanden die plötzliche Kühle in der Luft; aber der Erste, der das verstohlene Aufkommen von Wind merkte, war der Conte. Er hielt, während er mir meine Kerze anzündete, auf einmal inne – und hob bedeutsam die Hand – : »Hören Sie – ?«, sagte Er : »Morgen werden Wir ander Wetter haben.« –

B. (trocken): Alles schöne Eigenschaften. Nur schade, daß Tier=*Liebe* unter anderem auch die Hohlform von Menschen=*Verachtung* ist; und ein so gebildeter Mann gleichzeitig ein so gewissenloser Egoist sein muß.

A. (lebhaft): Da irren Sie aber gewaltig ! Was Sie eigentlich selbst hätten daraus erkennen müssen, daß das Buch einen, aber nun *wirklichen Nur*=Egoisten, ja bereits enthält : Herrn FAIRLIE nämlich. Dessen Relation, Seite 453 bis 80, ist eines der mehreren großen Kabinettstücke : ‹Charakterstudien› dieser Art...

B. (ablehnend): ... imgrunde eine grobfädige, sogleich ‹vorbelastete› Literaturgattung : wenn ich Überschriften höre wie ‹Der Mann nach der Uhr›, oder ‹L'Avare› – nu dann liefert mir meine Fantasie doch von selbst, was kommt & kommen=kánn.

A.: Den *guten* Schriftsteller erkennt man in solchen Fällen daran, daß er einmal, wie COLLINS=hier, eben *doch* überraschende Einfälle bringt; und, sobald er argumentiert, in seiner Art ‹Recht hat›. Außerdem besteht Herr FAIRLIE, *als Einziger,* die Probe aller Proben : an ihm prallt selbst Macht & Zauber CONTE FOSCO's psychisch ab. / Wo doch, im unerwartet=prachtvollsten Gegensatz hierzu, die nun *wirkliche* jugendliche Heroine, die häßlich=feurige MARIAN HALCOMBE...

B. (wissend hineinmurmelnd): ... ajá : Die, von der SWINBURNE schwärmte; THACKERAY die ganze Nacht las; nach der FITZGERALD, (vom ‹Rubayat›), sofort seine Segelyacht umtaufte...

A. (nickend fortfahrend): Ja – daß *Die* zur, widerspenstigen, Seelenbraut des Conte wird : *die Zwei* bilden das eigentliche *‹Paar›* des Buches ! ‹WALTER & LAURA› ? : sind nur das Pär=*chén.* Und das Verhältnis ist, von *beiden* Beteiligten her, *so fein* begründet=entwickelt=dargestellt, daß man's, ohne sich etwas zu vergeben, restlos *bewundern* kann.

B. (noch ein bißchen zögernd): Ich versteh' schon – Sie meinen – : auf der einen Seite, der dicklich=alternde Mann, obschon ein imposantester ‹Korsen›=Typ; der Seine brünette Häßliche ganz souverän=offen – najá *kann* man das noch ‹liebt› nennen ?; wenn man dann wieder seine theatralisch=bombastische Glorifizierung des heimlichen Transportes der Typhuskranken vernimmt...

D. (halb opernhaft; halb ‹Liebe› mit onkelhaftem Anstrich): Um also in LAURA's Gemüt die erforderlichen logischen Operationen hervorzubringen, versteckten Wir unsre in'tressante Genesende in eins der unbenützten Schlafzimmer in Blackwater Park : in tiefer Nacht...

A. (ganz=kurz halblaut): ... eigentlich hätte man ‹in *typher* Nacht› drucken müssen – aber so=weit sind wir leider noch nicht...

D. (wieder aufnehmend): ... vollbrachten Wir – Madame Fosco; Madame Rubelle; &=ich, (Percival war nicht kalt genug, um sich auf ihn zu verlassen) – besagte Versteckung : *eine Scene* !, malerisch geheimnisvoll dramatisch, im höchsten Grade. Schon an dem betreffenden Morgen war – auf meine Anweisung hin – ihr Bettlein über einer Art leichter aber fester, hölzerner Bahre aufgeschlagen worden : Wir brauchten diese Bahre lediglich sacht an Kopf= & Fuß=Ende anzuheben : – : und konnten unsre Patientin transportiren, wohin es uns gefiel, ohne SIE oder IHR Bett im geringsten zu verstören – *(ehrbar):* keinerlei chemische Unterstützung wurde in Diesem Falle benötigt oder verwendet. Unsre intressante MARIAN lag im tiefen Schlummer der Genesung. – *(genialisch; mit dem Stimmklang eines ‹Verliebten Regisseurs›):* Wir öffneten sämtliche erforderlichen Türen im voraus, und stellten brennende Kerzen zurecht. ICH ! – aufgrund meiner großen persönlichen Stärke – übernahm das Kopfende der Bahre; meine Gattin & Madame Rubelle, das Fußende. Ich trug meinen Anteil an dieser unschätzbar=köstlichen Bürde, mit männlicher Zartheit, mit väterlicher Sorge : wo lebt der moderne REMBRANDT, der unsre mitternächtliche Prozession auf seine Leinwand gebannt hätte ! ? – Ah des Verlusts für die Künste ! Weh des pittoreskesten aller Sujets ! Der moderne REMBRANDT ist nirgends zu finden...

A. (ehrerbietig): Das ist eine Art der ‹Anbetung›, die zu verstehen Mann wohl selbst beträchtlich angealtert sein muß. – Haben Sie darauf geachtet : wie sehr der insipide HARTRIGHT, der MARIAN ja für schlankweg ‹häßlich› erklärt, hierin gegenüber CONTE FOSCO abfällt, Der auf der Stelle ‹IHRE› Meriten erkennt ?

B. (nüchterner): Eine ‹Liebe›, an welcher er letzten Endes ja auch scheitert.

A. (unwillig): Ein FOSCO scheitert nicht ! / – Verwechseln Sie doch, bitte, nicht die ursprüngliche ‹COLLINS'sche› Lösung – nämlich daß diese ‹incommensurable Persönlichkeit› unangefochten davon=fährt ! – mit der schwanzhaft=aufgeklebten, einer Verbeugung vor dem Gerechtigkeitsgefühl des Victorianischen Lesers gleichkommenden, flüchtig hinten=dran=gemachten Ermordungs=Szene.

B.: Ja=*dás* hat mich derb gestört, dies Getue mit ‹Geheimbündelei›.

A.: Das ist zwar eine bürgerlich=*ehrenvolle* Reaktion; aber es gibt, leider, auch heute *mehr* ‹Gestapos› & ‹WITIKO›=Bünde, als Sie ahnen. – Damals *war* – wie Sie in so=manch zeitgenössischem Roman; etwa GUTZKOW's ‹Zauberer von Rom›; vorfinden können – die ‹Große Zeit› der italienischen ‹Carbo= & Giardi=naria›. / Abernein. Das (in Anführungsstrichen) ‹Lustige› ist doch eben : wie MARIAN=Ihrerseits, genáusó, im Conte *den Mann* erwittert, den zu lieben es sich lohnen möchte. Und Ihr ‹Tagebuch› wird denn auch, an den hier=einschlägigen Stellen, die reinlichste prä=FREUD'sche *‹Studie in Verneinung›*. / Zu Anfang gesteht Sie 's Ihrem Schrei'=Papier noch : Sie sei fasciniert. Und ‹ER› würde, hätte Er=Sie gewählt, *auch=Sie* gebändigt haben !

B. (tiefsinnig geworden): ‹Die Negation als subjektive Möglichkeit des Geständnisses›. – Wie=wenn Sie geschrieben hätte – & Sie *hat* es ja unbewußt=hingeschrieben ! – : »Falls Ich je einen Mann lieben *sollte* : der *Conte* wäre es nicht !«

A. (ruhig): Wir ergänzen : All=so *ist* es der Conte. / Wozu ja, aus der Penthesilea=Perspektive gesehen, nichts besser sich paßt, als Marian Halcombe's beschwörende Äußerung zum rächenden Walter hin...

C. (aufgeregt): Sollten Ihnen je diese zwei Männer, auf Gnade & Un=Gnade, ausgeliefert; und Sie gezwungen sein, *1=davon* zu schonen ?...

(windsige, weiblich=schütternde Pause):

...: lassen Sie es dann *nicht den Conte* sein ! –

A. (stoisch): Wir übersetzen :

»Es grüßt; –

in Liebe –

: Deine Marian !« ... –

(Gong)

B. (noch tiefsinnig): Dás wäre dann freilich gar nichts leichtfertig=pikantes, wenn die athletisch=keuscheste der Frauen, unwillkürlich den alternden Groß=Agnostizisten zu lieben nicht umhin könnte – – *(er zitiert halblaut Hebbel):* »Doch ist's nicht ‹Liebe›, wie sie Mann & Weib zusammenknüpft – ein *Zauber* ist's, durch den sich ihr Geschlecht erhalten will; und der die letzte Riesin ohne Lust wie ohne Wahl zum letzten Riesen treibt.« – *(lebhafter):* Lassen Sie Uns von was Leichterem reden : meinethalben von der absonderlichen ‹Technik› unsres Langstrecken=Autors...

A. (hineinmurmelnd): ... das nennen Sie ‹was Leichteres› ?...

B. (fortfahrend): ... : ein Dutzend ‹Zeugen=Aussagen›; sektorenhaft zugespitzt, auf den einen vorliegenden ‹Fall› hin. Und eingeschaltet immer wieder ‹Trennwände› von Zimmern oder Landschaften. – : ?

A (kopfnickend): Das ist eine Strenge der Einstufung, für die ich nicht mehr jung genug bin : *ich* möchte den Culissen & Soffitten, doch einen *höheren* Wert zuerkennen. Gerade dieser, schier immer etwas haut=gout=mäßige, ‹Collins=sky›, dürfte, (bei dem notorischen Maler=Auge des Verfassers), seine erhebliche ‹Bedeutung› haben; zumindest im Sinne des, von einem guten Dramaturgen sorgfältig arrangierten Bühnenbildes...

C. (dreiviertel=laut eine Aussicht inventarisierend): Der Boden, der sich von mir aus nach vorn hin abflachte, bestand ganz aus Sand, mit wenigen & kleinen Haidebulten an einzelnen Stellen dazwischen, die die Eintönigkeit etwas belebten. Der See selbst hatte sich einstmals unverkennbar bis zu der Stelle erstreckt, wo ich jetzt stand; war aber allmählich bis auf weniger als 1 Drittel seiner ehemaligen Größe eingeschrumpft & ausgetrocknet. Rund 500 Meter von mir, an der tiefsten Stelle der Mulde, konnte ich die stillen stehenden Wasser sehen, durch Dickichte von Binsen & Röhricht und kleine Erderhöhungen in einzelne Teiche & Pfuhle unterteilt. Auf dem mir gegenüberliegenden, entfernten Ufer erhob sich gleich wieder dichtester Baumwuchs; er begrenzte den Blick, und warf seinen schwärzlichen Schatten über die flachen, trägen Wasser. Als ich zum See hinunterging, sah ich auch, daß das jenseitige Ufer naß & moorig sein müsse; es war gänzlich überwuchert mit Ried & bettelhaften Weidengestalten. Das Wasser, das auf meiner offenen Sandseite hier, wo die Sonne darauf schien, leidlich klar aussah, wirkte drüben, wo es tief im Schatten der schwammigen Ufer, der überhängend wuchernden Dikkichte und ineinanderverwachsenen Bäume lag, ausgesprochen schwarz & giftig. Frösche huben zu quaken, und Ratten in dem verschatteten Wasser ein= & auszuschlüpfen an, wie wenn sie selbst regsame Schatten seien, als ich mich der sumpfigen Seite des Sees näherte. Ich kam zu dem verrotteten Rumpf eines alten, umgedrehten Bootes, das halb außer dem Wasser lag, und auf dessen trockenes Ende, durch eine Lücke in den Baumkronen, ein Fleck kränklichen Sonnenlichtes fiel : mitten in diesem Fleck nahm eine Schlange, fantastisch geringelt & bösartig reglos, ihr Sonnenbad. Nah & fern machte Alles den nämlichen niederschlagenden Eindruck von Einsamkeit & Verfall; und die herrliche Helle des Sommerhimmels zu Häupten, schien die Öde & die Unfruchtbarkeit der Wildnis, auf die sie herabstrahlte, nur noch tiefer & härter zu machen.

B.: Sicher : das ist das Lachen=Labyrinth, betitelt ‹Der See von Blackwater›. Und es finden ja auch die gebührenden Dialoge dort statt . . .

(D und C lesen abwechselnd; wie angegeben)

C.: Der Morgen war wolkig & windig; und der rasche Wechsel von Schatten & Sonnenschein über dem öden See, ließ die Aussicht doppelt wild & verhext erscheinen.

D.: ‹Es gibt Leute, die das malerisch nennen›, sagte Sir Percival, und wies mit seinem halbfertigen neuen Spazierstock über den weiten Umkreis hin. ‹*Ich* sage, es ist ein *Schandfleck* auf einem anständigen Rittergut. – Ich wollt ich könnt mirs leisten ihn zu dräniren & die ganze Stelle zu bepflanzen. Mein Inspektor, der abergläubische Idiot, behauptet, er wär sich ganz sicher, daß der See irgendwie ‹verflucht› wäre, ungefähr wies Todte Meer. Was meinst *Du* Fosco ? : siehts nich gerade aus, wie der ideale Platz fürn Mord, was ?› / ‹Tz mein bester Percival,› tadelte der Conte : ‹was für ein Gedanke bei Deinem soliden englischen Verstand ? :

Das Wasser wäre doch viel zu seicht, den Körper zu verbergen; und noch dazu rings von Sand umgeben, in dem jeglicher Fußtapfe des Mörders sich abprägte. *Ich* würde sagen : Alles in Allem genommen der *ungeeignetste* Platz für einen Mord, der mir je vor Augen gekommen ist.› / : ‹Humbug !›, sagte Sir Percival, und schnitzelte wütender an seinem Stekken herum : ‹Du weißt ganz genau was ich meine : die traurige Kulisse; die einsame Lage. Wenn Du mich verstehen *willst*, ist es nich schwer – wenn du *nich* willst, werd ich mich nich groß abquälen, auseinanderzusetzen, was ich meine.› / ‹Wie sollte ich *nicht*› fragte der Conte zurück; ‹wo doch Jedermann in 2 Worten ausdrücken könnte, was Du gemeint hast. : Wenn ein *Narr* sich anschickte, einen Mord zu begehen : wäre Dein See der erste Platz, den er sich dafür aussuchen würde. Wenn ein *Weiser Mann* sich anschickte, einen Mord zu begehen : wäre Dein See so ziemlich der *letzte* Platz, den er sich dafür aussuchen würde.›

C.: Laura blickte zu dem Conte hinüber, mit einem Gesicht, in dem sich ihre Abneigung etwas zu offenkundig spiegelte. ‹Mörder lediglich als ‹Narren› zu bezeichnen,› sagte sie, ‹scheint mir, sie mit einer Nachsicht zu behandeln, auf die sie kein Anrecht haben. Und sie ‹Weise Männer› zu nennen, klingt mir wie ein glatter Widerspruch=in=sich : hab ich doch immer gehört, wie wahrhaft weise Männer stets auch wahrhaft *gute* Männer seien. Sie werden es nicht ganz leicht finden, mir ein Beispiel anzuführen, wo ein weiser Mann gleichzeitig auch ein großer Verbrecher gewesen ist.›

D.: Der Conte zuckte die mächtigen Achseln, und lächelte in der freundlichsten Weise zu Laura hinüber. ‹Nur zu wahr !› sagte er : ‹das Verbrechen des Narren, ist das Verbrechen das herauskommt; und das Verbrechen des weisen Mannes, ist das Verbrechen, das *nicht* herauskommt. Wenn ich Ihnen also ein Beispiel anzuführen vermöchte, wäre es eben nicht mehr das Beispiel eines Weisen Mannes.› / Sir Percival brach in eine Láche aus, só heftig só gewaltsam, daß wir Alle darob zusammenfuhren – (am meisten noch der Conte) – : ‹Satanisch wahr. Und glänzend formuliert !› rief er.

C.: ‹Einiges davon mag wahr sein,› sagte ich; ‹und glänzend formuliert gewesen sein, mag meinethalben alles. Aber ich sehe nicht recht ein, aus welchem Grund Conte Fosco den Sieg des Verbrechers über die Gesellschaft feiern; oder auch, warum Sie, Sir Percival, ihm darob so lautstark applaudieren sollten ?›

D.: ‹Hörst Du das Fosco ?› sagte Sir Percival. ‹Laß Dir raten, und schließ Frieden mit Deiner Zuhörerschaft. Sag ihnen ‹Tugend sei was Feines› – dergleichen mögen sie; mein Wort drauf.› / Der Conte lachte innerlich=lautlos, (und 2 der weißen Mäuse in seiner Weste, aufgeschreckt von der tektonischen Erschütterung, die unter ihnen vor sich ging, kamen in größter Hast hervorgestürmt & flüchteten krabbelnd wieder in ihren Käfig). / ‹Die Damen, mein guter Percival, sollen lieber *mir* von der Tugend erzählen›, sagte er. ‹Sie sind in diesem Fall bessere Autoritäten als ich : denn *sie wissen* was Tugend ist, und *ich*, weiß es *nicht*.› / ‹Hört Euch das an !› rief Sir Percival : ‹Ist es nich schrecklich ?› – / ‹Es ist wahr,› sagte der Conte gelassen, ‹ich bin ein Weltbürger; und im Lauf meines Lebens mit so vielen verschiedenen Sorten Tugend zusammengetroffen, daß ich, nun da ich alt bin, in Verlegenheit käme, wenn ich entscheiden sollte, welches die richtige, und welches die falsche Sorte sei …›

B. (etwas nervös): Sehr nett; aber wir können nicht das *ganze Buch* vorlesen. – Sie wollen also, daß man der ‹Frau in Weiß› das gleiche einräume, wie – um 1 Paradestück des Verfahrens zu nennen – HAUPTMANN's ‹Bahnwärter Thiel›; wo sich die Landschaft, entsprechend dem, was in ihr vorgeht, ‹färbt›.

A. (berichtigend): Korrekter wohl : nicht nur durch veränderte *Beleuchtung* können Sie einer Landschaft dies oder das antun; sondern, mindestens ebenso wirksam, wenn Sie sie in veränderter *Seelenlage* besuchen. / Und da kann denn – übrigens 40 Jahre *vor* HAUPTMANN ! – unser COLLINS'sches ‹Schwarzwasser› *auch so* dreinschauen …

C. (beklemmt): … : Dicht über dem See lag eine weiße Nebelschicht. Die massivbraune Borte der Baumspitzen am jenseitigen Ufer=darüber, wirkte wie ein im Himmel schwebendes Zwergwäldchen. Der sandige Boden, der von unserm Sitzplatz aus zum See hin abfiel, verlor sich geheimnisvoll in den äußeren Lagen des Nebels. Die Stille war entsetzlich : kein=Blatt regte sich – kein=Vogelruf im Forst – nicht 1 Schrei eines Wasservogels aus den Lâchen des unsichtbaren Sees. Selbst die Frösche hatten heut Abend ihr Quaken eingestellt …

A. (schnell & leise): … Nun berichtet Laura von den ‹Freuden des Ehestandes› – lange – und dann hebt die lauschende Halb=Schwester wied'rum das Haupt …

C. (etwas frierend): … Ja; es *war* schon spät. / Die vorhin so dichte braune Kante der Baumwipfel am Himmel, war in der zunehmenden Dunkelheit undeutlich geworden, und hatte jetzt nur noch schwache Ähnlichkeit mit einer langgezogenen Rauchfahne. Der Nebel überm See=unten, hatte sich verstohlen aus=gebreitet, und war auf Uns zu gekommen. / – / ‹Marian –›, sagte sie plötzlich; und zitterte heftig – : ‹Siehst Du nichts ? Schau doch – : Da=úntn !›. Sie zeigte. Meine Augen folgten ihrer Hand. – : Und dá sah ich es *auch* – : – eine lebende Gestalt bewegte sich in der Ferne; über Wust & Haide. Und zwar queer zu unsrer

Blickrichtung vom Bootshaus aus. Dunkel zog sie da=hin. Auf weißem Nebelgrund. Blieb, weit drüben vor uns, stehen –; wartete; – und zog dann weiter, langsamen Ganges; weißen Nebelstreif hinter & über sich – langsam; : langsam – bis der Pfosten am Bootshaus=Eingang sie deckte; & Wir sie nicht weiter verfolgen konnten.

B. (resolut): Also meinethalben. – Aber mich hat vor allem, dies merkwürdige Prosa=Arrangement interessiert : es hat, beim Juristen COLLINS nunmehr begreiflich, ja etwas ‹Verhör›=mäßiges.

A. (berichtigend): Sagen Wir : eines *zeitlich=geordneten*, schriftlichen Verhörs. Aussagen=Äquivalente von 10 Gestalten...

B. (ergänzend): ... plus dem ‹Lapidar›=Styl 1 Grabsteins...

A. (fortfahrend): ... recht verschieden freilich an Länge, wie an ‹Gewicht›...

B.: ... wobei sich eine *erste* Frage erhübe : *kann* man, vermittelst nur=10 verschiedner Personen, bereits ein Vollbild unsres Globen & seiner Population liefern ?

A. (amüsiert): ‹Alle Menschen sind gleich !›, erwidern Ihnen Marxisten & Misanthropen; jeder freilich aus andern Gründen. / – : ‹Die Menschen sind, wenn überhaupt etwas, dann von Geburt an ungleich›, meint ruhig MAGNUS HIRSCHFELD. Oder schmettert, über=menschlich, NIETZSCHE.

B. (murmelnd): ... *auch* wieder Jeder mit anderen Absichten...

A.: Drücken *Wir* es also, vermittelnd, dahingehend aus : abgesehen von den, nun wirklich=raren, echten Individuen; wird es für wissenschaftliche, aber auch für künstlerische, Zwecke hinreichen : die Menschen in 20 Große Klassen einzusortieren... : ...

B. (halb irritiert, halb bittend): Dreißig ! –

A.: Sie ‹handeln› ja, wie Abraham um die Seelen der Sodomiterchen ! / Nu schön : sagnWa 30. – Wollt' ich doch nur meiner Meinung Ausdruck leihen, daß für 1 Buch – *1 begrenztes Thema also !* – 1 Dutzend Temperamente genügen werden, um das Gefühl der ‹Mannigfaltigkeit› zu bewirken; ja, zu garantieren.

B. (kritisch): Womit ich bei Einwand Numm'ro 2 wäre – : *hat* COLLINS dies=sein Dutzend, nun auch wirklich=befriedigend, differenziert ? Ich meine jetzt nich vom bloßen ‹Charakter› her; *da* haben Wir ja schon ein paar aparteste Persönlichkeiten aufzählen können – nein : die *Sprache* erschien mir öfters zu=wenig individualisiert.

A.: Das *ist* die Sprachweise eines Volkes aber doch=nun einmal ! : ‹abgeschliffen›; und zur nuschelnden Verständigung Aller=mit=Allen hergerichtet. Energisch farbig munter wird's immer erst, wenn ein Autor sich der *Unter*=Sprachen getraut : des Slang; der Fach= & Familien=Sprachen; auch der Dialektfärbungen, zumal der der Grenzprovinzen; dort, wo der gallische Pflüger den Deutschen ‹bestäubt›; oder das schlawinernde Rotwelsch. – COLLINS hat Ansätze *auch*=hierzu – denken Sie an den ‹angesagten› Bericht der Köchin PINHORN – aber immer auch dáran : wie ein Buch, das konsequent=porträtgetreu die Uns umschallende Phonem=Welt abbildete, zwar ‹wahrer›, und an künstlerischen Möglichkeiten unvergleichbar=reicher; *áber*=eben=auch ‹schwieriger›, das heißt für den Leser mühevoller, wird. Gerade die Gefahr *allzu*=subjektiver ‹Vertonung› – eine Klippe, an der die Herren Erz=Experimentalisten leidenschaftlich gern scheitern – war bei einem, zur ‹All the Year Round›=Lektüre bestimmten Stück : zu vermeiden !

*B.: Dri*ttens – : Ich hab mich dann, (am Ende; das Buch im schön=erschöpften Schoß); gefragt : *warum* COLLINS so manche der Gestalten sich *nicht* hat äußern lassen ? / SIR PERCIVAL GLYDE fiel mir ein... *(ehe A. parieren kann):* – 'ch weiß : Der iss inzwischen geschmort und überdem wird ja einiges via Frau CATHERICK=senior erledigt : bong. / Und auch *das* sah ich ein : wie ANNE CATHERICK=selbst, das arme hintersinnige Wesen, schwerlich glaubhaft zur Aussage hätte bewogen werden können – was ja, in gewissem Grade, für die überzart=labile LAURA auch=gilt – also *das* wird ein, nicht überdurchschnittlich=verhärteter Leser, ebenfalls akzeptieren.

A. (bestätigend): Ja; abgesehen von der peinlichen psychischen Grausamkeit; und daß, von diesen beiden Seiten her, eine *fördernde* Beleuchtung *nicht* hätte kommen können; wäre dergleichen auch rein=schriftstellerisch sehr=delikat & schwierig zu leisten gewesen : für ‹Gesänge der Irren›, (mit denen gewisse Lyriker=Typen so freigebig rumschmeißen !), genügt nämlich bloßes wohlklingendes Faseln mit=Nichtn !

B.: Hab' ich=mir dito gesagt. – / Aber nun : direkt zur ‹Fülle› zu *fehlen*, scheint mir eine Stellungnahme von HARTRIGHT's *Mutter*. Oder ß=töpp; hold hard; *noch* besser – da zweifellos härter=prägnanter ausfallend – seitens seiner *Schwester* ! Dies Element der verwandtschaftlichen *Sorge*, um das – oberschichtig=*unsinnige*, Unterfangen des Sohns beziehungsweise Bruders : *das* hätte sich doch, ebenso kurz wie gut, liefern lassen ?

A. (zögernd): Najá. – Abgesehen davon, daß es das ‹kleinere Kunststück› ist, zu beanstanden, was ein Autor *nicht* geschrieben hat, kann ich Ihnen das gern zugeben. / Ein mindestens=Gleiches ließe sich übrigens hinsichtlich PROFESSOR PESCA's beanstanden : der nur ganz=vorn (und dann noch einmal ganz=hinten); unangemessen Deus=ex=machina=mäßig im Buche auftaucht – in der *Mitte* hat COLLINS seiner leider gänzlich vergessen.

B. (bestätigend): Und *wie nett* hätte sich ein lustiges, italienisch=farbiges Gesprudel à la GOLDONI nich gemacht ! Welch köstliche Quelle für nationale Mißverständnisse eines konsequenten Ausländers : dem, andererseits, *gerade* gewisse=Kleinigkeiten aufgefallen sein könnten, auf die ein dickfellig=Einheimischer gar nicht mehr achtet. / Aber Wir geraten tatsächlich ins Beckmessern : im allgemeinen ist das Gefüge des Riesen=Buches doch aufs Angenehmste solid ! – An lose hängengebliebenen Pfädchen=Enden...

A. (flink einfallend): ... Sie meinen etwelche Micro=Schnappschüßchen; die ein *guter* Autor, prinzipiell ‹vorne› einbaut : *ohne* sie aber nun, mitleidslos=konsequent, Stück=für=Stück hinten wieder ‹rauszuziehen› ? –

B. (etwas schuldbewußt): Nujá – *mir* fällt, im Augenblick, eigentlich auch nur 1 wohltuend=einzige Sache da=ein : LAURA's Hündchen, das einen *so* instinktiven Abscheu vor SIR PERCIVAL an den Tag legt, daß man sich unwillkürlich doch noch mehr & Entlarvenderes von ihm erwartet : *das* wird, in den ganzen letzten Zweidritteln, auf eine, (dem Tierfreund unangenehm=gedankenlos wirkende Art), *gar* nicht mehr erwähnt.

A. (beschwichtigend): Bedankt sich das Hündlein durch mich. – Ihr Urteil, im Ganzen, also doch ‹positiv› ?

B. (lebhaft): So schwächlich drück ich's nicht aus ! – / Ich habe die Bekanntschaft *einer ganz=großen* Gestalt gemacht. Habe *feine Psychologica* nachgeschmeckt. Und die Atmosphäre des Ganzen ist eben doch *auch* gut=einheitlich. / Hinzutritt die möglichkeitenreiche *Form*; die ja imgrunde hochmodern wäre, und viel mehr benützt zu werden verdiente. / – / Frage : hat COLLINS sie eigentlich mehrfach erprobt ?

A.: Dochdóch; aber seine Sachen sind unserer Generation unzugänglich geworden – nicht etwa un=*verständlich ! : dazu* gibt es noch zu viele Eisenbahnen; die Uns, damals wie heut, ähnlich ortsbeweglich machen. / Aber die 100 Jahre alten Übersetzungen weniger=einzelner Stücke, sind unangenehm flüchtig gearbeitet, und eigentlich nur als ganz=grobe erste Näherungen zu betrachten : *Wir=Häutigen* übersetzen im allgemeinen *besser* als unsre Vorgänger, vor 100 & 200 Jahren.

B.: Dann wollen Wir nur hoffen, : daß im Verlauf der nächsten Jahre weitere Bücher von COLLINS, neuübersetzt, erscheinen können. / *Ich* jedenfalls würde es bereuen, die Bekanntschaft einer *só*=artigen Schönen *nicht* gemacht zu haben; wie dieser

‹FRAU IN WEISS› !

ENTER CONTE FOSCO

I

»Nein, Wilkie; lassen Wir's so ! Ich hege nicht den geringsten Zweifel : DIE FRAU IN WEISS *ist der Name aller Namen, ist der Titel aller Titel !«*
CHARLES DICKENS an WILLIAM WILKIE COLLINS.

Das wird schon ein Schauspiel gewesen sein, wenn er, seine Kinder haben's berichtet, sich abends dann vom Schreibtisch erhob, und auf schwerfälligen Gichtbeinen zur Treppe stapfte. Plötzlich stehen blieb, und die dicke gedrehte Holzsäule bösartig fixierte – : »Drop it !«, versetzte er scharf; »ich *denke* nicht daran.« Lauschte dem, was der untersetzte Mahogany-Kerl zu proponieren anscheinend nicht unterlassen konnte – : ? – dann lachte's leis' & verächtlich aus dem Riesen-Vollbart : »– of corpse.«; (er sprach das englische ‹natürlich›, wie's dem Großmeister des Krimi ja wohl auch ansteht, grundsätzlich so). Kamen aber schon neue Phantome die Stufen heruntergerempelt; Manche ließen sich ja zur Seite schultern; Andere aber grüßten, oder flaxten ihn gar an – tja, und da dauerte es eben allabendlich eine ganze Zeit, eh' WILKIE COLLINS so ins Bette kam. –

Am 8. Januar 1824 war er in London, als Sohn eines mittelmäßig bekannten Landschafts- & Genre-Malers geboren. Ein schwächlicher Junge, den seine Eltern deshalb 37 mit nach Italien nahmen; zumal Rom hat den tiefsten Eindruck auf ihn gemacht, (und in jedem seiner Bücher kommt ‹folglich› irgendwas ‹italienisches› vor). Nach England zurückgekehrt, gab man ihn als Volontär in eine Tee-Firma; aber der ‹kaufmännische Angestellte› behagte ihm ebensowenig, wie die anschließend 5 Jahre lang betriebene Ausbildung als ‹barrister› in Lincoln's Inn. Nominell hat er die Approbation als Rechtsanwalt erhalten; praktiziert jedoch so gut wie nie – einzig für seinen eigentlichen ‹späteren Beruf› hat er allerlei davon brauchen können.

Dieser Beruf ergab sich relativ rasch & organisch : als sein Vater 1847 starb, schrieb er, wie vereinbart, dessen Biografie – er verstand selbst etwas von Malerei; 49 ist sogar ein Bild von ihm in der Royal Academy ausgestellt worden – und die wohlwollende Aufnahme der soliden, materialreichen Arbeit ermutigte ihn, gleich noch einen Roman zu versuchen, ‹ANTONINA, oder der Fall Roms›; (‹Rom› : was hab'ich gesagt ?). Ein mittelmäßiger Erstling; (mit dem er sich wohl auch nur einige Vergangenheiten vom Halse schrieb); er hat, typischerweise, nie wieder einen ‹historischen Roman› vorgelegt : immerhin konnte er beschließen, bei der Schriftstellerei zu bleiben. 1848 hatte er das, für ihn als Mensch & Künstler entscheidende Glück, einer der besten Freunde des großen CHARLES DICKENS zu werden. Nicht nur, daß man sich häufig sah; Liebhaber-Aufführungen veranstaltete; fleißig korrespondierte; man unternahm auch gemeinsame Ausflüge & Reisen, so im Herbst 53 nach Italien & der Schweiz, (56 wiederum); ja, im Sommer 1860 heiratete COLLINS' Bruder, Charles, sogar Kate, die Tochter DICKENS'.

Noch wichtiger aber, weil uns, die Nachwelt, betreffend, war, daß DICKENS ihn sogleich als Mitarbeiter für seine beiden großen Zeitschriften mit Beschlag belegte, die ‹Household Words› und ‹All the Year Round›. Auch insofern folgte COLLINS dem Exempel des älteren Freundes, als er 73–74 auf endlose Vorlesungs-Tourneen nach Amerika ging; (und ahmte ihm getreulich selbst darin nach, daß er seine zeitlebens delikate Gesundheit endgültig ruinierte). Heimgekehrt hat er dann, in immer zunehmender Zurückgezogenheit, in seinem Haus in der londoner Wimpole Street gewohnt. Seit seinem 35. Jahr schon von rheumatischen Schmerzen gepiesackt, die allmählich unerträgliche Ausmaße annahmen; sodaß er, ohnehin vom Vaterhaus her an mildere Formen der Bohème gewöhnt, zum Opium griff – 67 war die Tagesdosis bereits so stark, daß er damit eine Dinner-Party von 12 unter den Tisch getrunken hätte; (hier ist der 1. Absatz noch einmal nachzulesen).

Die Quellen über-ihn fließen spärlich – können die, notorisch prüden, Engländer es ihm doch scheinbar heut noch nicht verzeihen, daß er ein triolistig-geregeltes Nicht-Hagestolzendasein, mit two molls gleichzeitig, geführt hat : Caroline Graves, (Die kommt gleich); und Martha Rudd Dawson, von der er 3 Kinder hatte; sich auch mit Beiden begraben ließ. – Solchergestalt ist, wie sich's ja auch ziemt, das Leben des bedeutendsten ‹mystery›-writers immer noch eine Art mystery. Gestorben ist er jedenfalls am 23. September 1889; angeblich unter beträchtlichem Wakkeln der mächtigen Stirn; : »... the atoms & the void...« soll er dazu angemerkt haben. –

2

> »*What brought good* WILKIE'S *genius nigh perdition ? –*
> *Some demon whispered : ‹*WILKIE, *have a mission !›*«
>
> SWINBURNE

Bevor ich zum eigentlichen Thema komme – es geht das nicht rasch, wenn das Thema weit über normale Gebühr hinaus vernachlässigt worden ist – einige, doch notwendige, Exkürslein : denn Wilkie Collins ist ja mit nichten ‹todt› !

Von modernen Bewunderern nenne ich nur TS Eliot, Richardson, Dorothy Sayers, die dafür eintreten, daß außer dem ‹Mondstein› (67) & der ‹Frau in Weiß› (60), auch ‹Armadale› (68) und ‹No Name› (62) als gleichwertig aufbewahrt werden müßten. Wozu ich evtl. noch die ‹Schwarze Robe› (81) hinzusetzen möchte; vor allem aber ‹Poor Miss Finch› (72); ein nur scheinbar-zerfahrenes Stück, das in Wirklichkeit diverse Freud'sche Theoreme über ‹Das Unbewußte› & ‹Traumatische Schocks› – ja, ‹vorwegnimmt› wäre unkorrekt; es schildert dergleichen eben.

Rund 30 Bücher hat Collins vorgelegt. Mit zum Teil aparten Titeln : ‹Rambles beyond Railways›, (‹To a fat Lady, seen from a train›); ‹Herz-Dame›; ‹The frozen Deep›; ‹Jezebels Daughter›; ‹Kains Nachlaß›; : ‹I say No !›. Und wenn man auch, im Sinn des oa Swinburne-Mottos, leicht über ihn & seinen, in späteren Jahren radikalen Feminismus spotten kann – soll er doch nach Herzenslust ‹metatropisch› gewesen sein ! – es ist doch immer in seinen Büchern 1 Schuß Sozialkritik; treffliche Psychologica; und über all-dem eben der finster-windpfeifende ‹Collins-sky›, ob der unvergeßliche Friedhof von Limmeridge, oder das Schwarzwasser des Blackwater Park.

Zwar ist *meine* Meinung über ‹Krimis› die, daß es sich dabei um keine sonderlich ernstzunehmende Form der Literatur handelt : ich bin altmodisch; ich bekenne gern, daß mir sowohl ‹beatles›, als auch jene Herrn, die habituell von durchgehenden Rennwagen abspringen müssen, um nur ein bißchen Aufsehen zu erregen, schlicht als ‹Krampfhennen› vorkommen. Ergo muß ein Krimi, um von mir gelobt zu werden, *mehr* sein als dieses : muß ein ‹Weltentwurf› sein; fein säuberlich durch mehrere Jahre hindurch gearbeitet; muß Gedanken enthalten, Erfindungen plus Beobachtungen, portrait-gute Gestalten & Landschaften, kurzum vielviel reiche Alltäglichkeit.

Sogar in Filologenkreisen herrscht die Mode, den Krimi auf Edgar Poe zurückzuführen – das ist ein fetter Irrtum. Vermutlich wäre hier – (ich bin kein Fachmann dieses Gebiets; würde mich auch schämen einer zu sein) eher bei Schiller's ‹Geisterseher› anzufangen, oder dem ‹Genius› von Grosse. Wer mich nach unserm besten *deutschen* Krimi fragt, dem entgegne ich immer : »Holtei, ‹Schwarzwaldau›.« – und dann sitzen wir einander halt gegenüber, ich & die Herren vom Colt; (Prag 1855, 2 Bände übrigens : 1 Gratis-tip für Taschenbuchverleger). Der beste *englische* dünkt mich eben diese ‹Frau in Weiß› hier; und ich tat mir recht etwas darauf zugut, ein uns derart verlorengegangenes Stück mit wiederentdekken geholfen zu haben – da wird man sich den Schock ausmalen können, *die* Beschämung, diese Reduktion in mein Nichts, als ich neulich in Celle, am Kiosk, sehen mußte :

– : daß ja bereits eine deutsche Ausgabe im Handel sei !

‹ILLUSTRIERTE KLASSIKER :
DIE FRAU IN WEISS›. –

Da ‹Ironie pur› für den wunderlichen Casus allzu wohlfeil wäre, will ich lieber gleich bekennen, wie ich nach Kenntnisnahme besagter Nr. 100 doch beträchtlich betroffen dagesessen habe; (ich hatte die starkfarbigen Fänomene bis dahin nur par distance, in den Händen von Halbwüchsigen, erblickt). Ganz nüchtern, auch gänzlich unpessimistisch formuliert, hat sich mir ein schon seit den zwanziger Jahren gehegter Verdacht bestätigt : Es ist erreicht !

Nämlich das früher oder später doch wieder einmal unvermeidlich werdende (also denn lieber gleich früher !) Auseinanderklappen der Kultur. Via Fernsehen, Illustrierte, Bild-Romane undsoweiter, ist der Sinn für Sprache bereits unverkennbar zurückgebildet worden : rundumunsher schrumpfen die Wortschätze ! (Das Gefühl für grelle Optica dagegen scheint im rapiden Zunehmen begriffen : sehr erfreulich für Auto-Mitfahrer meines Schlages !). Und da wäre es nur eine rechte Konsequenz, wenn man – meinethalben als ‹Übergang›; (wohin ?; weiß ich nich) – von jeglichem Buch 2 Fassungen auf den Markt brächte : einmal das Original, wie der Verfasser es gewollt hat, dh in altertümlicher Langschrift. Ist es doch statistisch belegbar, daß

auf 10 Millionen Menschen 1 guter Autor kommt;
(auf 1 Million 1 noch-leidlicher);
auf 10 Tausend Menschen 1 Guter Leser :

demnach möchte es, in der Bundesrepublik, noch rund 5000 Abnehmer geben, für – vielleicht könnten wir den Ausdruck gleich-hier münzen, auf daß man weiß, was man im Laden künftig sagen müsse : »Nein; ich möchte 1 Alt-Buch bitte.« (hört sich gar nich so übel an !). Freilich gälte es, diese (allmählich wegsterbenden) Kunden, im Lauf der nächsten 10–20 Jahre zu erreichen. Immerhin könnte ein Verleger es finanziell fast noch verantworten, ein neues Alt-Buch herzustellen; zumal falls sich die

Möglichkeit – ja, nu ma buchstäblich ! – ‹ab-zeichnen› sollte, es (selbstredend nach einer gewissen ‹Bewährung in der Öffentlichkeit› !) annähernd-parallel als ‹Bildheft› herauszubringen. Denn ob ich schon längst weiß, daß es sich beim ‹Volk der Dichter & Denker› nur um eine eitlefreche Frase handelt, so bin ich doch weit entfernt von der eiskalten Menschenverachtung jenes FREUD'ianers, bei dem ich neulich ‹Über Unterricht› wörtlich las : »Lesen Schreiben Rechnen ? : *Weg damit !«;* (und dann empfahl der Bube noch was wie ‹Analerotik›. Nun, er wird's dereinst zu verantworten haben).

Das ganze, leider noch etwas komplexe Verhältnis – man ist in den Kreisen, die über Die Meinung verfügen, anschein'd immer noch zu sentimental – findet unübertrefflichen Ausdruck im Preise : hie 1 Mark; dort, bei GOVERTS, *achtundzwanzig : ‹Euch soll eure Kull-Tour noch teuer zu stehen kommen !›.*

3

> *»Vergeben Sie mir, mein Bester, wenn ich heut Abend nicht, wie vereinbart, in Ihrer Loge erscheine – ich* kann *nicht fort; ich* muß *erst wissen, was aus Conte Fosco wird !«*
>
> Premier GLADSTONE an Lord RUSSELL

Denn die Wirkung der ‹Frau in Weiß›, als sie ab November 1859 erschien, ist eben doch, auch auf gute & beste Leute, ganz erstaunlich gewesen ! / THACKERAY saß die ganze Nacht auf & las. / EDWARD FITZGERALD – ‹Omar, der Zeltmacher›; ganz recht – taufte sofort seine Segeljacht ‹Marian Halcombe›. / Von der auch SWINBURNE, der immer für herrische Athletinnen geschwärmt hat, erklärte : sie sei ein grandioses Weib ! JOYCE, ‹Odysseus›, S. 216 : »Miß Dunne barg das Capel-Street Leihbibliotheksexemplar tiefer in ihrer Schublade : ‹Liebte er nun Die-da-diese Marian ?›«. / TROLLOPE und HARDY haben die Technik gerühmt; vermittelst der, aus den direkten Aussage-Protokollen von ein Dutzend Leuten, 1-&-derselbe Tatbestand, von mehreren interessierten Seiten her angeleuchtet wird. –

Gleich der Anfang – wie da, auf der einsam mondhellen Landstraße, ein Endchen hinter Mitternacht, sich plötzlich die federleichte Hand auf den Arm des Zeichenlehrers legt – ist persönlichst erlebt worden. J. G. Millais hat es, in der Bio seines Vaters, geschildert, wie man zusammen mit den Brüdern Charles & Wilkie COLLINS, das Haus von Deren Mutter, in Hanover Terrace verließ : die Sommernacht war warm; & der Mond das große klare Zeichen. Unversehns vernahm man, aus dem Garten einer Villa am Wege, 1 Schrei : ! – auf flog die Pforte : und »herausgestürzt kam die Gestalt einer jungen & anscheinend sehr hübschen Frau, ganz in fliegendes Weiß gekleidet, das im Mondschein opalte – sie flog dahin, wie wenn der Wind sie triebe. ‹Wie lieblich & wie fraulich –› war alles, was Millais sagen konnte; denn schon rief Wilkie – : ‹Ich muß wissen Wer Sie ist, & was hier vor sich geht !›; und war bereits hinter ihr her. – Vergeblich harrten die Begleiter seiner Wiederkunft; und als sie sich am nächsten Tage sahen, schien COLLINS abgeneigt, sich über sein Abenteuer auszulassen.« (Aller Wahrscheinlichkeit nach war das die oben erwähnte Caroline Graves.) –

Das Manko des großen Buches ist das *aller* Victorianischen Romane : daß nämlich die offiziellen Helden fade sind & die Plastik von etwa Spielkarten haben – sogar ‹sprechende Namen›, dieser Tod aller Poesie !, sind nicht vermieden; heißt doch der Held ‹Hartright› = Biederherz; und SIE Laura Fairlie, das ist ‹Schönchen›; na schön. Aber das ist, wie gesagt, ein verzeihlicher schriftstellerischer Trick, in einer, nach außen hin über-prüden Epoche : da muß man halt, hell angestrahlt, in Bühnenmitte ‹2 Lämmlein, weiß wie Schnee› stellen, die süß-unbeholfen Händ' & Füß' umeinander legen. / Das Wichtige aber geht grundsätzlich in der Culisse vor sich ! Sind dort doch nur ‹Nebenfiguren›; zT ausdrücklich als Bösewichter & -wichtinnen deklariert; denen man ergo einiges – recht viel sogar – (vielleicht Alles ? !) – verzeihen kann. Ergibt sich der Satz : *‹Im Victorianischen Roman sind die Nebenfiguren grundsätzlich die Hauptfiguren !›*. –

Und da tritt eben, als absolut-Erster, ER aus der Culisse, korsisch & wie gemeißelt; ER :

: Isidor Baldassare Ottavio CONTE FOSCO; Ritter des Ordens der Eisernen Krone von Pavia; correspondierendes Mitglied mehrerer gelehrter Gesellschaften des In- & Auslandes :

: eine uns allzulang vorenthaltene Gestalt der Weltliteratur ! ER, der napoleonische Verbrecher; mit dem verglichen sie alle – ob Commissaire Maigret, Sherlock Holmes undsoweiterundsoweiter – als doch recht magere Lichtlein erscheinen; bestenfalls als Nachfolger eines Vorgängers.

: »COLLINS besaß im höchsten Grade die Gabe, das Int'resse des Lesers zu fixieren. Die labyrinthisch-geknickte Einfachheit seiner Fabel ist schlechthin ingeniös; und viele seiner Gestalten sind nicht nur ‹wirklich›, sondern *ungewöhnlich-wirklich*. Sein Meisterstück in dieser Beziehung ist CONTE FOSCO, aus der ‹Frau in Weiß› : immer & immer-wieder nachgeahmt, hat doch keine Imitation jemals die Subtilität plus Massivität des Originales erreicht.« : also spricht das Buch der Bücher, die ENCYCLOPÄDIE BRITANNICA; (& man vergebe mir, einem unbelehrbaren alten Heiden, auch diese Äußerung).

Die nächst-prächtige Gestalt ist, meines geringen Erachtens, der ältliche ‹Onkel Fairlie›. Ein ‹egoistischer Kränkling› ? – Ja; schon; aber sobald er den Mund auftut, hat er nicht-Unrecht ! / Unter den ‹Frauengestalten› stehen dem Leser-Kenner mehrere zur Wahl : ‹Laura› schaltet natürlich aus; (‹keusch› darf man durchaus ma sein; aber nich so ausdauernd-insipid !). Da ist die häßlich-feurige ‹Marian› erheblich interessanter; (dh für Den, der ‹Amazonen› mag). Und selbst die ältliche Frau Catherick hat ähnlichen Tiefgang : die ist fast *noch* kälter-heißer; noch matronenhaft-lauernder : tolle lege ! –

Ich hab'es über mich gewonnen, das Bild-Heft zu würdigen – vergebe man mir, wenn ich nunmehr auch das Alt-Buch empfehle ! Wäre es so über die Maßen unrealistisch zu erwarten, daß man noch einmal, Hundert Jahre nach Ihr, der ‹Frau in Weiß›, Parfüme benennen würde ? Modische Hüte, Zahnbürstchen, Quadrillen & Walzer, oder gar Zigarren-Marken ?

: aber Büstenhalter ? Aber Kugelschreiber ? ? ! ! –

LEWIS CARROLL

(Charles Lutwidge Dodgson)

27. Januar 1832, Daresbury / Cheshire – 14. Januar 1898, Guildford

SYLVIE & BRUNO

Dem Vater der modernen Literatur ein Gruß!

I

Ich, ein armer Pracher in wohlaufgerüsteten Zeitläuften, bin nicht für Ausblicke in die Ewigkeit & was damit zusammenhängt : die Oberflächen der Dinge sind noch so unzureichend beobachtet, (und dies Unzureichende ist meist so stümperhaft beschrieben), daß ich es ganz schlicht ablehne, mich mit ‹Göttern› zu befassen. Wie schon der große LEOPOLD SCHEFER sehr richtig angemerkt hat, dürfte das ALLAH-sein da droben so unverschämt viel leichter sein, als das Mensch-Tier-Pflanze-sein hier unten, daß die Sorge um das Fortkommen jener Höchsten Herrschaften uns wahrlich die wenigsten grauen Haare machen sollte. Wer sie sich als Hobby wählt : ich habe a priori nichts gegen ihn; nicke sogar gutmütig (obwohl stumm), wenn er mir mit jerusamem Stolz die ein- & andere seiner Reliquien vorweist, Sprossen von der Leiter, die Jakob im Traum sah – Hauptsache, er verhält sich ebenso höflich, wenn ich ihm meinerseits mitteile, daß ich ein gutes umfangreiches Nachschlagewerk vorziehe; (im Stillen für meschugge halten darf er mich immer). Ich bin mir übrigens auch in diesem Augenblick sicher, daß ich Unrecht habe – eine Schwächung meiner Position, die allerdings keine Stärkung derjenigen des selbstbewußten Herrn mit der Leitersprosse bedeutet; vielmehr die, meinem geringen Gefühl nach, angemessenste Einstellung-allerorten in Bezug auf solche, mir wahrlich ‹letzten Fragen›. – So; das metafysische Bedürfnis wär wieder mal befriedigt; und ich wende mich nunmehr erleichtert ernsthafteren Dingen zu : Lasset uns-uns mit Shetlandwolle schmücken; be- (oder ent-) kräuselkreppt Euch, Schöne; each man a glass in hand & Jeder so glücklich wie 1 König – sagnwa wie Charles der Erste am 29. 1. 1649. –

Die o. a. Diatribe wurde, es wird Manchem merkwürdig klingen, dadurch veranlaßt, daß ich beim Blättern in meinem neuen Abreißkalender – ich tat's nur, um mich an seine Gestalt zu gewöhnen, an die der gemästeten Ziffern, die ich nun wieder ein Jahr lang zu erdulden haben würde – unter den Ende Januar geborenen Großen Männern wieder allen möglichen Powel beisammen fand; nur IHN, den Besten, nicht. Dafür aber selbstredend sämtliche Maximen der Mikrokefalen : ‹Preußen hat sich groß gehundert !› – ach, da weiß ich schon. (Ich bin ja selbst Deutscher; und will wohl auch für meinen Kanzler sterben; aber ‹deutsch› ist halt nicht immer ein Begriff für Qualität, wo's davorsteht – von Corned Beef weiß ich es *ganz* genau; von Literatur glaube ich's zu wissen.) / Einmal sogar : ‹Im Athemholen sind zweyerley Gnaden› Punkt. Nämlich a) ‹die Luft einziehn›, (*das* geht uns natürlich gleichsam noch ab, daß die Finanzämter uns die Luft einziehen !); b) ‹sich ihrer entladen›, (was'n Ausdruck, bloß um des Reimes willen ! Da möchte man sich doch gleich die Wäscheklammer auf die Nase setzen !). Jenes (das Einziehen) bedrängt; dieses (das ‹Entladen›) erfrischt angeblich – durchaus möglich; obwohl es, mit mindestens derselben Berechtigung, auch umgekehrt lauten könnte : daß nämlich das Einatmen erfrische, (so hab' ich's meist erfunden). Aber eben : ‹So wunderbar ist das Leben gemischt›; tja, 's iss erschtoanlich; (und am allererstaunlichsten noch der ganze, pompös gereimte, ministerielle Schwachsinn !).

Dabei : wie schön-solide, wie wertvoll-erbaulich, könnte man gerade Kalender ‹gestalten› ! In hübschem Buchformat. Auf gutem Papier. Und, falls 1 Blatt pro Tag zu teuer dünken sollte, (was aber 1 verlegerischer Irrtum wäre : es brauchte ja nur von Jahr zu Jahr der ‹Kopf› geändert zu werden), genügte schließlich auch 1 für jede Woche. / Und im Juli gehörte eines George Borrow : vorne drauf 'ne gutebunte Landkarte, ‹Llangollen & Umgebung›, Maßstab 1 : 126723 (allein das ‹Warum ?› dieses So würde dem Ein- & Anderen Sinnigen auch gleich wieder etwas zu denken geben). Hinten ein Porträtlein des ‹Romany Rye›; Biogramm; Werksverzeichnis, (alles möglichst knappe, ungeflügelte Worte). / Die um den 2. Februar herum selbstverständlich James Joyce – ach, das könnte man alles wunderbar verteilen !

Und eine der Januarwochen gebührte denn eben Ihm; 1 Derjenigen, die ein ‹must› sind für jeden der Literatur Beflissenen; (präziser : der *modernen* Literatur Beflissenen; denn die hebt mit Ihm an).

Wir haben, damals in der Schule, noch gelernt, die ‹Neuzeit› begänne mit der ‹Entdeckung Amerikas› – heute würde ich schnarchen : ‹Die Erfinder des Kitsches ? : Oh, wären sie nie entdeckt worden !›. / Ein anderer Lehrer, gescheiterter Theologe, behauptete, immer noch reuig, ‹mit Luther› – na also, wenn mit durchgebrannten Eremiten, die, ein Triangel im Kopf, lebenslänglich über die eigenen Hühneraugen stolpern, neuerdings wieder die Neuzeit beginnt : *dann* sollte man doch bloß rasch ‹die Bombe› komm'm ! / Und es gab noch 1 Andern, Der hielt sich für *ganz* fortschrittlich, Der setzte den Beginn der Neuzeit ins Jahr 1789. Und eine Epoche, da ein Marat die Bürger zur *Unruhe* aufrief; da man die Tage des Jahres nach Pflanzen-Tieren-Geräten benannte; die Gesichter der Uhren, die Knochen der Maß-Stäbe dezimal teilte, schien mir immerhin schon sehr beachtlich : *das* wäre mir, an einem schönen Maibaum-Morgen, weite blühende Griesgefilde ringsome, HAMILTON'sche Quaternionen & den ADELUNG im Kopf, *heute noch* discutabel !

Nach 50 fleißig-durchlebten Jahren; und nach einigem verantwortungsvollen Zurückrechnen – hm; tja; doch : mhm – würde ich, was mein Fachgebiet, DIE LITERATUR, anbelangt, heute dekretieren : Die Neuzeit beginnt mit

DODGEFATHER, DODGESON & COO.

2

Mit anderen Worten also – Sie wollten es ja sicher soeben selbst aussprechen – :

CHARLES LUTWIDGE DODGSON. –

Geboren am 27. Januar 1832 in Daresbury, nahe der großen Trichtermündung des Mersey, wo sein Vater (ebenfalls Charles) Pastor loci war – ein Dunstkreis, der dem armen Kleinen natürlich dann zeitlebens anhing. Man umzog nach Richmond; der Junge ging in Rugby zur Schule. Studierte in Oxford; und verblieb dort, (typisch für den an ein Saugröhrchen geratenen Furchtsamen !), für den Rest seines Lebens, d. h. bis 1898. Dreierlei wurde wichtig :

a) er studierte ‹auch› Theologie. Jedoch verhinderte ein, bei öffentlichem Auftreten ihn gern befallendes, Stottern diese spezielle Laufbahn. (Denn ‹Stottern› ist 1 Anzeichen von ‹Schuldgefühl› : das Kind verheddert sich, wenn es sein Spielzeug zermanscht (& anschließend versteckt) hat). / Militär ? : wie da sämtliche Motoren, athletisch, ‹trockern› (das ist Schlesisch). / GOtt-selbst stottert im Donner. / ‹Onzel Grootvadder Lodewijk› begann zu stammeln, sobald er gewerbsmäßig Moral zu verkünden hatte. / : ? – : !.)

b) Seine Veranlagung für Mathematik überlagerte in the long run scheinbar jede andere; ergo war er von 1855–81 Ordinarius zu Oxford. / Selbstverständlich mußte er da *die* beiden Sprachen beherrschen, in denen zu seiner Zeit in Mathematik das Meiste geschah : Deutsch (wegen GAUSS, DIRICHLET, ABEL, RIEMANN, JACOBI), und Russisch (des großen NIKOLAJ IWANOWITSCH LOBATSCHEWSKI wegen. Latein verstand sich von selbst; auch BOLYAI und

EUGENIO BELTRAMI.) Das sind denn auch seine bedeutendsten Abhandlungen geworden : eine über Determinanten; und das, zwar glänzend, aber eben doch meist nur referierende, Buch vom ‹Euklid & seinen modernen Nebenbuhlern› (1879). Immer aber kam ihm, wie der leicht zugängliche ‹Tangled Tale› mit seinen skurril verkleideten Diophantischen Gleichungen belegt, ‹Die Literatur› dazwischen. Denn

c) er war eben – was schon JOYCE zähnefletschend-indirekt gewürdigt hat – *der Kirchenvater aller modernen Literatur !* –

Daß er allmählich – infolge von Verwechselungen, von denen noch zu sprechen sein wird – ein berühmter Mann wurde; auch schließlich, am 14. Januar 1898, zu Guildford starb; ist noch nicht so bemerkenswert, als vielmehr gewisse Einzelheiten seines Junggesellenlebens. / Er heiratete nämlich nie. War gleichzeitig sehr witzig & schüchtern, (was ausgezeichnet zusammen passen kann !). *Ganz kleine* Mädchen immer ausgenommen, mit denen er zahllose Freundschaften schloß – »glückliche Jagdgründe« nannte er die Badestrände von Sandown und Eastbourne, wo er sie einherwaten sah – und immer hatte er einen ganzen Vorrat von Sicherheiznadeln bei sich, um ihnen behilflich sein zu können, die Röckchen & Höschen ganzganz hoch hinauf zu stecken. (»2 oder 3 Handvoll Haar hab'ich so gern«, schrieb er an Eine davon, Sarah Sinclair, »aber natürlich muß immer der Kopf eines kleinen Mädchens darunter sein, auf dem sie wachsen«.) Daß seine Muse für ‹Alice in Wonderland› das Töchterchen seines Kollegen LIDDELL sei, war offenes Geheimnis. Aber auch das Widmungsgedicht zu ‹Sylvie & Bruno›, II. Teil, ergibt, wenn man die dritten Buchstaben jeder Zeile zusammennimmt, ‹ENID STEVENS›, (und ‹Enite› iss natür'ch 'n doller Vor-Name !).

Aber woll'n wa großzügich sein. / ‹Der Geschmack ist verschieden›, und besonders ‹auf diesem Gebiet›. Und da uns das Kismet – siehe den einleitenden § – nun einmal mit faustdicken Keimdrüsen gepodicapt hat, muß sich auch die feinsinnige Leserin damit abfinden : daß GOETHE wie LUTHER jegliches Weib mit den ernsthaftesten polygamischen Absichten betrachteten. Daß SHAKESPEARE's ‹Sonette› zum größeren Teil an den jungen Mann ‹W. H.› gerichtet sind; auch MARCEL PROUST schwul war wie WINNETOU. Und CARROLL eben nicht nur ‹abwechselnd an verschiedenen Orten lebte› (eine Wendung deutschen Gelehrtenfleißes, die ich hiermit bewußt plagiiere); sondern vor allem immerfort, diesigen Gesichts, Super-Lolitas kostümierte & pfotografierte – snapshots, schrecklich ähnlich !

: »Er griff sein vorpals Schwertchen zu,
er suchte lang das manchsam Ding;
dann, stehend unterm Tumtum-Baum,
er an-zu-denken fing.«

: nicht umsonst hat ALEXANDER WOOLCOTT wie beiläufig angemerkt : Der – der CARROLL – solle froh sein, daß noch kein Psychiater sich mit ihm befaßt habe, dem »burbelnd Ungeheur« ! (Man spreche das bitte, nach : »Ein burbelnd Ungeheur !«. – *Noch*mal: ‹ein burrblnd...›).

Und mit *dem ‹honeyfuggler›* sollte alle moderne Literatur beginnen ? !

Tcha. Ich fürchte, es ist nicht anders. / Und, rasch, noch dem Deutschen den Zutritt zu den ‹Gesammelten Werken› angeben : 2 völlig gleichwertig-gute Gesamtausgaben sind im Handel, Riesenbände von 12 und 1300 Seiten; die der ‹Modern Library, New York›, und die der ‹Nonesuch Library, London›; Preise zwischen 13 und 18 Mark.

3

Und da sehe ich sie wieder mal vor mir, all die ach so con-temporären Gesichtel, ob feinsinnige Lesermiene ob gewerbsmäßige Kunstschwätzervisage, wie sie sich, über ihren Dünndruckband STIFTER hinweg, nachsichtig-amüsiert erkundigen : »Was verstehen Sie denn unter Ihrer : ‹modernen Literatur› ? –«.

Da könnte ich nun – Nichts ist mir zu seicht ! – mit der Fabel kontern : wie da neulich dieser 1 Europäer über einem der überflüssig vielen ‹Schwarzen Erdteile› herumhubschraubte. Aus Spaß auch mal landete. Und während des anschließenden Spaziergangs auf eine Völkerschaft traf, die seit Jahrtausenden mit Ochsenkarren fuhr. Zuerst tauschte man die neuesten Witze von übermorgen Nachmittag; (wobei der Heidelbeerfarbene selbstredend unterlag, denn im Vergleich mit Dingern wie der ‹Großen Koalition› verblaßte ja jedweder Sambesi-Kalauer). Dann betrachtete der Franke mißbilligend die Karrete – Baumquerschnitte die Räder; Federung keine; 1 der milchfarbenen Stiere (mit schwarzem Bäffchen) begann sich just zu lösen – schüttelte den Kopf, und merkte an, daß das doch ‹keine Zukunft› hätte, (wie er sich ausdrückte). Der Treiber lächelte, wenn auch nicht grade ‹feinsinnig› so doch über den eigenen Widerrist hinweg; und erkundigte sich dann, nachsichtig-amüsiert : »Was versteh'n Sie'nn unter Ihren ‹modernen Fahrzeugen› ?«. Worauf der Giaur – er war noch jung & eifrig, und glaubte an die ‹Veränderbarkeit der Welt durch das Wort›, (womit es aber eine wunderliche Bewandtnis hat) – ihm einen gedrängten Abriß gab von Viertaktmotoren, Düsenantrieb, und racketeers-im-All-Gemeinen. Der einwandfrei Erdentsprossene lauschte verschlafen; grinste; flocht ein, er sei der Great-Coat-Carrier des lokalen Kanzlers, (was wohl einer Mahnung gleichkam, seine Glaubensfähigkeit bitte-nicht zu überfordern). Nickte auch 2 oder gar 3 Mal bei gewissen Einzelheiten : das würde ein unvergleichlich Gelächter heut Abend am Lagerfeuer setzen, allein Worte wie ‹Auspuff› ! Dann entließ er, ein zwar noch nicht an täglichen Tele-Visionen, dafür aber schwer an Totem & Tabu Leidender, den Elfenbeinfarbenen mit 1 derb-lustigen Peitschenschmitz um den Tropenhelm; und kehrte mit dem Schluß-Kommuniqué : »Na, da woll'n wa ma wieder, wa ? – : Hüh-Hott !« in seinen Ursprung der Specereien zurück. –

Leider hinkt natürlich auch diese-meine Fabel, wie sich's für Fabeln schickt, auf beiden Beinen. Denn der Vertreter der modernen Literatur kommt ja erstens nicht im Hubschrauber an, (manchmal besitzt er 1 Fahrrad); und weiterhin hat er leider nicht die Möglichkeit, in eine fortschrittliche, ihm sehr-beipflichtende Welt zurückzuloupen, (jawohl, es ist Beides darin : ein ‹looping› & ein ‹loup-garou›; und mit der ‹Lupe› arbeitet sowieso jeder gute Beobachter); sondern die Lage ist mehr als umgekehrt.

Ich gedenke ja auch gar nicht, in Fabeln zu antworten. Den Anhängern verlegter Gedanken & Gefühle, den Vorziehern abgestandener Wortgemüse – sie Alle müßten auf der Stelle verurteilt werden, bis an ihr Lebensende nichts als den ‹Theuerdanck›, den ‹Messias› und den ‹Nachsommer› zu lesen ! – empfehle ich, dabei zu bleiben : es ist nichts an ihnen verloren. Nein; wenn ich auf die Frage nach Kennzeichen moderner Literatur hier noch einmal antworte, dann geschieht das in der reinlichen (zugegeben, etwas unrealistischen) Hoffnung, daß der ein- oder andere junge Mensch, asketisch-gewohnt, ‹to have at his beddes head 20 bookes, clad in black or reed›, vielleicht ein bißchen darüber nachzudenken anheben könnte. Ich habe das Unglück, in einem Staate zu leben, in dessen Grundgesetz es steht, daß die Minderheit immer Unrecht habe – da bleibt mir, in so ziemlich allen Beziehungen, nur das schrille Gelächter ausmitten eines Kessels voll Eis & Schnaps; ein Geräusch wie Kiesel, gerüttelt in einem abgetragenen Menschenfell; eine Schrift mit Heidelbeertinte auf Zetteln, geschnitten aus alten Zeitungsrändern. Und eben die arm-selige Beteuerung, daß die Moderne Literatur sich von der älteren doch recht erheblich unterscheide; so sehr, daß es gar keines bewaffneten Auges bedarf, um etwa Folgendes wahrzunehmen :

a) Man schreibt *Prosa. Nur sie* wird rhythmisch der Vielfalt der Weltabläufe annähernd gerecht; zumal wenn mit einer erfreulichen Tendenz zu größerer Genauigkeit & Offenheit gekoppelt.

b) Man schreibt *langsam Prosa* : ein Romänche, binnen 1 Jahr (oder noch flinker) hingeschneuzt, *muß* unzulänglich sein. (JOYCE benötigte zum ‹Odysseus› 7; CARROLL zu ‹Sylvie & Bruno› 20 Jahre.)

c) Die Moderne Literatur hat ein fundamental anderes Verhältnis zu Worten & deren Folgen im Leser, als die Jahre vor 1900. – Und schließlich

d) Was das Gerüst anbelangt, (die Struktur eines Buches sowie die Anordnung seiner Prosaelemente), so sind die Möglichkeiten konformer Abbildungen mit nichten durch die bis 1900 praktizierten Formen erschöpft. –

Und da *CHARLES LUTWIDGE DODGSON* alias *LEWIS CARROLL* sich bei wichtigen Themen selbstverständlich nur für die Prosa entschied; da er an ‹Sylvie & Bruno›, um die es hier hauptsächlich gehen soll, 20 Jahre des Überlegens & Bastelns wandte; da er als Erster, noch *vor* FREUD !, Erwägungen anstellte, über die Lagerung der Worte im Gehirn, und dem, was daraus folgt, (es ist nicht wenig !); und da er schließlich, und sei es noch so dummpf, erkannte, wie zumindest 1 sehr normaler & Jedem geläufiger innerer Vorgang noch nie die entsprechende Abbildung durch eine ganz spezielle & eben-ihm entsprechende Anordnung gefunden habe, und er sich folglich sofort an eine verantwortungsvollste Handübung von gut 600 Seiten wagte – – tja, dadurch ist er eben der ‹Anfänger› aller modernen Literatur geworden.

4

Im einzelnen

: das Primat der Prosa zu bezetern, sei den professionellen Reimern überlassen, die sich weiterhin einbilden dürfen, ‹das Höchste sey eben doch 1 lürisches Gedicht›; oder auch den vielen, so herzschneidend überflüssigen Literatur-Professoren, von Ad & CY über Ma & Mu bis Zett : *ein Mal muß* es den Herren ja gesagt werden : Wenn WIR nicht ab & zu Bücher schrieben, wären Die-da – (und den Daumen *sooo* über die Schulter tikkn lassen) – arbeitslos ! / Und daß ein Prosa-Stick, an das ein begabtester Autor 20 Jahre seines einzig-artigen Lebens wendet (oder auch 17, wie JOYCE an FW) nun *doch* noch 'n büschen bedeutender geraten könnte, als das duftigste nich-ma-Sonett der warzigsten Wortmetze, leuchtet finanziell Uninteressierten sicher auch ein; (man will ja schließlich für sein Geld was haben, GELLT ?). – Blieben also eingehender zu erläutern nur die Pünktchen c und d. –

Seit ungefähr der Jahrhundertwende, und den Arbeiten von MAURY,

Ellis, hauptsächlich Freud, über ‹Träume›, hat sich, wenn auch sehr zögernd & meist garnichtgern akzeptiert, doch die Erkenntnis kahmheutig ausgebreitet : daß ‹Namen› mit nichten ‹Schall & Rauch› seien, (wie nett so ein Goehte-Zitätchen sich auch immer anhören möge); sondern daß ‹Worte›, Buchstabenfolgen überhaupt, uns weit nachhaltiger necessitiren, als Mann (& Frau sowieso) im Allgemeinen wahrhaben möchte. / Ich erwähne nur das instruktive Beispiel aus Maury's ‹Le Sommeil›; wo er im Traum auf der Landstraße fürbaß ging, und die Gesichterscheiben der Kilometersteine ablas. Dann in einen Kaufladen trat, wo der Inhaber zwar rüstig Kilogrammgewichte handhabte, Ihm (Maury) allerdings mitteilte : er sei jetzt aber gar nicht in ‹gay Paree›, sondern eig'ntlich auf der Insel Gilolo; worauf der Träumer sich umwelste, und sogleich Lobelien-Blumen erschaute; zwischen denen General Lopez, (dessen Tod er abends zuvor in der Zeitung gelesen hatte) auf ihn zu kam, und ihm eine Partie Lotto proponierte – eine scheinbar sinnlose Bilderfolge. *Es sei denn,* man entschlösse sich, die Zünd-Worte so untereinanderzuschreiben :

Ki	lo	meterstein
Ki	lo	grammgewicht
Gi	lo	lo
	Lo	belien
	Lo	pez
	Lo	tto

Mit anderen, gefädelteren Worten : aus ‹irgendeinem Grunde› war bei Maury der mit ‹Lo› etikettierte Wort-Ballen aufgegangen. Und der Traum bemühte sich nun, mit unglaublicher Schnelle & Possenhaftigkeit, etwas wie Sinn & Verstand & ‹1 Geschichte› hinein zu bringen : wie gelenkt, ja ‹kanalisiert› erschien der Traum durch diesen ‹Lo-Zwang› ! (Jeder Leser wird übrigens genügend eigene Exempel für dergleichen vorrätig haben, bzw. auftreiben können.) Es ist eine, imgrunde überaus geläufige Erscheinung; und sie besagt : daß die bloße ‹Lagerung der Worte beieinander› uns vielviel stärker beeinflußt, als unerleuchtetere Säcula sich das – ja, eben *nicht* einmal ‹träumen ließn›. Auch im Wachen werden sich dergleichen bandwurmige ‹Zusammenhänge› oft genug anbieten & durchsetzen; es handelt sich eben um einen, recht ‹natürlichen›, psychischen Mechanismus; (bitte, nicht zu verwechseln mit dem Gallimathias jüngster Frechlinge, der FW ähnlich sehn soll, aber nichts-garnichts bedeutet). (Achso, den Traum-Grund noch : ‹lolo› der Busen; ‹Lolotte› ein loses Mädchen.)

Es dauerte auch gar nicht lange, bis die Literatur sich die neue Erkenntnis praktisch zunutze machte. Im größten Stile JAMES JOYCE; der sein zweites bedeutendes Buch, ‹Finnegans Wake›, genau nach FREUD'scher Traumtheorie konstruierte, gemäß welcher die Träume 1 Nacht sich das dringendste-unerledigte Problem des Vor-Tages aufgreifen; und dieses in einer Serie von Bilderfluchten, gleichsam von vielen Seiten her, ventilieren & ‹lösen› : demnach wählte JOYCE sich seinen permanenten Hahnrey-Komplex, wodurch sogleich die Personen all der ‹Einakter› gegeben waren : seine Frau als ewig-Weibliches; Bruder Stanislaus als Summe sämtlicher Widersacher; ER-selbst als Tanz-Legendre; und ‹Köre› von kleinen Mädchen & Saufbrüdern als, in Popuhlation verwandelte Zeit. Zur Anreicherung mit Doppel- & Mehrfach-Bedeutungen, zur o. a. Beförderung & lingua-logischen Weiterschiebung der Nicht-Handlung, bediente JOYCE sich eben der beschriebenen Wort-Zusammenhänge, einer fonetischen Schreibung (die dergleichen im höchsten Maße begünstigt) – und das Ergebnis ist denn oft gar nicht un-herrlich geraten. ‹Kaleidoskopische Kollidiereskapaden›, ‹in ßünnägoug ä ßingäßong› : wie nett, auch selbstironisch, ist es nicht, wenn er, (wahrlich ingenious), dies geflissentlich als ‹inn-genius›, als ‹Schenken-Genie›, schreibt ! (Er war nun mal Alkoholiker wie so viele Künstler; und ä ‹Säufer› iss gans was anderes.) (Daß er dabei die Grenze überschritten hat – nämlich an der hier nächstliegenden Klippe zu großer subjektiver Verschlüsselung gescheitert ist – sei ohne weiteres zugegeben : der ‹Odysseus› ist das bessere Stück; für den Fachmann (eine globale Umfrage ergab, glaub'ich, neulich 29) ist FW dennoch ein ‹must›.)

Und der mächtige ortografische Wagehals – glücklich inmitten seines Mega-Fond an Worten; überzeugt davon, seit 6 Jahren das Hoot-Kutürste zu schaffen – mag, trown, das Mowl arg haben hängen lassen, als er (Mai 1927 wird es gewesen sein) von 1 seiner Bekannten mit dürren Worten darauf hingewiesen wurde : wie all-seine fonetische Schreibung, die dadurch erreichte Polyvalenz der Worte; das Variieren ein- & derselben Handlung; enfin *ALLES !* – : sich längst bei einem schmächtigen, stotternden, prüden, englischen ‹Reverend› fände. Genau einer von den Typen, die JOYCE, wäre er ihnen im Fleische begegnet, gar nicht genug hätte verachten & verpflaumen können. / JOYCE sah, entrüstet & sofort, nach. : ?. – Tcha. Und mußte, was die Originalität des Finnegakkerns anbelangt, seine schlimmsten Befürchtungen noch übertroffen sehen.

Denn lange vor ihnen Allen – ob MAURY oder FREUD ob ELLIS ob JOYCE – hatte LEWIS CARROLL, einer der noch heute, nach 2–3 Menschenaltern in Deutschland unzureichend gewürdigten Grands Écrivains d'outre Manche, es alles-alles theoretisch untersucht; & anschließend praktisch benützt. / Bei dem o. a. Beispiel des Maury'schen ‹Lo-lo-lo-lo›-Traumes nämlich, hätte Männiglich – vorausgesetzt, wir *lebten* in einer leidlich-leidlichen Welt ! – sofort nickend murmeln müssen : ‹Mhm; Carroll'sche Syzygien›. Das nämlich ist die, historisch & sachlich exakteste, Bezeichnung jenes äußerst interessanten & folgenreichen Tatbestandes, den Carroll z. B. an Wort-Stiegen & -Steiglein demonstrierte wie etwa

	s	wal	low	
		wal	rus	
		pe	rus	e
	har	pe	r	
c	ar	pe	nter	

usw. – Da sprach er von ‹Doublets›, ‹Lanricks›, und vor allem eben von jenen ‹Porte-Manteau-Worten›, Mehrzweck-Ausdrücken, wo, infolge einer Schreibart von der ver-Schmidt-stesten Unbehülflichkeit, mehrere Bedeutungen in 1 Wort komprimiert werden; eine Steno-Prosa, und umso herrlicher, als sie (im Gegensatz zu leider-Joyce-oft) den Leser *nicht* mutwillig überfordert, sondern ihm das Nachvollziehen erlaubt – immer einigen guten-lockeren Willen vorausgesetzt; und die Erkenntnis, daß Herr Duden (‹Konrad›; auch das noch !) zwar im Büro schätzbar sein mag; ansonsten aber höchstens soviel bedeutet, wie die vorhin schon erwähnten ‹other professors› (vgl. ‹Sylvie & Bruno›) : nämlich keinen Blaffert !

»Achjaa –« seufzt da etwa die ‹Mock-Turtle› in dem, (nun auch schon zum Kinderbuch erniedrigten) ‹Alice in Wonderland›; und berichtet dann von den Schulfächern, denen sie, am Grunde der Meer-Suppe-einst, ausgesetzt war : »Reeling and Writhing, natürlich, als Grund-Fächer;« (und schon fächert's ja flossig, als ‹reading & writing›, also ‹Lesen & Schreiben›; aber ‹it doeth suffer a sea-change, into something rich & strange› : ‹an der Reeling Rum-Wriggln›, der Sprach-Reeling; Carroll war eben der ‹erste Mann über Bord› !). Dann die ‹Grund›-Rechnungsarten ?; mais oui : »Ambition Distraction Uglification & Derision«; (ergo ehrgeizige Addition; zerstreute Sub-Traktion; weltweite Verhäßlichung; & spöttische Dii-Vision : ich kenne keine der zur Zeit kursierenden Übersetzungen; zweifle jedoch a priori daran, ob all-das leidlich befriedigend wiedergegeben worden ist.) / Ich sträube mich zuweilen noch, Deteriorationist zu sein; aber wenn ich mir uns Re-Regierung so übereck ansehe;

sampt ihrem Volk, das bereits genugsam verdummt ist, um manchmal ‹Less Bread, More Taxes !› zu schreien – : *genau die Worte, mit denen ES beginnt, ‹Sylvie & Bruno› !* – (und wenn ihm sein Wahl-Wille dann wird, ist es auch wieder nich recht) – oder die konzilianten Platitüden der diversen GOttsucher – oder die deutschen Verleger-Nebbochanten – oder gar ‹schweizer Übertragungen aus dem Englischen› ! . . . . . . –

Ein bißchen schwieriger wird es natürlich noch, (zumal für den, vom ‹Deutschen› her ungeübtn Deutschn), wenn Carroll aus ‹miserable› & ‹flimsy›, ‹fliserable› (das fasert-fusselt viel besser !) & ‹mimsy› (das ist ‹mikroskopischer› !) gestaltet. Womit wir bei der fundamentalen Ballade vom ‹Jabberwock› wären; ‹hora aderat briligi›; und ihrem (& ‹Finnigans Wake›) vielverkannten Erklärer ‹Humpty Dumpty›.

Man unterlasse, bevor man sich wochenlang ausgiebiger informiert hat, alle Einwürfe gegen das System als solches ! Es ist eine einwandfreie Bereicherung der Sprachmöglichkeiten, wenn z. B. ich, als Deutscher, (mit ‹Englisch als erster Fremdsprache›), 2 vertraulich-dikke Stammtischbrüder als ‹inn-team› bezeichne : das tippt gleichzeitig *Beides* an : das gewohnte ‹intim› & die ‹Kneipen-Allianz› ! Oder wenn ich mir, früher einmal, schalkisch, erlaubte, die gehörnte Siegfriedin Kriemhilt als ‹creamhilled› zu schreiben : *die* zieren jede ‹Miß Germany›. / Und Wer nicht glauben will, daß die Methode längst schon in größtem Maßstab gegen ihn eingesetzt werde, der möge sich mal so ganz kurz unsre Reklamen, unser Fernsehen & die damit behafteten ‹Illustrierten› ankuckn : wie er da, und seit vielenvielen Jahren, munter ‹unterschwellig› bearbeitet wird ! Ich erspare mir, ob Waschmittel ob Wahlplakat, die Beispiele. (Den einfallslosen Kaufmann erkennt man daran, daß Einem sein Fabrikat, und sei's der neueste Kugelschreiber, von der Litfaßsäule herunter, von einem Weib mit nakktn Tittn hingehalten wird (wie wenn Die gleich mit-geliefert würde !) Der besser Beratene macht's mit ‹Ramie›-butterwert – wodurch ja, man mag wollen oder nicht, sofort der Begriff des guten ‹Rahm› sich einstellt – bei einem Groß-Brittn vielleicht noch das rammelnde ‹ram› : da wird ER überhaupt nich weich !).

Carroll's nun wirklich wichtigstes (& ergo scheinbar, d. h. ‹im Anfang›, kompliziertestes) Stück, eben unser ‹Sylvie & Bruno› hier, ist überhaupt noch niemals ins Deutsche übertragen worden ! – Zeit wäre es wahrlich dazu . . .

5

Denn ich bin bei Punkt d angelangt. Und wenn JOYCE, der ur-neue Wort-Bold, seinerzeit unangenehm überrascht davon war, wie LEWIS CARROLL praktisch alle seine Trix längst probiert habe – obschon mit nicht entfernt der gleichen Vir-Tuosität, zugegeben – so blieb es mir vorbehalten, mich ähnlich derb am Hinterkopf zu kratzen, als ich mir neulich ‹Sylvie & Bruno› zum intensiven Studium vornahm; und, abgesehen von allen Fi- & Rafinessen der Oberflächenbearbeitung, erkennen mußte, wie er eben auch schon 1 meiner (in meinen ‹BERECHNUNGEN I & II› entwikkelten) Prosaformen vorweggenommen hatte. (Daß & wie ich mein Selbstbewußtsein leidlich reparieren konnte, wird noch angedeutet werden.)

Es ist wiederum erforderlich, eine allgemeine Betrachtung vorauszuschicken. – Viel Wirrnis & Feind-Seligkeit könnte vermieden werden, wenn die Erkenntnis Allgemeingut würde, daß man, bis auf weiteres, 2 große Gruppen literarischer Formen unterscheiden sollte:

1. die ‹ältere›, von HOMER (oder GILGAMESCH) an; und
2. die ‹neuere›, die mit LEWIS CARROLL, ungefähr um 1870 beginnt. –

Die ‹ältere› – ! und ich möchte sofort nachdrücklichst betont haben, daß das nicht identisch mit *ver*-altet bedeutet soll ! – hat zum strukturellen Kennzeichen, daß die von ihr entwickelten & benützten literarischen Formen zum größten Teil *gesellschaftlichen Gepflogenheiten* entsprechen, wie sie sich eben, organisch und historisch, im Lauf der Jahrtausende herausgebildet haben. Anekdote, Novelle, Roman, sind genetisch nur durch ihren Umfang unterschieden, und ahmen den ‹Erzähler im lauschenden Hörerkreis› nach. Das Gespräch, in Rede & Wider-Rede, ergab die Form des ‹Dialogs›; ideal, um 1 Frage oder einen Fragenkomplex von 2 Seiten her zu beleuchten; (wobei die ‹technische Voraussetzung› jedoch die ist: daß beide Partner den gleichen Ort, dieselbe Stunde, das gleiche Thema, miteinander teilen). Als die Zivilisation vorschritt, und man ‹die Post› erfand, wurde die hier nächstraffiniertere Technik möglich, der ‹Briefroman›; dessen Kennzeichen es ist, daß zwar auch noch 2 (oder meinethalben mehrere) Individualitäten mit- & gegeneinander spielen; daß sie aber den Ort gar nicht, die Zeit & die Erlebnisse nur noch bedingt, (meist als gemeinsame Vergangenheit) gemeinsam haben – immerhin ‹korrespondieren› noch Geistes- oder Körper-Verwandte (evtl. auch -Feinde); und das zeitliche Gefälle ist so unüberwindlich noch nicht, (obwohl der ‹lag› hier besondere Kunst erfordert). Als man mehrere Charaktere, womöglich synchron, auftreten lassen wollte, bot sich die ‹Bühne› als noch getreuere Kopie der Gesellschaft an – freilich wurde hier der ‹Sprung› beträchtlich; (und *ich* springe da ganz ungern mit : ‹Literatur› muß man in der Tasche mit sich führen können ! ‹Bühne› ?, das ist, abgesehen von dem unsinnig kostspieligen Apparat, ein Entgegenkommen den geistig Armen gegenüber; und, zumal in ‹gebundener Rede›, viel zu demagogisch für meinen Geschmag : eine Lüge, in wallendem Gewande rüttmisch gesprochen, wirkt genau (nein besser !) wie Wahrheit. Ich bin sowieso ein Gegner Schiller's; und meine Devise wäre : ‹Ich lasse mich nicht überfahren !›.) Freilich ist dieser Punkt des Theaters so ausgemacht noch nicht, daß er nicht noch 3 oder 4 Untersuchungen ertrüge.) / 1 einziges Mal, dies sei gern bescheinigt, wurde auch innerhalb der ‹älteren Gruppe› ein Schrittchen getan, diesen Circulus der gesellschaftlichen Gepflogenheiten zu verlassen : einzelne denkende Geister probierten das ‹Tagebuch›, und machten so den ersten Versuch zur Bewältigung innerer, subjektiver, Vorgänge.

Alle diese im vorstehenden aufgeführten Techniken sind auch heute noch dort am Platze, wo es sich um die optimale Erledigung bestimmter Stoff- & Themenkreise handelt : wenn ich 2 verschiedene Personen, 2 Landschaften, 2 Erlebnisreihen am zwanglosesten und überzeugendsten miteinander in Verbindung setzen will, tja dann muß ich eben, als einwandfrei beste Form, noch-heut & für alle Zeit, den ‹Briefroman› wählen; da gibt's überhaupt kein Debattieren. Das allerdings ist eine ganz-andere Frage, steht auf einem ganz-anderen Blatt, und scheint mir genau *der* Scheideweg, vor dem sie Alle heute brabblnd & keifnd stehen bleiben – eine ‹Mehrheit der Leser›, so lachhaft groß, daß ich mir die ‹9› meiner Schreibmaschine lieber schone – und einfach nicht das bißchen Energie aufbringen, auch nur probeweise einmal zu vergessen, was sie bisher zu wissen geglaubt haben; um vielleicht eine Einsicht, die mit ihren eigenen Irrtümern in Widerstreit ist, ganz langsam, genehmigen zu können – nämlich die Frage : sind mit diesen ‹älteren Formen› nun auch schon sämtliche literarischen Möglichkeiten erschöpft worden ?; oder aber nicht ?

Und tröstlich-flottwell erschallt's zur Antwort : ‹Nu selbstverschtändlich *nich* !› –

6

Das ‹Tagebuch› nannte ich 1 Anfang. Die organische Fortsetzung hier lautet, um ein Firmenschild zu gebrauchen (das ich allerdings gar nicht schätze) : ‹Innerer Monolog›. Also, wohl weit richtiger ausgedrückt :

die möglichst exakte Wiedergabe des Gemisches aus subjektivem Gedanken-Stromgeschnelle plus Dauerberieselung durch eine Realität – das bis jetzt hochwertigste Modell heißt JOYCE, ‹Odysseus›, (‹Oh dies Zeux›; ‹odd is Zeus›). Da ich im voraufgegangenen § die ‹ältere Gruppe› als die Nachbildung gesellschaftlicher Gepflogenheiten definiert hatte, mag das am einfachsten zu merkende Hauptkennzeichen der ‹jüngeren› sein : die möglichst getreue Abbildung innerer Vorgänge unter der Einwirkung einer Außenwelt, durch die jeweils gemäßeste Anordnung der Prosaelemente; wobei das Kriterium des Gelingens die Nachvollziehbarkeit durch den geübten Leser ist. Ich betone das ‹*geübt*› ! Es wäre pueril, sich einzubilden, daß man – bisher ein Leben lang gewohnt, an den Altären STIFTERS, GOETHES, auch KAFKAS, zu frönen – sich nun rasch mal vor's englische Original des ‹Ulysses› hinsetzen, und sogleich mit hohem Genuß vom Blatt zu lesen beginnen könne : dem ist nicht so. (Obwohl das unweigerliche Ergebnis solchen Verfahrens, nämlich Verwirrtheit & Entrüstung gepaart, nicht die Mangelhaftigkeit des Buches bewiese, sondern lediglich einen Defekt im Leser – aber wer sagte sich das schon.)

Ich führe hier nur ganz rasch ein paar grobe Gruppen von – imgrunde Jedermann geläufigen – Bewußtseinsvorgängen auf. Da gibt es also das Gedankengequirle in dem, durch die Realität hingetragenen Kopf. Da ist der Vorgang des Sich-Erinnerns. Da sind die Träume; (und, CAVE !, bei *dem* Versuch zeroriginalte sich selbst ein JOYCE; sein ‹Finnegans Wake› ist an der zu subjektiven Verschlüsselung gescheitert; es wird nie einen Leserkreis haben, höchstens fachste Selbst-Schreibende werden das ein- oder andere brauchen können.) Und da ist endlich das ‹Längere Gedankenspiel› (künftig abgekürzt ‹LG›), das man wohl auch unscharf als ‹Tagtraum› o. ä. bezeichnet. Ich gehe heut & hier nur auf dies Letztere näher ein, weil LEWIS CARROLL zur Behandlung ansteht.

Das LG befindet sich auf der Mitte zwischen Traum und Kunstwerk : was der Nacht der Traum, das ist dem Tag das LG. Und es handelt sich bei ihm um einen allgeläufigen, von Jedermann hundertfach praktizierten Vorgang : ob sich die Kaufhaus-Verkäuferin als ‹berühmte Tänzerin› denkt, und daraus abends, vorm Allein-Schlafengehen, Trost & Stärkung zieht; ob der Beamte sich als seinen eigenen Vorgesetzten imaginiert, (und nun aber mal gehässigen ‹Zug› in seine ganze Behörde bringt !); ob der Bergmann über Tage sich den schönfarbigen Prospekt einer Bau-Gemeinschaft vornimmt, und monatelang im Geist um's schmucke ‹Eigenheim› herum lustwandelt, den Keller randvoller Eichhorn-Vorräte, um die breiten Schultern den Mantel mit atomsicherer Kapuze – immer ist das LG ein überhaupt nicht zu überschätzender, dabei völlig legitimer, Bewußtseinsvorgang. Und eben, infolge sowohl der Art seiner langsamen Formung & seines zäh-probierenden Ausbaues, wie auch der besonders interessanten Spannung zwischen Individuum und der es frustrierend-umgebenden Außenwelt nach, par excellence ‹literaturfähig›; (ja, zuweilen selbst schon ‹halbe Literatur›. Interessenten, die es noch genauer wissen möchten, muß ich jetzt auf meine ‹Berechnungen II› verweisen.)

Für den Schriftsteller bedeutet das also praktisch : daß eine zusätzlich-vollere, deutlichere Beschreibung seines Helden, eine bessere Beleuchtung seiner Gedanken-Gänge, dadurch möglich würde, indem man dem nicht zu trennenden Gemisch seiner Umwelten & seiner ‹Inneren Monologe›, nun auch noch seine, ja nicht minder découvrierenden LG's hinzufügte. (Zu einem *ganz* kompletten Menschenbilde fehlten dann freilich immer noch die eigentlichen Träume; aber für dergleichen, sowie für *noch* einiges mehr – es wird zu viel für heut – sind weder die notwendigen Techniken entwickelt & erprobt, und die sprachliche & orthografische Erstarrung der Leser ist auch noch zu umfassend.)

Eine solche Koppelung ist nun weder ‹künstlerisch› – oder vielmehr, schlichter formuliert : schreibtechnisch – leicht; denn die ‹Fädelung› der beiden Bereiche muß tatsächlich einerseits ganz unauffällig, und andererseits so genau wie durch ein Nadelöhr erfolgen; noch genügt es, 2 zusammengezwungene, weil just zufällig in der Schublade liegende Themen, gleichzeitig durch denselben Wolf zu drehen. Und abgesehen von dem Fleiß & der Kunst, die hier erforderlich werden, setzt eine leidlich überzeugende Arbeit der beschriebenen Art, große Opfer an Stücken der eigenen Persönlichkeit voraus – nur so gerät das Ergebnis ‹wahr› genug; ein Akt der Selbstlosigkeit, der eine nicht geringe Anstrengung des Mutes erfordert; (mit dem einzigen Zweck, die Möglichkeiten seiner Kunst zu erweitern, und sich irgendeiner, sei es noch so relativen, ‹Wahrheit› um 1 Endchen mehr anzunähern). Der Poncho unbeteiligter Anonymität, wie ihn ängstliche Verfasser, die prinzipiell jedwede Ähnlichkeit ihrer Helden & der umliegenden Ortschaften mit sich-selbst oder gar der Wirklichkeit abstreiten, zu tragen pflegen, *muß* – immer vorausgesetzt, das geschilderte Zusammenspiel von Realität und LG solle dem Leser einigermaßen logisch & glaubwürdig wirken – besagter Poncho also dürfte ziemlich löcherig werden müssen. Aber sich aus *solchen* Beweggründen ‹eine Blöße zu geben› – um dem Menschen den Menschen begreiflicher zu machen; wie es z. B. auch FREUD bedeutend auf sich nahm – ist in meinen Augen respektabler, (ehrwürdiger sowieso), als der befördertste Gerok.

Ganz äußerlich dürfte es, um dem Leser das Erkennen der beiden Komponenten, ergo das Nachvollziehen, zu erleichtern, angezeigt sein, eine räumliche Auseinanderrückung auf der Buchseite selbst vorzunehmen; etwa so :

((Realität)) ((‹LG›))
mmmmmmmmmmmmmmmmmmmmmmmm
mmmmmmmmmmmmmmmmmmmmmmmm
mmmmmmmmmmmmmmmmmm
mmmmmmmmmmmmmmmmmmmmmmmm
mmmmmmmmmmmmmmmmmmmmmmmm
mmmmmmmmmmmmmmmmmmmmmmmm
mmm
mmmmmmmmmmmmmmmmmmmmmmmm
mmmmmmmmmmmmmmmmmmmmmmmm
usw. usw.

(wobei ich, um dem interessierten Fachmann wenigstens 1 kleine Andeutung der hier erforderlich werdenden Überlegungen zu liefern, darauf hinweisen möchte, daß z. B. die Breite des ‹gemeinsamen Mittelstreifens› gar nicht von der Willkür des Verfassers abhängt; sondern davon : wieweit die ‹Atmosfäre› in beiden Erlebnisbereichen noch als ungefähr übereinstimmend angesehen werden kann. Beispiel : ein ‹Gefangener› wird sich zur Austarierung, um nur Überleben zu können, gerne LG's der absoluten ‹Freiheit› suggerieren; wie es etwa Karl May im Zuchthaus zu Waldheim tat, (und so mancher Kriegsgefangene auch tun mußte); in solchem Fall ist nun der Gegensatz – obschon voll als solcher begründet – dennoch so gewaltig, daß der oberschichtige bildmäßige Zusammenhang nur noch ganz dünn sein, ja meist ausdrücklich abgelehnt werden wird. (Daß unterschwellig die grausamste Determinierung stattfindet – dies dem Leser darzutun, wird Sache des ‹gekonterten› LG sein : den ‹Gefangenenwärter› der Realität, wird man im LG schon ganz schön über die Prärie scheuchen !). Dieses nebenbei. Ich habe, wie gesagt, auf die Verhältnisse bereits vor vielen Jahren hingewiesen; und sie auch einmal an einer umfangreichen Modellarbeit (‹Kaff›) zu exemplifizieren versucht – die Nicht-Teilnahme der Leserschaft übertraf die kühnsten Erwartungen.

Nachdem ich also, erst theoretisch dann praktisch, das ‹Meinige› getan hatte, wird man vielleicht die kinnstreichende Verblüffung nachfühlen können, mit der ich, 1000 Tage danach, einsehen mußte, daß ‹unser› Lewis Carroll hier, 70 Jahre früher, bereits etwas Ähnliches probiert hatte; denn sein ‹Sylvie & Bruno› hätte imgrunde genau so gedruckt werden müssen! (Ich empfehle das hiermit ausdrücklich für eine, nunmehr ja doch wohl irgendwann-einmal notwendig werdende, deutsche Übersetzung; aber der – meinetwegen auch die – Arme! Denn das wäre eine Arbeit, nicht mehr für einen simpel-biedren Sprachfergen, der große Letternfuder von einem Ufer zum andern stakt; wohl aber für einen veritablen Lord-Oberadmiral der Über-Setzer.) Und meine Beschämung wurde durch die Erkenntnis, wie selbst-ich, der ich mich für einen erträglichen Prosa-Fachmann ästimiere, gegebenenfalls 70 Jahre hinter Wichtigstem herhinkte, nicht nennenswert gemildet. Beeile ich mich also wenigstens jetzt, meiner Einsicht die Ehre zu geben: was diese 1 spezielle ‹Neue Form› anbelangt, hat LEWIS CARROLL wiederum eine Art Bahn gebrochen!

Aber, ich wiederhol'es: *nur ‹eine Art›*!

(Ganz abgesehen einmal davon, daß man ‹mit Gewalt› schon so manches Stück des großen ETA HOFFMANN als potentielles Zwei-Spalten-Buch lesen kann; am deutlichsten die ‹Prinzessin Brambilla›. TIECK's ‹Gestiefelten Kater›. Ja, bereits SCHNABEL's alte ‹Insel Felsenburg›.) Aber der Haupteinwände wären zweierlei.

Einmal: *CARROLL ist so falsch!*

Denn während 1 der nebensächlicheren Merkmale der ‹neueren Gruppe› die größere Redlichkeit & Ehrlichkeit zu sein hat, ist er von einer seelischen Verlogenheit, nach der man sich schon weit in der Weltliteratur umsehen muß, um auch nur annähernd ihresgleichen zu finden – ‹mawkish› nennt's das, aus Gründen des Umsatzes sehr vorsichtige (und auch sonst ziemlich dümmliche; dem Deutschen leider so leicht zugängliche) EVERYMAN's ‹Dictionary of Literary Biography›; (das z. B. auch das geschilderte, doch schon ganz unverkennbar ‹berechnete›, Durcheinander von Realität & LG, nicht erkannt hat, und deshalb frischweg von ‹confused› spricht: also das nun nicht!). Wie es ‹Der Große Mund› unseres Jahrhunderts, ‹onangenamed› klar, hingeschrieben hat: falsch sind seine ‹Kinder-Helden› – wie erwähnt, fast ausschließlich clitse-kleine Mädchen; Alle die Nase längs & den Mund quer im Gesicht, und hinreißend-unbehaart. (Wozu ich ganz allgemein bemerken möchte, daß wohl kein vernünftiger Schriftsteller – für die unvernünftigen bin ich nich zuständig – sich Kinder oder Halbwüchsige zu ‹Helden› erkiest: das ist doch alles so unfertig, unverbindlich, letzten Endes uninteressant. Und ‹verstehen› tut man's als Erwachsener, infolge der bekannten eingetretenen Amnesie, ohnehin nicht mehr. Finde *ich* wenigstens; überlasse also die ‹Lichtlein der kleinen Veronika› Denen-die-es-angeht.)

Aber die Art, wie Herr CARROLL – zur Hälfte, als ‹Automatensicherung›, der vorhin gerügte ‹Mann im Gehrock›; zu Hälfte randvoll des lustigsten Zunders zu allerhand unartigen Gedanken – uns seine Heroinchen so serviert, ist eben nicht bloß ‹whimsical›, wie die BRITANNICA wissen will; sondern es handelt sich dabei um einen, von Horizont zu Horizont reichenden, Gänse 'm Arsch bestens geratener Ungeheuerchen ! Seine, ebenfalls vorhandenen, trefflichen Leistungen als Fotograf – wie nett-parodistisch ist nicht sein Gedicht ‹Hiawatha als Lichtbildner› – werden in allerletzter Instanz auch von hier ihren Ausgang genommen haben : all die kleinen halbgaren Odalisken zurechtsetzen, (und die Gliederchen *noch* dekorativer ordnen) zu können; ja, sie ganz ‹legal› entkleiden & wieder-neukostümieren, (und dann *nochmal* beim Wiederaus- und Wiederanziehen assistieren) zu dürfen; nichts als Berührungszwang plus Kleiderfantastik ! – wird ihm deliciöse Ersatz-Wonne gewesen sein; (‹doch das Bild mißlang von Grund auf› !). Wer will, mag von ‹barbarisch› murmeln – er hätte, beim bloßen Insaugefassen des wahnwitzigen Unterschiedes zwischen einem körperlich schon verfallenen 60-jährigen Höchstintellekt einer-, und einem total embryonischen Mädchenkind andererseits, natürlich Recht. Und wer will, mag sich den Mund lecken – er hätte, wenn er sich darauf beriefe, daß diese sogenannten ‹Kinder› in Wirklichkeit ‹ganz anders› und überhaupt ‹viel weiter› seien, als wir wahrhaben möchten, sicherlich auch nicht Unrecht. Trotzdem sei die, doch wohl nicht gänzlich un-tiefsinnige, Frage zur Debatte gestellt : ob die Kinderporträts eines genialen Infantilen nun besonders falsch ausfallen müssen; oder aber vielleicht gerade eine anrüchige, erschnupperte Richtigkeit mit sich führen könnten ? (Ich sag's gleich von ‹vorn herein› : ich weiß es nicht. Fragen Sie NABOKOV.) Als unbedingt mitheranzuziehendes Kriterium sei erwähnt, daß CARROLL selbst unverkennbar das Gefühl der ‹Sündhaftigkeit› besessen hat : sobald ihm 1 Püppchen besonders schlecker gedünkt hatte, setzte zugleich eine Art ‹frommes fading› bei ihm ein. Mit dem Ergebnis, daß der Leser nie ein Palimpsest-Gefühl los wird : deutlich ausgedruckt erblickt er ‹Christian Philosophy› & ein verwirrend-rührendes ‹sinite parvulos›; während es ihm ‹von unten her›, rittmisch an- & wieder abschwellend, ‹kommt›, wie ein leis-naher Lobgesang auf Affrodite. (Und schon, sobald CARROLL ihn auch vernahm, kniff er wieder die Ohren an.)

Außerdem, und das ist wichtiger, sind seine prosatechnischen Überlegungen noch weitgehend unzulänglich geblieben – man merkt, daß er eben nicht die Zeit gehabt hat, sich hauptberuflich mit Literatur zu befassen. Die beiden Partien sind, dem ‹Gewicht› nach, nicht gut ausbalanciert; die ‹Realität› ist hastig, etwas verlegen, und überdem sentimental abgetan; das LG deutlich-ungebührlich bevorzugt, und weit besser geraten. Die erforderlichen ‹Übergänge› aus dem einen Bereich in den anderen sind meist gröblich äußerlichster Art; ja, oft gerade noch so an der Grenze des Vertretbaren, etwa auf 1 bloßes, peinlich gezwungenes, zufälliges Stichwort hin. Mit anderen Worten : die ‹gegenseitige Befruchtung› der beiden Erlebnisebenen, und die sich hieraus für den Gedankenspieler ergebenden nicht nur Möglichkeiten sondern (für ihn) reellen ‹Beweggründe zu Verwechselungen› sind nicht befriedigend ausgewertet. / Meisterhaft dagegen scheint schon die all-emsige, superfleißige Vermörtelung beider Hemisfären, durch bewußt hergestellte Wort-Verästelungen, -Anklänge, -Einschleichlinge – ich bin überzeugt, daß ich bisher bestenfalls erst 1 Drittel davon erkannt habe : hier fehlt, als unerläßliche Vorarbeit, noch ein Jahrdreißicht sorgfältiger Kommentierung durch angelsexische Fachleute, (die aber bisher so gut wie ganz versagt haben. Schade. : der ‹Weiße Springer› wär' es werther gewesen, als die Meisten nach ihm.)

7

‹Was hätte zu geschehen ?›, dürfte die Frage sein, die sich (hoffentlich) bei einigen Lesern gebildet hat; und der ich mich auch gern stelle.

Eine Briefmarkenserie, wo man anstatt der Porträts von Heuss, Ulbricht, Queen Bess usw. endlich einmal die der beträchtlich bedeutenderen Joyce, Däubler, Jahnn, Carroll erblickte, wird nich ganz genügen : von *dem* Wesen, das einen Dezenniums-Menschen mit 1 Lexikons-Notiz abspeisen möchte, weiß ich gar nichts. (Und die Literatur in den Händen von Literaturhistorikern zu lassen, ist schier noch mißlicher : ‹Sturheit, dein Name ist ‹Deutscher Mensch› !›).

1 kleiner Lohn wäre mir schon, wenn sich in Leserkreisen die Einsicht herumspräche, daß es, ähnlich wie in der Mathematik, so auch in der Literatur, ‹Reine› und ‹Angewandte› gäbe. Die ‹Reinen› ? : das sind die ganz-Schweren, die ‹Unverständlichen›; die, weit auf selbstge-macheteten 1-Mann-Pfaden ins Dschungel der Sprache & der ‹konformen Abbildungen› vorgedrungen, mühsam, und mit noch-schwerfälliger Hand, wie es dem Pionier geziemt, (aber ich meine nicht die gleichnamige Waffengattung), neue Kleinst-Beobachtungen fixieren; Neues neu benennen à la ‹Narfen merren›, (ohne die Vocale & Consonanten zu schonen); die über neue, nach Errichtung dann leicht nach-kletterbare, Gerüste sinnen; und sich überhaupt, falls sie ‹Glück haben›, feiertagslos zu Tode schuften dürfen; (es kann auch schlimmer für sie ausgehen). / Und außerdem gibt

es eben noch die ‹An-Gewandten› – die, nebenbei bemerkt, 99,9 % der Schriftsteller ausmachen – : das sind Die, die ‹das Geld› verdienen, und die NOBEL- & sonstigen Preise für Mittelmäßigkeit bekommen. (Aber auch das ist schon wieder unrealistisch, daß ‹das Volk› eines beliebigen Landes jemals einsehen könnte, wie die edleren Kräfte grundsätzlich das wenigere Geld haben.)

‹Verleger› ? – ich kenne zwar nur 10 des Näheren; möchte sie aber doch dahingehend definieren, daß es sich bei ihnen um eine (leider einflußreiche) Unterabteilung der ‹Schlechten Leser› handele; die sich, im allertiefsten Herzen, nach jener Zeit der Großen Kolportage zurücksehnen, wie dem Herr CERAM jüngst so ergreifenden Ausdruck verliehen hat. (Daß an SUE's ‹Ewigem Juden›, MAY's ‹Waldröschen› und DUMAS' ‹Monte Christo› ja im Grunde viel mehr ‹dran sei›, denn an, ich wage den Namen, ‹Sylvie & Bruno›, scheint nunmehr ein klarer Fall.) / Man sieht zumindest das eine : daß ich vom Primat des deutschen Geistes nicht übermäßig durchdrungen bin; und kein Demosthenes könnte mich vom Gegenteil überzeugen, (ja, selbst Willy Brandt vermöchte es nicht, wenn er sich auch ausdrücklich deshalb mit mir in Verbindung setzte : ich gehöre keiner zu bearbeitenden ‹Gruppe› an).

: ‹Warum ich dann aber überhaupt noch schreibe ?›

Tja; warum –. / Vielleicht, um mir etwas Geld zu weiteren Prosa-Experimenten zu verdienen ? Oder auf LEWIS CARROLL, einen Sehr-Großen, hinzuweisen; und sein bedeutendstes Stück, ‹Sylvie & Bruno›. / – – / Sie sind nicht im mindesten überzeugt worden ? – Durchaus möglich. (Vielleicht sogar meine Schuld.) –

Also dann : »Hüh-Hott !«. –

STANLEY ELLIN

6. Oktober 1916, New York

DIE 10 KAMMERN DES BLAUBART

I

Und als sie erst aus dem Wasser heraufgestiegen waren, auf Ranken, auf Füßen, da begannen sich auch am Grunde des Luftozeans lange Wälder zu bilden und meilengroße Wiesen – die Fische nannten sich hier ‹Vögel› – manche zeigten frech das Sägegebiß, und verbargen dafür die Organe der Fortpflanzung; die Blumen trieben's umgekehrt, steckten die Freßwerkzeuge in die steife schlüpfrige Erde, und hielten, ja reckten ihre Genitalien, bunt & duftend, nicht zu übersehen noch zu überriechen, unter alle äugenden Nasen. Überall rupfte und knusperte es, und leise sägte ein Meer von Grillen.

Da sie – sie konnten wohl nicht dafür – so angelegt waren, daß Eines nur existieren konnte, wenn es das Andere auffraß, mußten Überfall & Totschlag ihre Hauptbeschäftigung sein, und Lust- & Mordgedanken ein wichtiger Bestandteil ihrer Mentalität.

Als man dann anfing, mit Kunststoffen zu arbeiten – Wespen etwa, die heute noch scharmante hängende Kuppeln aus Zellulose montieren; (Termiten auch, ja); aber sie Alle hoffnungslos gehandicapt durch eine zu geringe Lebensdauer von 4 Wochen – da kam Schick in die Sache. Besonders kluge Tiere, und die im Durchschnitt 10 bis 20 Tausend Tage alt werden, bildeten sich, in Selbst-Konkurrenz, kurios immer weiter; nunmehr, im Jahre Neunzehnhundert Strichundsechzig, sind ihre Wohnsiedelungen groß wie Inseln geworden; kein Krake ist mehr vor ihnen sicher, und kein Stern. Einzelne davon erfinden bereits, rührend tapfer, Wissenschaftchen & Künstlein, winzige nacaratfarbene Pünktchen in einem üblen grau-grünen Neutrum; die Meisten freilich müssen, (und man kann es ihnen, wie gesagt, nicht krumm nehmen), hauptsächlich auf frische, möglichst belegte, Semmeln erpicht sein – die knirschen noch genau so angenehm zwischen den Zähnen, (und wenn's falsche sind), wie weiland im Groß-Perm ! Sie zucken die weißen (oder gelb-braunen) Achseln; sie arbeiten; sie haben Lust- & Mordgedanken; und lassen sich von der Erde um die Sonne kutschieren.

Daß diese Wesen verhältnismäßig bald dahin gelangen mußten, nun auch sich selbst zu beschreiben, war jedem Denkenden von vornherein klar; und ich möchte ausdrücklich betonen, daß es dem homo sapiens – meinethalben auch ‹faber-ludens-lucifer› zur Ehre gereicht, wie er sich dieser jenun ‹Aufgabe› (man lügt, sobald man zu tippen anfängt !) entledigt hat : unsere Museen und Bibliotheken, Konzertsäle und Observatorien, Universitäten und Krankenhäuser, all diese immer-erstaunlichen Konzentrationen & Vermehrungen eines sonst nur in Spurenelementen vorhandenen (wieder ‹jenun› !) ‹Wahrengutenschönen›, können wir durchaus ‹vorzeigen›, in Konkurrenz mit einer ‹Schöpfung›, die sich derart abgeschmackte Witze geleistet hat, wie etwa die Organe der Liebeskraft gleichzeitig als ‹Harnröhren› anzulegen, und sie zusätzlich noch ausgerechnet am Popo zu befestigen ! (Ein, zugegeben, seit Sir Thomas Browne nicht mehr ganz neues Aperçu; das jedoch zwanglos zu den beiden, uns anscheinend einzig möglichen, Betrachtungs- und folglich Schilderungsweisen überleitet.)

Selbstverständlich leiden wir noch schwer an ‹Instinkten›; schleppen Urväterhausrat von Zirbeldrüsen und ‹Wurmfortsätzen› mit uns herum; periodisch überwältigen uns Hormone; uns, mühsam Wassertretende in einer See von nicht-euklidischen Gespenstrigkeiten – enfin : die Schweinerei um uns ist so groß, daß sie wohl Jedem peinlich ist. ‹Feinsinnige› Autoren nun entschließen sich, (d. h. sie können nicht anders, Gotthelfeihnenamen !), unangenehme Fakten auf gut palmströmsch zu ignorieren oder aber mit Ausdrücken wie ‹Brauchtum› oder ‹kultisch› zu schminken; heißen die Großstadt einen Platz, wo der Teufel Hof hält, deklamieren von der progressiven Reptilisation der ‹Verstandesmenschen›, und propagieren ihrerseits ein fantastisch-blaublümlerisches ‹einfach leben›. Die Anderen hingegen, gern (und es muß wohl eine gewisse Verachtung darin liegen) als ‹Techniker› bezeichnet, (und auch sie können nichts dafür : ihr Großhirn helfe ihnen, Amen !), schreiben nach der Devise ‹Beobachtet, wie auch Ihr beobachtet werdet›; halten jeglichen Romantiker für einen Trottel vom reinsten Wasser, und ein Profetenzürnen für echt Gold-Doublé, und den Vegetarier für einen Pflanzenfleischer. Und dementsprechend zwillingshaft-verschieden fällt eben auch die Darstellung aus, wenn einmal ein-und-dasselbe Thema von Vertretern beider Schulen abgehandelt wird.

2

Es ist große Mode – vielleicht sogar wieder schon ein wenig ‹passé› – Standard-Themen des Menschengeschlechtes neu zu variieren : ‹Ifigenie 1945›; Odysseus; ‹Romeo & Julia auf dem Dorfe›. Daß es solche rekurrierenden Situationen gibt, darf bei Zahlen der Größenordnung von einigen hundert Milliarden, die im Laufe der Zeit kribbelten & wibbelten, nicht befremden; au contraire : es ist weit wundersamer, daß überhaupt noch Neues passiert, bzw. Manchem einfällt. Und da hat uns nun eben in diesen Tagen ein Amerikaner einen neuen BLAUBART bescheert – jenen Mann, der 6 Frauen nacheinander verbrauchte, an der 7. jedoch scheiterte. Ursprünglich ein französischer Stoff, (»Kunststück« wird mancher Teutone ebenso mißbilligend wie neidisch murmeln), ob einem nun Perrault einfällt, oder – aber dazu muß man schon arg gelehrt sein – ‹Gilles de Retz›; und der rechte Kenner sagt still sein TIECK vor sich hin, und meint nicht nur das schöne Theaterstück, sondern gleichermaßen die ergänzende, leider schier unbekannte, Prosa der SIEBEN WEIBER : das nun ist die ‹romantische Lösung›; und das Urteil des Lesers, nachdem er die beiden Stücke zu sich genommen hat, kann, bezüglich Fakten & Inhalt, nur lauten ‹Willkürlich, grausam, skurril und mystisch›. Ich kann doch nicht, bloß um weibliche Neugierde zu bestrafen, 7 Frauen umbringen ! (Von ‹Ehefrauen› noch ganz zu schweigen).

Wie gleich und doch anders in dem, eben jetzt im Goverts-Verlag erschienenen Bande

Stanley Ellin : ‹SANFTER SCHRECKEN›
10 ruchlose Geschichten.

Und ob ich schon wünschen muß, dem Verlag wäre Besseres eingefallen, als ausgerechnet dieser Titel – ‹ruchlos›, wie neckisch; wer möchte das nicht sein : »Hasch mich; mir ist so ruchlos !« – das Buch ist, was bei uns im Jahre höchstens 2 Dutzend Bücher von sich sagen können, trotzdem gut. –

Aber zurück zum Thema : Wieso braucht 1 Mann 7 Frauen ?

Da fallen dem Nüchternen – und emotionell Orientierte sind ja, zumindest auf die Dauer, nicht ernst zu nehmen – eigentlich nur 2 Möglichkeiten ein : entweder muß das arme Luder sexuell besonders überdimensioniert gewesen sein (aber dann hätte er die Sieben wohl eher neben- nicht hintereinander benützt); oder aber er braucht Geld !

Und das ist es natürlich. Es gibt letzten Endes nur diese eine, die ‹Ellinsche Lösung› : erotisch wohlaffektioniert kann ‹Mann› ja höchstens 5 % seiner Zeit agieren; der Rest..... ja, was ist, wenn man sich schon erkühnen und 95 % so nennen will, der ‹Rest› ? Ist es die ewige Wippe von Arbeit plus Bequemlichkeit, von Hunger plus Langerweile ? Bei MISTER APPLEBY ist es ‹Der Laden›; eine, genau der einleitenden Definition gemäß errichtete ‹künstliche› und zwar ‹Geordnete Welt›; eine sauberere, korrektere, ja, in gewissem Sinne auch gerechtere Welt als die, die uns umgibt. Der Verkauf selbst der kleinsten ‹Antiquität› schmerzt ihn über die Maßen – nicht des ‹Wertes› wegen; es ist ja alles Kitsch; aber um der ‹leeren Stelle›, der ‹UN-Ordnung› willen ! Wir erleben die Tragödie des, bereits sattsam häufigen, moralisch basislosen bzw. polyvalenten, mit Ordnungszwang gestraften, ‹wissenschaftlich angelegten› Gehirntiers. Dafür haben Ehefrauen wie billig kein Verständnis; wohl aber besitzen sie (leider meist kleinere) Privatvermögen, die sie in solch skurrilen Abgrund nicht zu werfen gedenken – tcha, und da müssen sie eben sterben. Nur an einem kann (und muß !) MISTER APPLEBY scheitern : an seiner Antipodin, der natürlich-liederlichen Miß Sturgis, und dem Rechtsanwalts-Bruder, der sie überwacht. (Daß Ellin hier, wo er nur 1 Rächer benötigt hätte, 3 ins Treffen führt, ist ein schnurriger Beleg dafür, wie sich die alten Fabeln, wenn man nicht ganz sehr aufpaßt, zuweilen revanchieren.) – Die, selbstverständlich unausgesprochene ‹Moral der Geschichte› wäre vermutlich nicht einmal die, daß ‹Eppel› endlich doch für seine Morde bestraft wird, (beziehungsweise, à la Dürrenmatt, für einen Mord, den er gar nicht beging); sondern, weit bedeutend-sachlicher, daß bei kontinuierlich vorgenommenen Morden eine größere Periode von 7 Fällen superponiert scheint, vor der jeder Mörder sich in Acht nehmen sollte. –

Ist es nötig, ausdrücklich auf den Tiefsinn der SPEZIALITÄT DES HAUSES aufmerksam zu machen ?

‹Kannibalismus› scheint ein abgeschmacktes (obwohl noch ziemlich unverbrauchtes) literarisches Motiv; selbst wir, doch an Hungersnöten von 1945–48 geschult, akzeptieren es nur unter größten Vorbehalten – Edgar Poe's GORDON PYM, dieses herrlichste Stück, wird anscheinend nie recht populär deswegen. Hier, wo der Vitzliputzli ‹Sbirro› heißt, erscheint es endlich einmal, mit dem ihm gebührenden Tiefsinn tracktiert : es handelt sich ja mit nichten um einen Autor mit besonders schwarzflekkigem Gedächtnis, oder um eine, sei es noch so solide, ‹filosofische Obstruktion›; sondern in diesem schön-speziellen Falle tut es lediglich not, sich Theodor Storm's ‹Grabsteininschrift› vor Augen zu halten :

‹DAT IS DE DOOT, DE ALLENS FRITT !›.

Denn diese SPEZIALITÄT ist schlicht nur der ‹Abgesang› des Lebens. Man wird älter & fetter; man wird allein; ‹Frauen› interessieren nicht mehr (im ‹übertragenen Sinne› : sie werden bei Sbirro nicht geduldet, nicht ‹bedient›.) Das ‹Geschäft› muß freilich noch betrieben werden; denn Gut-Essen kostet Geld; also heißt es, asthmatisch, cash-as-cash-can, und, abends dann dafür, an den Gabelzinken, das hinreißend-triefende Bratenstück.

Eine-einzige pervers-wunde Stelle – der Romantiker würde ‹Höhere

Sehnsucht› sagen – findet sich noch : die Neugier (zur Hälfte Erkenntnisdrang nach dem Rezeptbuch, nach dem diese Welt gemacht ist), einmal die Küche besichtigen zu dürfen ! (Im, immer-übertragenen, herrlich-grotesken Sinne ‹Die Werkstatt des Schöpfers›). Aber Gott Sbirro, ganz katziges Grinsen und Weisheitszahn, lehnt dergleichen Ansinnen grundsätzlich ab; erst wenn man die (‹letzte› ?) Reise antritt, darf man es ganz kurz sehen : das Geheimnis einer Welt, deren lebende Wesen dadurch existieren, daß Eins das Andere auffrißt !

3

Es gibt kaum einen amerikanischen Schriftsteller, der nicht irgendwie an Poe scheitern müßte; ergo ist dies auch Ellin zweimal passiert – einmal im TOD AM WEIHNACHTSABEND, wo er das ‹House of Usher› verwässert hat; zum andernmal im AUGENBLICK DER ENTSCHEIDUNG, (wo das ‹Cask of Amontillado› herhalten mußte) – sei's drum; Undankbarkeit gegen Vorgänger ist beinahe die Bedingung jedes Fortschreitens in Literatur oder Wissenschaft. (Auch, falls dies Einen trösten können sollte – mich eigentlich nicht – : die Atombomben sind Uns-Allen bereits gebacken.) –

Denn ob auch die GESELLSCHAFT IN DER VILLA eine nur bedingt gültige Gleichung zwischen Repetition und Höllengefühl herzustellen versucht, das HUNEKER GAMBIT ist wieder ausgesprochen gut : ein präsumtiv-bedeutender Mann, von einer nörgeligen Nichtganz-Zanktippe frustriert, ‹befreit› sich durch die Flucht ins Schachspiel – und einmal mehr frappiert der Kontrast zwischen der schmierig-normalen und einer gefährlich künstlich-künstlerischen Welt; die jedoch einwandfrei die geistvollere, ‹gerechtere›, also vielleicht bessere ist.

VERRÄTER / BÖRSENPFEIL / VON ALLEM DAS BESTE – nun ja; auch hier nicht üble, aktuelle Themen : vom Jungen Mann, der den Versuchungen von Maßanzug & Rennyacht erliegt (durch Mord beschaffbar); vom Alten Mann, der den Geliebten seiner jungen Frau beseitigt (durch einen, sorgfältigst-sorgenfaltigen Mord; der Witz ist nur der, daß er unbewußt seinen eigenen Tod geplant hat !); oder die Schöne, die zwangsläufig ein Katalysator für ‹Schuld› aller Art wird – sie alle füllen ihre Stelle aus.

Aber die schönste von allen bleibt immer sie, die HOCHLEISTUNGSWERKZEUGE GMBH; zumal uns, den Deutschen, den ‹Japanern des Westens›, ewig-nachdenklich zu studieren !

: wie da der ältlich-arbeitslose Mister Crabtree sich um die 1 offene Stelle bewirbt; er, der Archetyp des ‹Beamten & Angestellten›, ein Ehrenmann, der Skrupel hat, die Telefonnummer seiner Pension niederzuschreiben, weil der Apparat nicht ihm gehört – steht er doch nur, zum Gebrauch für alle Mieter, im Hausflur. Und das Wunder geschieht, er wird ‹eingestellt›; zu einer ödesten, statistischen Arbeit, die sich jedoch ihm, dem normal-sinnigen Gemüt, umgehend zu beleben anfängt : da bekommen die Firmen-Namen allmählich ‹Gesichter›; er mitfühlt und -leidet bei Personal- und Aktienveränderungen. Tcha; und dann erscheint eben eines Tages der ‹Chef›, Herr Spelvin, er, über alle Abteilungsleiter-Vorstellungen hinaus mächtig & reich. Mit dürren Worten gibt er Mister Crabtree die Anweisung zu einem solennen Mord : 1 Erpresser ist aus dem Fenster des einsamen Hochhaus-Kontors zu kippen.

Und – ganz abgesehen davon, daß vom kadavernen Gehorsam ‹Die Stellung› dependiert (aber kann man von dergleichen absehen ? Feiern wir nicht einen ‹20. Juli› ?) – tritt eine unheimlich-zweite Erwägung hinzu : Ist ein Mord, den ein (ja bekanntlich mit höherer Einsicht ausgerüsteter) Chef befiehlt – : ja, ist das noch 1 Mord ? (Und wem fielen hier nicht die ‹Hitler› der Weltgeschichte ein, ‹Menschen à la Eichmann›, auch all die Herren Generäle & Obristen, die Myriaden Gleich- und Andersdenkender ‹verheizten›, ‹wie das Gesetz es befahl› ?). Welche Finesse auch, daß Herrn Crabtree ganz offen gesagt wird, wie seine ‹Arbeit› völlig wertlos & irrelevant sei : sobald er seine mühsamen Tabellen abgeliefert hat, wandern sie auch schon synchron, nicht 1 Blickes gewürdigt, in den Papierkorb : »Nu wenn schonn ! Sie kriegen doch jeden Ersten Ihr Gehalt.«

Und Mister Crabtree akzeptiert auch das; ja, schlimmer noch, es leuchtet ihm ein : er stößt jenen, ihm gänzlich Unbekannten, aus dem Fenster; und taucht wiederum ein, verantwortungsfrei & pensionsberechtigt, baar jeglichen Geständniszwangs oder Strafbedürfnisses, in seine ‹Geordnete Welt›. –

4

Ich schätze den ‹Kriminalroman› als solchen nicht. Nicht seine alberne Voraussetzung, daß Morde geschähen, um aufgeklärt zu werden; nicht seine bescheiden-allwissenden ‹Regulatoren›, (und noch minder die liebenswürdig-halballwissenden, die ‹auch mal Fehler begehen› – wenn man für geniale Kombinationen auf Fußspur-Basis anfällig ist, sollte man gleich Karl May lesen, der macht das viel netter.) Und auch den neuerdings beliebt gewordenen Aufputz goutiere ich nicht, wo die Mörder vorher schwermütig über Rembrandt-Bilder dozieren, oder sich gegenseitig vergammelte Psychologica auftischen; (aber vielleicht bedeutet das ja ein Einlenken in die rechtere Bahn ?). In seiner bisher gängigen Gestalt jedenfalls ist mir der ‹Kriminalroman› eine lächerlich einseitige, und ergo zur Drittrangigkeit verurteilte Literaturform.

Was hier not tut, wäre die Einsicht, daß wir Alle Ungeheuerlein sind; beziehungsweise, weniger schockierend ausgedrückt : daß zumindest Gedankenspiele von Lust & Mord zum unveräußerlichen Bewußtseinsbestand auch des normalen Bürgers gehören. Das ‹Alltägliche› ist noch nicht halb so klar, wie man sich einzubilden pflegt; und das Außerordentliche eigentlich nur eine Erfindung der Journalisten, die der Dichter verschmähen sollte. Dergleichen Erkenntnis führte dann freilich in allerletzter Instanz ‹nur› zu einer Bereicherung des Großen Romans, zu seiner Weiterführung in Richtung Dostojewski (und darüber hinaus !).

In dieser, teils Rückwärts- teils spiralig Höher-Entwicklung könnte Stanley Ellin ein Markstein werden. Noch wissen wir zu wenig von ihm; noch sind seine Bücher – 2 Romane gibt es außerdem, wenn ich nicht irre – in Deutschland unbekannt. Falls es ihm gelingen sollte, (und in diesen 10 Geschichten zeigen sich unverächtliche Ansätze), zum Tiefsinn seiner Fabeln und der schlechthin vorbildlich knappen Konstruktion sich auch noch eine dichterische Sprache zu erarbeiten – ja, dann könnte es sein, daß wir binnen kurzem einen neuen, wiederum amerikanischen, Poe begrüßen dürfen. Zeit wäre es.

JAMES JONES

6. November 1921, Robinson/Illinois

VON DEUTSCHER ART UND KUNST

(James Jones und der Text der ‹Entwurzelten›).

»Es liegt in der deutschen Natur, alles Ausländische in seiner Art zu würdigen und sich fremder Eigentümlichkeit zu bequemen. Dieses und die große Fügsamkeit unserer Sprache macht denn die deutschen Übersetzungen durchaus treu und vollkommen.« –

(GOETHE *zu* ECKERMANN; *am 10. 1. 1825*).

I

Die alleräußerlichste, jedem Leser bei der Beurteilung von Übersetzungen aus dem Angelsächsischen anzuempfehlende Klugheitsregel, ist die Vergleichung des *Umfangs* des Originals mit dem betreffenden deutschen Buch.

Nun hat SOME CAME RUNNING 1266 Seiten à 44 Zeilen à 68 Buchstaben – wird also insgesamt rund 3,8 Millionen Buchstaben umfassen. Weiterhin ist jedem, nicht nur ‹Fachmann› sondern sogar Schüler, sattsam bekannt, daß die ‹Einsilbigkeit› des Englischen, und noch mehr des Amerikanischen, bei der Verwandlung ins Deutsche den Ansatz eines ‹Vergrößerungsfaktors› notwendig macht. Bei sehr sorgfältig gearbeiteten Übersetzungen dürfte er immer noch 1,1 betragen; (es gibt aber Bücher – ich besitze eine deutsche JANE EYRE – wo er 1,4 ist; da kann man auf Anhieb sagen, daß der Übersetzer ‹umschrieben› hat, also geschwatzt). (Dieser Faktor ist, versteht sich, bei jeder anderen Sprache natürlich verschieden : wenn ich im Burmesischen lese von der »Zeit, wo der jüngere Bruder dem älteren Bruder begegnet, ihn nicht erkennt, und ihn dennoch erkennt«, und dann erfahre, daß das unserer schlichten deutschen ‹Dämmerung› entspricht – ei, dann bin ich froh, daß ich, wie so Vieles andere, auch Burmesisch nicht verstehe).

Bringen wir aber nun diesen ‹Schmidt'schen Vergrößerungsfaktor› – ich nenne ihn so, weil ich bei der Kalkulation meines nächsten Übersetzerhonorars bereits damit zu arbeiten gedenke – beim vorliegenden Jones an; und es ergibt sich, daß eine getreue deutsche Übertragung wohl oder übel ihre 4,2 Millionen Buchstaben aufweisen müßte.

Das ist enorm ! Das sind, rein quantitativ, 15 Goethe'sche WERTHER; oder 2½ Stifter'sche NACHSOMMER; und der Verdacht einer reinen Prosa-Elefantiasis liegt ebenso nahe, wie der eines dicken holden Buches.

Aber stellen wir den entscheidenden Kalkül an, mit dem vorgeblichen Äquivalent dieser ENTWURZELTEN : 1044 mal 46 mal 70 ? – Keine Angst; es ist keine Hexerei; es ist die reine Geschwindigkeit : ergibt 3,3 Millionen. Und Sie könnten ergo, mit völliger Sicherheit, einen nicht unbedeutenden Betrag darauf wetten, daß man uns rund 900000 Buchstaben gestrichen hat – was übrigens einen nicht unstattlichen Band von etwa 400 Normalseiten ausmacht : *rund 20 % des Urtextes fehlen also !*

Einen ersten Beleg liefern die reinen Kapitel-Zahlen : das Original hat 76, die Übersetzung nur 74; die Nummern 36 und 73 sind ganz ausgefallen; der Streicher war nicht schüchtern.

Man könnte mir freilich zunächst, ganz allgemein, entgegenhalten, daß ein derart unsinnig umfangreiches Produkt durch energische Dehydrierung durchaus gewonnen haben könnte. Zugegeben; (obwohl es sich auch dann immer noch um eine *Veränderung* handelte !); man kann durch Zusammenstreichen bessern. Man kann aber auch *bösern*; ja, verfälschen ! (Ich erfinde 1 Beispiel : wenn es von einem Werk hieße ‹Ein echter Dichter hätte solchen Tinnef nie hingeschrieben› – und ein geschäftstüchtiger Buchhändler zitierte nur : *‹Ein echter Dichter›* !).

Um also nachzuweisen, daß mir nicht nur an einem bloßen, ebenso end- wie belanglosen, Silbenkrieg gelegen ist, sondern an einer ‹Grundsatzerklärung›, muß ich schon ein wenig ins Einzelne gehen : bei einem Buch, das voraussichtlich Millionenauflagen erleben dürfte – ob verdientermaßen, steht auf einem anderen Blatt – bei dem es sich also um eine meinungsbildende Großmacht handeln wird, ist es von überragender Wichtigkeit, zu wissen, ob die Ansichten des Verfassers, die Denkweisen seiner Helden, kurz, alle seine Intentionen, korrekt wiedergegeben sind.

Und also ist es vielleicht nicht ohne Interesse, zu erfahren : *welche 20%* uns in diesem Fall vorenthalten wurden !

2

»Er hatte seine ersten 3 Deutschen getötet, und fühlte sich so ergötzt, und machtvoll, und gottgleich !« : Potz NATO & Atomrüstung : das Uns ? !

In der deutschen Fassung fehlt die betreffende Druckseite 145 freilich (die Seitenzahlen sind im Folgenden die der amerikanischen Originalausgabe); fehlt, wie die nicht seltenen Anspielungen auf die Kriegsverbrechen der Nazis, auf die »Konzentrationslager; und in dem einen war ein grausiges Bild gewesen, wie nackte Frauen gezwungen werden, über ein Feld zu laufen, vor der Front deutscher Soldaten entlang« (814, 1113, und öfter). Es wird uns systematisch unterschlagen, wie – drücken wir es ganz vorsichtig aus – wie einige von Jones' Helden, trotz der sonderbar großen Freundschaft zwischen Adenauer & Eisenhower, über uns Deutsche denken : Oh peuple babillard, si tu savais agir ! (Oder wenigstens richtig zu wählen).

Gut und menschlich Jones' Einstellung zu Krieg und Kriegskrüppeln (11, 15) – unnötig zu sagen, daß sie ihm gestrichen wurden; sie hätten vielleicht auch manchen ‹Wehrwillen› beeinträchtigt.

»Dave haßte die Kommunisten, haßte sie bitterlich ..... ‹Wenn wir ihnen nur immer um 1 Atombombe vorausbleiben könnten !› ..... Wenn es nur eine Methode gäbe, um zu ermitteln, ob es sich bei ihnen tatsächlich um menschliche Wesen handelt. .....‹Kommunisten sind keine Menschen›, sagte Dave von der Theke her, ‹Ich hab' sie in Deutschland kennen gelernt.›« (295, 419, usw. – dies ‹usw.› spare ich mir in Zukunft). Eine Hoffnung bleibt den Amerikanern vielleicht noch (1264), daß sich Rußland und China mal anständig-gegenseitig in die Haare kriegen : »Das wär' schön !« (Jones hat sogar das noch perfidere und plattere »nice«). – Ich habe lange darüber nachgegrübelt, warum wohl dergleichen – bei uns doch ebenfalls weit verbreitete – Gedankengänge weggefallen sind : sind sie vielleicht doch um 1 Spur zu primitiv ausgefallen ?

Aber das ist noch nichts gegen das, was man in ‹Gottes eigenem Land› so über die Chinesen denkt; und Jones hat die ebenso hahnebüchenen wie instruktiven Waidsprüchlein nicht etwa nur *einer* Gestalt in den Quermund gelegt : ob Dave, ob Wally, sie denken Alle so ! : »Es war zum Erschrecken. Für Hunde mochte es allenfalls angebracht sein ..... oder chinesische Bauern; die waren ja noch im Tierzustand, und wußtens nicht besser.« (687). Oder wie uns das Eingreifen der Amerikaner in Korea unschwer faßlich erklärt wird : »Sie wollen uns das nehmen, was wir in der Heimat gelassen haben : diesen unseren Lebensstandard, von dem sie nicht mal in Träumen wissen !« (1263) – so räsonnieren Intellektuelle, Schriftsteller, bei Jones : wenn es nicht ein so lächerliches Schauspiel wäre, diese hirnlose Überheblichkeit der Yankees, heulen könnte man ! Die deutsche Ausgabe erspart uns allerdings humanerweise diese und ähnliche Tränen. –

Aus unserer speziellen bundesdeutschen ‹Seelenlage› heraus begreiflicher (wenn deswegen auch nicht entschuldbarer) ist die Kürzung aller Passagen, die sich gegen ‹Pietät› und Staatsreligion richten : »Haben Sie schon mal 'ne Hure gesehen, die geglaubt hätte, sie wäre eine ?..... Haben Sie schon mal 'ne Mutter gesehen, die sich nicht eingebildet hätte, sie wär' die Jungfrau Maria ?« (185).

»Tcha, das Bibellesen kam ja auch immer mehr außer Mode« (519); oder : »Merkwürdig, diese Church of Christ, Saved : sie wußte grundsätzlich mehr von dem, was in den Kneipen vor sich ging, als sonst ein Bürger der Stadt; es seien denn die beteiligten Bummler selbst« (387). Man hätte Jones wahrlich nicht dergleichen unerhebliche Einwände gegen das Christentum zu nehmen brauchen – er ist nichts weniger als Atheist; vielmehr ein ganz knieweicher Myste; und macht die transatlantische theosophische Mode groß mit; wer an Yoghi-Yogha Interesse hat, und Annie Bee's Aunt, kommt bei ihm voll auf seine Kosten.

Begräbnisse ? : »verlegen-verlogen kam sie sich vor und nackt und obszön – barbarisch war das Ganze !« (1063, 1067). Eltern ? : »Zwei Leute, die mit monumentaler Kaltblütigkeit, ohne das geringste Verantwortungsgefühl und gedankenlos« Brüder machen; und anderseits denkt Dave : »Gottseidank, wenigstens hatten sie nicht noch die Sorge für ein paar verdammte Kinderbälger. Ginnie hatte als Kind mal Tripper gehabt, und war infolgedessen unfruchtbar – also waren sie wenigstens *die* Sorge los, gottseidank !« (1205); so beschreibt Jones die Gefühle von Menschen, die sich einmal nicht verstellen – im Original.

‹Pietätslos› ? – wie Sie wollen; aber es steht nun mal so im Buch !

3

Und, ha !, jetzt kommt's dick; (und gleich beide Hände vor den Mund; und filistern geflispert) : *SEXUALITÄÄÄT ! !* Denn hier kann man einmal, tausende von Zeilen hindurch, die moralisch-lüsterne Verwirrung ‹auf bundesrepublikanischer Ebene› bewundern, und einen Kleinmeister ‹am Werk› :

5 Seiten lang (379–384) malt Jones – und es ist eines der, nicht zu häufigen, ‹niederländischen› Meisterstücke des Mammut-Bandes – die Umarmung des 70-jährigen halbbesoffenen Vic und der 65-jährigen Weibsreckin Jane im fremden parkenden Auto : ein ‹danse macabre›, schön vor lauter Häßlichkeit ! : *Das* gestrichen zu haben, möchte *ich* dereinst vor Apoll nicht verantworten müssen !

Oder Gwen French, die ‹Miss› des Buches, eine treffliche Charakterstudie (der man ohne weiteres großenteils persönliche Erfahrungen des Verfassers und viel Einfühlung und Arbeit vindizieren würde, auch wenn Jones es nicht ausdrücklich im – selbstverständlich gestrichenen – Kurz-

Vorwort erwähnt hätte) : die 35-jährige Jungfrau; steif, wie aus rosa Röhren erbaut, die schnappt sich verzweifelt die pornografische Bildersammlung ihres Lyriker-Vaters Bob, und geilt sich, 5 meisterliche Seiten lang (311–316), hilflos-wunderbar daran auf; vexiert sogar, zusammengebissenen Geschenkels, die Passanten damit, und epidiaskopiert ihr Leid in die Nachtstadt hinaus : *im Original ! : Die Verödung der Hintergründe, die Verarmung der Charaktere der deutschen Fassung ist himmelschreiend !*

Unglaublich, mit welch nichtswürdiger Sorgfalt der Streicher gestrichen hat ! Wie bezeichnend ist nicht das doowe talkige Gewäsche Ginnie Moorehead's (423 f.) : »Immer Sex; schon als ganz kleines Kind. Ganz winzig noch wäre sie gewesen, und hatte immer längere Gedankenspiele gepflegt : wie ein Wettbewerb veranstaltet wurde, und sie die dicksten Titten im ganzen Kreis hatte; und die Preisrichter schrien ‹Hoch !›, und alle Leute klatschten wie wild.« Denn Ginnie ist ein »pig« und soll als solches genau porträtiert werden. / Ein Mädchen faßt den Handgriff des Spielautomaten »wie ein phallisches Symbol« (447); die Betrachtungen über den »Brust-Fetischdienst« (448); die alte Muttel auf dem Klo (675) – alles heraus; alles entschärft; weil ‹nicht passiert sein kann, was nicht passiert sein darf›, was ? !

Mit diesen ENTWURZELTEN in der Hand kann man freilich nur hauchen : ‹Oh, diese tauig-keuschen Amerikaner !› – und dagegen unsere deutschen Autoren, die Schweine, gelt ja ? –

Denn wir sind ja bei einem fundamental-traurigen Abschnitt angelangt : der bedrückenden Verflachung aller Gestalten. Gedankenschwund; Kastrierung; systematische Zerstörung sämtlicher Feinheiten : zwischen der amerikanischen Fassung und der deutschen ist ein Unterschied, wie zwischen Braut und Brautbett !

Ob in den Kapiteln 29 respektive 45 das leitmotivisch bedeutende »his-her mind froze« immer wiederkehrt, sobald das getrennt lebende vergreiste Ehepaar aneinander denkt. / Ob der Polizist grundsätzlich-zwanzigmal »langsam & methodisch« sich regt, spricht, handelt. / Ob Edith Barclay erwägt, vor der endgültigen Abreise noch einmal mit dem Bruder des Geliebten ins Bett zu gehen : weil er ihm doch so ähnlich sieht ! / Ob Jones die Metafern für Verworrenheit und Komplexität grundsätzlich-bedeutend von Technoidem hernimmt : »wie wenn ein Mann steht, inmitten eines verwirrenden Irrgartens aus Eisenbahnschienen – die Züge schießen an ihm entlang-vorbei, erst aus dieser Richtung, dann aus jener, dann aus einer dritten; es pfeift vorbei, und perlend-blendende Lichter, und der Qualm nach verbrannter Kohle« (42) – den vergleichenden Leser überkommt, je länger desto mehr, das Gefühl, als seien hier Sortiermaschinen im schüdderumpenden Gange gewesen, die sämtliche Feinheiten ausgesiebt haben !

4

Und die bedeutendste Gestalt ist mit nichten, wie der (diesmal besonders irrelevant geratene) Waschzettel dekretiert, Dave Herschmidt – dieser ‹Schriftsteller› ist Jones arg unvollkommen, unüberzeugend geraten; von fleißigen Intellektuellen hat er wenig Ahnung – nein : die, mit Abstand, einprägsamste Figur ist Alabama-Dillert ! Und ist in der deutschen Ausgabe in einer Art & Weise kastriert worden, dekapitiert, platt geschlagen, auf gut irokesisch verstümmelt, daß selbst die spitzeste Zunge einen Augenblick lang um Ausdrücke der Entrüstung in Verlegenheit gerät ! Wie fährt er nicht im Original Auto (490 fff.); wie bezeichnend-beabsichtigt ist nicht die Einrichtung des gemeinsamen ‹Junggesellenheims› (759); oder das wichtigste : der Besuch von ‹Bamas' Farm› : 18 (in Worten : achtzehn) Seiten hintereinander wurden hier mit beneidenswert unbeteiligter Hand entrupft.

Wie abgesägt agiert nicht in der deutschen Fassung, der zweitbeste Mann, Frank : wo ist dessen meisterhaft ausgeführte ‹Entwicklung› vom ‹normalen› Geschäftsmann an, dem schlecht verheirateten; über den Mätressen-Hälter, den traurig Experimentierenden; bis ‹hinauf› zum Voyeur, zum »Peeping-Tom«, der durch Nighttown irrt, und an Schlafzimmerfenstern durchs Klaff gafft, um nur 1 nackte Frau zu sehen und auswendig zu lernen, Szenen wie im Tollkirsch-Traum : wo ist er ? Wie unzureichend die jetzigen klapperdürren deutschen Andeutungen ! (1142, 46, 50, 53 – undsoweiter)

Wie sorgfältig hat Jones nicht die Stadt Parkman aufgebaut : die Namen der Straßen; die, uns ungeläufige, Benennung der Wohnblocks nach verdienten Bürgern : ein bürgerliches Ziel, meine Herren, und einer der Angelpunkte in Franks Dasein !; das College und seine Geschichte; das große Fest anläßlich der Hundertjahrfeier des Verfassers des Oregon Trail. Und wie wird dem deutschen Leser nicht durch die Zusammenstreichung des ‹Lokals› die geistige Ansiedlung in dem Buche erschwert.

Sorgsam bevölkert ist sie, mit 100 Gestalten – von denen jetzt freilich nur, und meist aus Versehen, noch die Namen stehen geblieben sind : »Doc Cost« und »Doris Frederic« und »Judge Deacon«; selbst »Dawn« und »Wally« (mit seiner Messersammlung; das gibt es nur in Texas) : wie flach sind sie nunmehr Alle, die ursprünglich schön-sorgsam gebosselten

Hochreliefs. Wo in der reduzierten Platitüde erkennt man noch den sehr bemerkenswerten still-klug-reservierten ‹Sohn› und Waisenknaben »Walter« (1042–45, 54–55).

Selbst die dienenden Gestalten, zweiten und dritten Ranges besitzen im Original, nach guter uralter Angelsachsen-Tradition, seit Richardson her, beträchtliche Selbstständigkeit, jede hat ihren ‹Hintergrund› – *gehabt!*

Nicht uninteressant vielleicht noch, wie man Jones jeglicher Bildung beraubt hat : er erwähnt Stendhal und Tolstoj (304) : gestrichen. / El Greco & sein Toledo : »Wie mußte der Grieche diese Stadt gehaßt haben. Oder gefürchtet.« (3) : gestrichen. / Kritik an Remarque's IM WESTEN (651) : gestrichen. / Der immer wiederkehrende, wahrlich höchst nachdenkliche Vergleich mit den letzten Zeiten des Römischen Reiches, Gibbon, Attila : gestrichen. / Thomas Wolfe – ein Name, bei dem man viel denken kann; (übrigens nicht nur Gutes !) : gestrichen. / Villon und seine Katherine ? : gestrichen. / Anspielungen auf Christopher Marlowe, Nash, Green ? : gestrichen ! – Dabei sind die amerikanischen Schriftsteller gar nicht so hinreißend doof – oder, höflicher ausgedrückt, ‹Naturburschen› – die lernen sehr wohl etwas; und bringen es in ihren Büchern, an passender Stelle, auch genau so an, wie unsere. Das heißt, in der amerikanischen Fassung; bei uns scheint immer noch unerläßlich die Vorstellung grassieren zu müssen, vom Gemisch aus, bestenfalls, Cowboy & Rockefeller.

5

Die Übersetzung selbst scheint redliche Handwerksarbeit; vielleicht etwas unter Durchschnitt – ein Lächeln »like gall« ist etwas mehr, als bloß »bitter«; – »twice removed« nicht ‹verlobt›, wohl aber ‹2 Mal abgetrieben›; usw. – aber ihr hat meine Aufmerksamkeit nicht gegolten. Auch ist der Jones'sche Text selbst kein Meisterwerk; also spielt's weiter keine Rolle.

Wie denn Jones, meiner Ansicht nach, maßlos überschätzt wird : im Vergleich zu wirklich erstklassigen Leuten und ihren Werken, wie etwa dem ODYSSEUS des James Joyce, ist Jones nur ein kleines Licht; der Wert seiner Stücke liegt allenfalls in Teilen des Materials; die Verarbeitung ist ziemlich dürftig.

Aber abgesehen von solch absoluter Wertung : das amerikanische Original ist unvergleichlich viel vollständiger und besser, zumindest himmelbreit verschieden, von dem, was man uns hier im Deutschen aufgetischt hat : *‹20% der besten und charakteristischsten Stellen wurden sorgfältig gestrichen›,* würde *ich* dem Impressum zusetzen, wenn's ‹meine› wäre.

(Beziehungsweise umgekehrt : welch einen Band würde nicht dieses ‹Herausgestrichene› ergeben !)

Ich hatte schon zuvor von der menschlichen Unvernunft sehr hohe Begriffe; aber auf die Kaltblütigkeit uns dergleichen zu servieren, war ich dennoch nicht gefaßt : ist der amerikanische Roman ein trotz allem schmackhaftes und sättigendes Gericht; so ist die vorliegende deutsche schwarz-rote Schüssel lediglich randvoll einer teichgroßen, bettelsuppenbreiten insipiden Tunke ! –

Es beginnt bei uns, in lieben Deutschlands Mitten, im Gegensatz zu Goethes pompöser Behauptung überall eine Textverwilderung einzureißen, zu der man, will man sein literarisches Gewissen auch nur einigermaßen intakt erhalten, nicht schweigen darf. Und da keinem beruflich anderweitig tätigen Leser zuzumuten ist, tausende von Seiten zwei-sprachig-mikrologisch miteinander zu konfrontieren, so ist es Aufgabe der Schriftsteller, ihr BIS HIERHER UND NICHT WEITER ! zu rufen.

Und da kenne ich eben jetzt 2 verschiedene Bücher : 1 nicht schlechtes amerikanisches, namens SOME CAME RUNNING. Und ein reduziertes deutsches Gemächt; es heißt DIE ENTWURZELTEN.

ANHANG

JULES VERNE

8. Februar 1828, Nantes – 24. März 1905, Amiens

Dichter & ihre Gesellen :

JULES VERNE

I

(Erst etwas ‹Vorlauf›, zum Zunge lösen; (nicht zum ‹Mut machen› : Mut vorm Schreibtisch hab' ich immer gehabt)). –

Undankbarkeit gegen Vorgänger ist zwar etwas schönes, und wohl 1 der Bedingungen alles Fortschreitens in Wissenschaften & Künsten – die Freimachung der eigenen schöpferischen Individualität scheint selten anders erfolgen zu können, als durch eine Twen-Periode energischer Ablehnung jedweden Urväterhausrats. Ich finde das auch ganz in der Ordnung : kein netteres Schauspiel, als so ein knospender Künftiger, der just seine Persönlichkeit zusammenstellt; einerseits, briareusig argusselnd, Alles an sich zieht, was ihm an Kenntnissen & Benutzbarkeiten nur irgend anregend & gemäß ist; andrerseits Jedem, der das Unglück hatte *vor* ihm da zu sein, Lakünen & Unzulänglichkeiten nicht nur nachsagt, nein, nach*weist* – geht es imgrunde doch lediglich darum, sich selbst in jenen Zustand schöpferischer Arroganz zu versetzen, ohne den nichts Namhaftes gelingen *kann*. Und da man noch nichts Positives vorzuzeigen hat, wird die Überzeugung, daß schlechterdings *kein* Thema bisher unverbesserlich erledigt, die Welt, ob Kleindetail ob Sigma-Summe, vielmehr noch ganz neu & frisch & eigentlich unbeschrieben seien – worauf man dann ja sofort anfangen kann, die Angelegenheit mal in die Hand zu nehmen, wie ? – subjektiv am schnellsten dadurch herbeiführt, daß man es ‹feststellt› :

SCHILLER, ‹Nadowessiers Totenlied› ? : eine Episode aus CARVER's ‹Reisen›, in vierfüßelnde Trochäen gebracht, pff! EDGAR POE, ‹Das Haus Usher› ? : ist eigentlich von unserm kleinen-deutschen CLAUREN, ausgerechnet Dem! Und was gar ein LESSING ‹benützt› hat, so ist das ein schier unangenehm weit- & breites Feld. Erst in späteren Jahren lernt man die feinen Diebsunterschiede einsehen, (beziehungsweise selbst machen); wie es hier überaus delikate Nüancen gibt, ‹mausen stibitzen naschen expropriieren›, bis zum nackten ‹klauen›; und so wird man auch in der Literatur distinguieren müssen zwischen ‹bloß zufälliger Ähnlichkeit, Entlehnung, Umbildung, Benützung›. Und wenn an dem einen Ende der Skala das blanke wortwörtliche ‹Plagiat› steht; so an dem andern das – für mein Gefühl kaum minder peinliche – ‹unbewußt Abgeschriebene›. Das gibt es, zumal bei unklaren Köpfen, durchaus; (und welcher ‹echte Dichter› wäre das, nach populärer Vorstellung, nicht ?); Die sind dann immer furchtbar erstaunt, wenn man ihnen beiläufig mitteilt, dies & jenes fände sich, und zwar verdammt wörtlich, bereits bei, sagen wir, LENAU – und ein Stündchen später teilen sie Einem, versonnen lächelnd, mit : wie in ihrem Elternhaus, ja, doch, LENAU gestanden habe : ein dicker roter holder Band. – Immerhin wird das Entscheidende sein, ob man's *besser* machte; und ein HERDER, der seinerzeit die ‹Kraftquellen› LESSING's (und wenn's GOLDONI war) noch deutlicher plätschern hörte als wir, wird schließlich nicht umsonst geurteilt haben : »Solange deutsch geschrieben ist, hat, dünkt mich, Niemand wie LESSING deutsch geschrieben.« –

Als zweites Hierhergehöriges, wird bei jedem Künstler der Zeitpunkt eintreten, wo sein Privatleben – oder, wie ich es neulich einen Eisenbahnschaffner bezeichnen hörte, die ‹Intimsphäre›; und sein Kollege nickte nur kalt – hoffnungslos zu schrumpfen anhebt; geschieht uns recht; behelligen doch auch wir unerbittlich die Leute mit unsern Schnurrpfeifereien : wer würde schon mit der Lupe über einem Stadtplan von Dublin grübeln, wäre nicht JAMES JOYCE; und ‹Oberplan› gäb' es ja gar nicht ohne STIFTER. Speziell ich laboriere notorisch an einem – Manche sagen ‹störenden›; mir verhilft's zu amüsanten Genauigkeiten – ‹historischen Sinn› : wie gern hätte *ich* mich seinerzeit nicht auch mal mit FOUQUÉ unterhalten ! Ihn unerbittlich ‹umgefragt› : wo überall im Oeuvre die änigmatische Gestalt MASSENBACH's erscheine, abgesehen vom ‹Alethes von Lindenstein›, einem der repräsentativen Stücke unserer Romantik, (und so unbekannt, daß man sich als Deutscher eigentlich immer furchtbar schämen muß, wenn man ihn nennt) : aber wie war dessen letztes Viertel ursprünglich ?; (er hat's nämlich vernichtet, und wir kennen nur noch eine ins Milde verzerrte Zweitformung). Oder ob er gewußt habe, wie POE die ‹Undine› rühmte, und sie instinktiv als FOUQUÉ's Jugendliebe bezeichnet hat, jene junge Dame aus Minden : ? Mit ehrlichen Worten : *auch ich* hätte ihm ganze Serien darartiger ‹Hosen runter›-Fragen mit nichten erspart; ihm im Gegenteil mit beträchtlicher Kaltblütigkeit dargetan, was man unter ‹Majestät der Geschichte›, zumal der der Literatur zu verstehen habe; und daß, Wer schon habituell ‹A› sage – also seine Persönlichkeit öffentlich & freiwillig in Bücher auflöse – sich bei ‹B›, das heißt den *irgendwann doch* einmal logisch einsetzenden Erkundigungen nach realen & sonstigen Grundlagen, nun eigentlich auch nicht mehr sonderlich zu zieren brauche. (Daß Er, der typische Priester-Dichter, versucht haben würde, mir mit einem koketten : »Von oben, lieber Herr; alles von oben !«, zu entwischen, sei en passant angemerkt.)

Tja; aber jetzt soll also *ich* mit dem Namen der ‹Jugendliebe› rausrükken.....

2

Ein erstes erfreulich Schützendes könnte, falls ich's darauf anlegte, die relative Einfältigkeit der Fragestellung abgeben – müßte das ja schon ein ziemlicher Simpel sein, der über 1 & *nur* 1 Leib- & Magen-Schriftsteller verfügte – tatsächlich; je näher man sich's bedenkt, desto mehr kommt's einer Versuchung zum Flunkern gleich – aber nein; wie ich früher schon einmal mich verpflichtet habe : die Wahrheit über fast-Alles ! (Ganz abgesehen davon, daß ich mich mitten in einem kompliziertesten Buche befinde; und kaum noch die Kraft aufbringen würde, nun auch noch in meiner Freizeit zu lügen.)

In Wirklichkeit wird es so sein, daß es bei jedem Autor ½ bis höchstens 1 Dutzend älterer Kollegen gibt, die ihn während seines Lebens – die meisten erscheinen übrigens schon während der Jugendjahre; im Alter kommt nur noch in großen Abständen der Ein- oder Andere dazu – Die ihn so beeinflussen, daß er ihnen dann, zur Zeit seiner eigenen Produktivität, Situationen Motive Wort-Wendungen, ja nun nicht brutal ‹stiehlt› – das würde der Feinheit & Verschränktheit des Vorgangs meist nicht entfernt gerecht – wohl aber, daß er ‹seinen Gesellen› erkennt; ein Wesen von parziell-ähnlicher Geistes- oder Seelenlage, dessen Themen & ‹Erfindungen› ihn deshalb faszinieren, weil sie beinah ‹von ihm sein› könnten. ‹Vater-Sohn› wäre ein viel zu plumper Vergleich für die subtile Relation; selbst wenn es etwas wie ‹Telegonie›, ‹Fernzeugung› über die Saecula hinweg, gäbe; (»das fehlte noch –« wird die Hörerin murmeln; aber, keine Furcht; ich bin auch im literarischen Sektor für Geburtenbeschränkung). ‹Lehrer-Schüler› trifft's auch nicht. WIELAND, wie immer der Feinere, hat anläßlich seiner bewundernswerten LUKIAN-Übersetzung von einem ganz neuen Aspekt der Seelenwanderungs-Hypothese gesprochen. / Aber zur Sache, der Herr Inculpant...

Mein erstes selbständiges Leseerlebnis – das zweifellos ‹Folgen› gehabt hat; von 1 Stelle, in 1 meiner Bücher, weiß ich's bestimmt – ist, mit 3 Jahren, ein starker Großoktavband gewesen, abgenütztes Dunkelrot, mit mattgelbem Linienzierrat & dito Schrift; ich weiß heute, daß es sich um das ‹Märchenbuch› der AMÉLIE GODIN gehandelt hat, das ab 1874 in mehreren Auflagen erschienen ist; leider habe ich seiner noch nicht wieder habhaft werden können. Bevor man ob der ‹3 Jahre› protestiert, sei erläutert, daß ich mit meiner um 3 Jahre älteren Schwester zusammen lesen gelernt, und es rascher begriffen haben soll als sie – sie war stets (& ist es vermutlich heute noch) ein temperamentfolles Augen-Mensch. Die vor allem ‹LEBEN !› wollte; (man hat da scheinbar ‹die Wahl›, ob man als ‹Lebens-Künstler› existieren möchte, oder aber als Kunst-Künstler; vor der Illusion, es lasse sich doch gewiß beides vereinbaren, wird gewarnt werden müssen). Jedenfalls bin ich nahezu ab ovo zum Bibliophagen (& zur Isolierung) prädestiniert worden; und habe, inmitten einer unliterarischen Familie, alles bedruckte Papier verschlungen, was in Reichweite gelangte.

(Der Nächste, für mich sehr Anregende, wird gleich noch ausführlich dargestellt werden; und, unbesorgt, ebenso effektvoll wie ehrlich – aber ich möchte doch noch, und sei's nur um michselbst zu ‹stimmen›, mir das absurde Bild wieder einmal vergegenwärtigen; ich tu's nicht übermäßig gern : diese immerhalbdunkle hamburger ZILLE-Küche; das 1 Fenster führt in eine Hinterhof-Schlucht, 4 mal 5 mal 50 Meter; neben diesem Fenster ein Bretterstuhl; auf ihm ein ‹Kinderstühlchen› (dies die Familienbezeichnung); auf diesem Bicêtre-Thron – ach nix ‹Größenwahn› : es war auf der Buchfläche einfach *heller* so in dem verwünschten Loch ! – etwas Vierjähriges, da sich auch mal ‹ICH› genannt hat; altklug & unterernährt & wohl überhaupt unangenehm anzuschauen. Aber ein Teller Pellkartoffeln mit Leinöl war 1918 ein fürstlich Mahl.)

Mit 12 Jahren ist dann KARL MAY gekommen; allerdings konzentrierte sich mein Interesse rasch auf die Spätwerke, die ja wirklich bedeutend sind; die mag ich heut noch. Mit 16 ARTHUR SCHOPENHAUER, ein ausgesprochener *Mann*, dessen gewaltige Ehrlichkeit & bullige Wucht mich auf ewig für NIETZSCHE verdorben haben : *Der* changierte mir gleich beim ersten Anblättern etwas *zu* elegant. Dann hab' ich, mit 17–18, etwa gleichzeitig, WIELAND und ETA HOFFMANN kennen gelernt; darauf..... aber Halt !, bis hierher & nicht-weiter. Ich bin zwar ein gutherzig Närrchen; muß jedoch auch an Weib & Katz' denken; (das ‹laß sie betteln gehn, wenn sie hungrig sind !› hat mir eigentlich nie imponiert; ist halt ‹Grenadier›-Mentalität. Ich bin auch in dieser Hinsicht von der Alten Schule, und meine : wenn man sich schon eine Pussy hält, muß man sie auch standesgemäß ernähren können.)

3

Da soll jetzt also der erwähnte gelehrte Gnom hocken, ganz ‹in Sachen seines Vaters›; und auf den Knien ein Buch (aus der ‹Leihbibliothek Prenzlin›, Rumpffsweg) halten : broschiert, auf dem Umschlag ein Floß im Sturm, mit gesplittertem Maststumpf; daran sich 3 Männer klammern, die, mit Recht starren Augs, in den Hintergrund gaffen; allwo, wahrlich unangenehm zu erblicken, ein kohlschwarz-baggergroßes Maul an endlosem Hals-Stamm auftaucht. Der Titel

JULES VERNE
Die Reise zum Mittelpunkt der Erde. –

Ich habe anschließend natürlich alles Erreichbare von dem Manne gelesen – sicherlich auch wieder ein scurriles Spectaculum : wie ich mich da in die betreffende Kleinbibliothek verfügt; und, die Nase auf dem Ladentisch, in klingendem Schriftdeutsch meine erste Fachliteratur verlangt haben werde – dann ist zähelange jeder einzelne Nickelgroschen gespart, und anschließend mein erstes Buch gekauft worden : Titel wie eben gehört. Und nun kommt das Bizarrste : besagtes Buch liegt jetzt, wo ich dies schreibe, zwar nicht ‹neben mir›, das wär' mir doch zu feinsinnig; aber ich *könnt'es* jeden Augenblick hin legen; befindet es sich doch keine 2½ Meter von mir ! (Daß mir das ‹bizarr› wirkt, mag man einem ‹Flüchtling› verzeihen; jedenfalls ist seine Existenz wider alle Wahrscheinlichkeitsrechnung; ich schüttle aber auch jedesmal liebevoll den Kopf, wenn ich daran denke.) / Apropos ‹Kopf› : Wer meinen ‹Kosmas› kennt, wird jetzt vielleicht ahnen, *woher* in dem einleitenden Traum eines Jünglings von 540, im Hintergrund jenes Ur-Vieh, halb Plesio- halb Ichthyo- & zur dritten Hälfte Dino-Saurus hervor-bopt : Riou ! Im gleichen Buch ein 2. Traum des gleichen Jungen Mannes, von einem in-sich-hohlen Felsen-Weltall; einer oneiromantischen Somnambulanz wohin ? – also sagen wa : zum ‹Mittelpunkt der Erde›. *Diese* beiden Verlötungen sind *bewußt* hergestellt; handelt es sich bei meinem dortigen Thema doch um ‹Weltbilder›-allgemein; speziell das des ‹Indienfahrers›, also eigentlich das ‹Buch Henoch›, (ohne dessen Kenntnis Dante ebensowenig verständlich wird, wie das alte ‹Da führte ihn der Teufel auf einen hohen Berg› – ergänze ‹des Nordens›). Was nun die Namen in meinem ‹Kosmas› anbelangt, ist ein Teil historisch bedingt, lag ergo fest; ich habe aber die Gewohnheit mich zu fragen, wieso ich das Liebespärchen – bei dem ich theoretisch ja die beliebte ‹Freiheit des Willens› hatte – hier ausgerechnet so & nicht anders taufte ? Und da habe ich, nachträglich, eben feststellen müssen :

Lykophron	&	Agraule
Lidenbrock		Agsel (= Axel) + Graüben

Und da ist eben ‹Lidenbrock› der Held in VERNE's ‹Reise›; und ‹Axel plus Graüben› heißt das Liebespärchen – also wird' schon stimmen; (aber *das* ist mir, bei der Niederschrift, *unbewußt* passiert). –

Ich möchte erst einmal noch weiter ausholen, und bekennen, daß ich das Kaiserreich jenes Dritten Napoleon irgendwie ‹mag›. Aus mehr als 1 Grund; (und nicht *nur*, weil ich die ‹Deutschen Siege über Frankreich› immer bedauert habe : wieviel weiter könnten Wir heute sein, wenn damals, unterm Ersten Napoleon, die Einigung Europas erfolgt, und dieser Begriff, Europa-selbst, bis zum Ural hätte vorgeschoben werden können. Aber das sollen immer akademische, zu deutsch ‹unrealistische› Betrachtungen sein; bleiben wir lieber beim klein-Positiven.) Ich will es nur frisch gestehen – ich bin einmal, trotz AUGUSTINUS oder ROUSSEAU, (die ich Beide nicht mag), beim ‹bekennen›, sprich ‹Mich-kompromittieren› – daß ich, als Vollblut-Schrift-steller, es ist dies mein gutes Recht, ‹Musik› danach beurteile, ob sie

a) mich nicht stört; oder aber

b) mich sogar fördert.

(Jeder Komponist wird aufschreien, klar; das ist wiederum *sein* gutes Recht : versteht *er* doch unter ‹Literatur› das, was ihm ein leidlich-brauchbares Libretto liefert.) Und da stört mich eben *nicht* PUCCINI; (von mir aus insofern ‹korrekt›, weil er überwiegend eben ‹untermalte›, ‹lasierte›. Es kann sein, daß ich mich irre.) Und *fördern* tut mich ein Israeli – was übrigens auch bei andern Leuten & auf mehreren Gebieten der Fall ist : MARX, FREUD, CHRISTUS – meiner-hier heißt Juda Ben Eberscht, genannt JACQUES OFFENBACH; geboren zu Köln, gestorben zu Paris. Der erscheint mir hell & geistreich; und spöttisch & elegant: *dafür bin ich sehr !* (Und daran – ob ‹Stiefelmarsch› ob ‹Ballett der Mondgeister› – hängt auch eine Familien-Anekdote. Die Lieblingsmelodie meines Vaters war die ‹Barcarole› aus ‹LES CONTES DE HOFFMANN›; wenn die ‹NORAG›, der hamburger Sender jener Jahre ab 1924, sie brachte, wurde der Kopfhörer unweigerlich in 2 Teile geschraubt : an der einen Muschel saß, aufrecht-verzückt, er; an der andern Eins von uns Dreien; (der betreffende ‹Detektor-Apparat, 5 mal 9 mal 13 Zentimeter, ist zur Zeit als Briefmarkenkästchen bei uns bedienstet). Als nun mein Vater 1928 starb; und der Geistliche in Ohlsdorf sich nach seiner, ihm jetzt gleich, in der Kapelle, getragen aufzuspielenden Lieblingsmelodie erkundigte, verwies meine verwirrte Mutter ihn schluchzend auf eben diese Barcarole aus HOFMANNS ERZÄHLUNGEN – wenn uns späterhin ob des Todes des rauhen Ehrenmanns zuweilen Trauerähnliches überkommen wollte, hat uns die Erinnerung an das Gesicht jenes, sicher auch nicht übermäßig zu beneidenden Halb-Beamten, eigentlich stets zu beträchtlichem Troste gereicht. – Damit man auch diese lütte Epizykloide zum Thema gehörig erkennt, sei betont, daß OFFENBACH diverse Fabeln JULES VERNE's vertont hat; den ‹Docteur Ox›, oder die erwähnte ‹Reise zum Mond› – Wir gehören schon irgendwie zueinander.) –

VERNE also ein fleißiger Mann von rund 60 Romanen, plus ein paar Bänden anderer Kleinigkeiten. Und sein eigentliches, noch nie so recht gewürdigtes literarisches Verdienst besteht darin, daß er als Erster (& bisher immer noch Umfassendster) den Groß-Nachweis geführt hat : wie die Errungenschaften des Technikers – man darf auch ‹Ingenieur› sagen, ‹Wissenschaftler›, ‹Forscher-allgemein› – nicht nur *nicht poesie-zerstörend* wirkten; sondern vielmehr unerhört neue-reiche Gebiete dem *Dichter eröffneten* ! (Hier wäre der Ansatzpunkt für eine abendfüllende Zungenschlägerei, so ein ‹Streitgespräch› (aber ‹Ohne Mich !›, bitte) : ob *jene* Gruppe von Dichtern, 95% aller Schreibenden sind's etwa, recht habe, Die, verdrehten Geäugs, vom ‹einfach leben› schwärmen, (zumeist am Steuer des eigenen ‹Taunus›; und wenn sie abends an der leuchtenden Riesenwaffel einer Fabrikfront vorbei‹gleiten›, murmeln sie unvermeidlich : »Also wie ein Feenpalast !«). Oder aber, ob jene paar Anderen vorzuziehen wären, die den nun einmal von der Menschheit eingeschlagenen Weg mit gehen, das heißt redlich mit ersaufen wollen.) JULES VERNE also hat eine erstaunliche Anzahl technischer Möglichkeiten, die sich schon damals deutlich genug abzeichneten, auf ihre poetische Verwendbarkeit abgetastet; wozu 1 der Voraussetzungen war, daß er die von den Blaublümlern krampfhaft festgehaltene, angeblich so ‹fundamentale› Differenz zwischen Kultur & Zivilisation, glatt abstritt. Seine These war & blieb's, daß im Zeitalter der Technik die Dichtung so wenig zur Schrumpfung verurteilt sei, daß im Gegenteil ihre Anlässe dadurch vervielfacht würden; und er versuchte den Beweis hierfür in seinen Büchern zu leisten – freilich auf die bekannte ‹gallische› Weise, die mich speziell bei ihm immer an helles, trockenes, eben ‹elektrisches› Licht erinnert hat.

So schritt er die ganze Enkyklopaideia, die ‹Inumfangslehre› der Naturwissenschaften ab – und es war dies damals bereits kein kurzer Weg mehr, Mesdames. Hat seine Helden zum Mond geschossen; ganz aktuell raketisch; (und noch klingt mir die Antwort im Ohr, die Michel Ardan dem hohnnasenden Streitgesprächler auf dessen argumentum ad hominem, »Wie wollen Sie denn wohl zurückkommen ? !«, erteilt – : »Ich werde nicht zurückkommen.«). / Die US-Amerikaner nannten ihr erstes Atom-U-Boot ‹Nautilus› ? Ja; das ist auch eine seiner schönsten Geschichten, die vom Kapitän ‹Nemo›; und gar nicht nur mit der Traumversunkenheit des Aquarienliebhabers zu lesen. / ‹Die Reise um die Welt in 80 Tagen› – da habe ich erst voriges Jahr die Aufführungen des Westens und des Ostens vergleichen können : die der DDR war besser; einfach & geistvoll die Kulisse; (und der ‹Seesturm› schlechthin unvergleichlich !). Der Trick am Ende, daß man ja 1 Tag eingespart habe, ist POE's ‹Die Woche mit den 3 Sonntagen› entnommen; denn POE wiederum ist für VERNE einer der großen Anreger gewesen – (was Wunders, daß auch ich eben 1000 Seiten POE übersetzt habe ?) – ja, er ist so weit gegangen, daß er zu POE's Roman vom ‹Gordon Pym› eine Fortsetzung geschrieben hat, die ‹Sphinxe de Glace›, die ‹Eis-Sphinx›. Auch seine Vorliebe für Ballonfahrten, oder die immer wieder erscheinenden ‹Geheimschriften› ist der Zurückführung auf POE fähig – hier wäre ein schönes Arbeitsfeld für mehrere cand.phil.

Ein halbes Dutzend seiner Bücher ist auch heute noch im Handel; allerdings weiß ich nicht anzugeben, ob vollständig, oder in den, bei uns leider übermäßig eingerissenen ‹Bearbeitungen›. / So kann man jederzeit die Geschichte vom ‹Michael Strogoff›, dem sprichwörtlich gewordenen ‹Kurier des Zaren› bekommen. VERNE's Wirkung auf Schriftsteller ist mindestens so groß gewesen, wie bei uns die von KARL MAY; und nicht etwa nur auf Frankreich beschränkt ! Bei GERHART HAUPTMANN leuchtet am Sonnenuntergangshimmel der ‹Grüne Strahl› auf. MAX BROD hat die ‹Reise zum Mond› das Lieblingsbuch seiner Kinderjahre genannt. (Selbst in ‹Finnegans Wake›, Seite 237, blitzt es auf : »round the world in forty mails«.) BERMANN in seinem ‹Urwaldschiff› läßt den Helden, den rührend Don-Quijotischen Doktor Schwarz aus Leitmeritz, an der Reeling also träumen : »Er sah sich *nicht* auf dem braven komfortablen Dampfer der ‹Booth Line›, Liverpool; sondern jung & keck auf der romantischen ‹Jangada› des JULES VERNE, mit Joan Dacosta, Yaquita & der Mulattin Lina – welche Erlebnisse seiner Kindheit mochten dies Buch für ihn so wichtig gemacht haben, so zentral, schicksalsgebend ?« *Was* trällert in CHARLES DICKENS' ‹Little Dorrit› gleich zu Anfang der boshafte Gefangene ? : »Wer geht vorbei den Weg so spät ? : Compagnon de la Marjolaine !« Wer weiß schon, daß es sich dabei um einen Vaudeville-Text von JULES VERNE handelt ? (vermutlich hat auch DICKENS keine Ahnung gehabt; aber just deswegen ist es ein doppelt netter Beleg : wie Wir-Alle doch zusammenhängen !).

Tiefsinnig ist das ‹Karpathenschloß›; wo ein Millionär, dem die geliebte Sängerin starb, sich allabendlich ihr Bild, vermittelst einer Art Prä-Tonfilm, zurückruft; halb Voyeurismus halb neuer Todtenkult. / Ein vom Stoff her besonders gewichtiges (und für uns peinliches) Buch sind die, unter dem Eindruck von 70–71 geschriebenen ‹500 Millionen der Begum› – an sich auch wieder auf POE zurückgehend : in Dessen ‹Park von Arnheim› erbt der Held ein ähnliches Riesenvermögen, 450 Millionen. Während bei POE aber vom Helden nur ein subjektiv-verbindliches ‹paradis artificiel› skizziert wird, hat VERNE hier 2 Vertreter der Menschheit bemüht : 1 humanen Franzosen, der von seinem Anteil ‹Ville France› anlegt; halb lockere Siedlung gesünderer Zukunft, halb Künstlerkolonie. Auf der andern Seite 1 Deutscher, Schultze geheißen, der ‹Stahlstadt› errichtet – und da nun ist *niemals so früh* das finstere Panorama einer Hitler-Landschaft, bis in präzise Einzelheiten hinein, gezeichnet worden; buchstäblich intuitiv; mit der Hellsichtigkeit des Hasses ! Alles ‹Gehabte› ist erschütternd vorhanden : der tauromorphe Diktator in seinem ‹Stierturm›; die wahnwitzige Aufrüstung, mit dem Rumfummeln an & Prahlen mit ‹Geheimen Waffen›; die uniformierten, ekel von sich begeisterten Arbeiterheere, unter halbem KZ-Verschluß; und die ‹SS›-Typen, ‹Arminius & Sigimer› – man kommt sich, als Deutscher, zum Speien blöd vor, wenn man erwägt, daß dergleichen ‹zur Warnung› seit 1875 vorhanden gewesen ist; sogar hunderttausendfach ins Deutsche übersetzt !

Aber rasch noch ein friedlicheres Bild : in den ‹Historien von Jean Marie Cabidoulin› hat VERNE etwas, dem Selbst-Schreibenden sehr merkwürdiges, gemacht : ein ganzes Schiff mit den Klassenkameraden seiner Schulzeit, namentlich aufgeführt, bemannt, und sich in ihrer Gesellschaft auf die Reise begeben – vielleicht nicht der schlechteste Kunstgriff eines Alternden, sich ein klein wenig zu ‹verjüngen› ? –

Aber inzwischen wäre ja wohl allmählich die Zeit für einen mittleren Knalleffekt gekommen :

4

Da habe ich also, vor nun rund 10 Jahren, ein Buch geschrieben – das eben, vor ein paar Monaten, als Fischer-Taschenbuch erschienen ist – ‹Die Gelehrtenrepublik›. Es besteht aus 2, jedoch sehr zusammengehörenden & immer wieder miteinander konfrontierten Hälften;

a) der Schilderung einer ‹reservation‹, allwo sich die ‹Folgen›, der, doch wohl nicht aufzuhaltenden Atomversuche herumtummeln : scharmante Zentauren; die schon etwas unangenehmeren ‹Fliegenden Masken›; und endlich lugubre ‹Never-Nevers›, die Riesenspinnen. Unter sie Alle gerät, ziemlich unversehens, ein armer Reporter; der an sich nur einen Permit für die ‹IRAS› hat, eben jene schwimmende Stahlinsel der (parodiert-klopstock'schen) ‹Gelehrtenrepublik›.

b) Die ihrerseits dampfert genüßlich in den Roßbreiten herum, als ‹*I*nternationale *R*epublik für *A*rtisten & *S*cientisten›; also eine Art rosigerhöhtem Pseudo-Worpswede; und auf Seite 116 des Originals heißt es.... : ».... wenigstens ungeniert die Bilder an den Wänden betrachten. / ..... / Hier ein Medaillon, aus dem mir ein Vollbärtiger erheitert zusah, ‹JULES VERNE›, ähä. – Ei'ntlich nie gehört. – (Aber was Namhaftes mußte er schon erfunden haben; denn es stand was drunter, von ‹whose creative spirit›; ein MDCCC, (und dann noch der Schwanz der Zahlenreihe, genau so lang)... / ..... : (Vielleicht der Erfinder der Schreibmaschine ? ! 1800-so-&-so-viel könnte zeitlich stimmen !).« Hierzu, unten auf der Seite, die gravitätisch-narrende – und trotz ihrer Steifhosigkeit doch auch wieder idiotisch-weiterfördernde ‹Fußnote› des fingierten Übersetzers : »Natürlich der seinerzeit recht bekannte welsche Populärschriftsteller; nach dessen ‹Reise zum Mittelpunkt der Erde› unser großer deutscher STORM möglicherweise seine unvergleichliche ‹Regentrude› entwarf. Vergleiche mein Gymnasialprogramm, Bonn, 1966.«

Jaja; schon recht; ‹Bon›. Aber dies ist 1 der mehreren Hinweise, wo ich meine große Anregung für eben-diesen zweiten Teil meines Buches andeute; nämlich JULES VERNE's

‹L'île à hélice›, (Lilli & Alice) : ‹Die Propellerinsel›. –

1894 war es, als er, mit schon erlahmender Kraft, dieses *mir* immermerkwürdige Stück zu Papier brachte – absolut genommen, ist es eines seiner schlechteren, hastigeren. (Ich möchte hier einmal die schöne Hartlebensche Parallel-Übersetzung empfohlen haben, die alle die, unter VERNE's Aufsicht entstandenen, Illustrationen hat. Am deutschen Text ließen sich fraglos so manche Verbesserungen anbringen.) Nun war allerdings VERNE, wie sich's zu seiner Zeit für einen besten Aufklärer gehörte, technischer *Optimist*; das heißt, es kam ihm so gut wie nie in den Sinn, daß ein Mensch den Andern schließlich auch mit einem Portable erschlagen könne. (Im tiefsten Grunde ist das 1 Punkt *für* JULES VERNE, *für* einen Licht-Freund von Geist; *nicht gegen* ihn.) Überdem ist seine Schreibe, wie's den ‹Volksschriftsteller› leider gruselig ziert, plan & dünnflüssig, so daß ‹Tausend Worte Französisch› für seine Lektüre hinreichen – »Les mots ne me viennent plus« stottert ein Briefbekenntnis jener überarbeiteten Tage – jegliche Übersetzung, so einfältig sie uns auch scheinen mag, ist fast stets besser als das Original; (was besonders für die Übertragungen ins Englische gilt).

Und so ist denn bei ihm auch dieser herrliche Einfall hoffnungslos ins Platte reduziert worden : es sind eben nur 2 schwerreiche Kaufmanns-Familien, die die Propellerinsel in halbierter Konkurrenz auf Aktien erbaut haben. Ein luxuriöser Tummelplatz für Technoides, durchtänzelt von Süßen Nichtigkeiten ist hergerichtet; mit Schlauchanschlüssen für Havanna-Raucher, Fernsehtelefonen & Fahrgestühlen; die Mentalität ist die einer permanenten Welt- plus Bade-Reise; und am happigen Ende ‹kriegen sich› Söhnchen & Töchterchen der beiden, hochfinanziell beteiligten Zechenbarone, unerbittlich. Nu solln se.

Dennoch habe ich, außer dem Bilde der Großen Insel, diverse seiner Possen mir angeeignet; schon aus dankbar gerührter Knabenerinnerung : Seite 106 heißt mir mein Inselpräsident genau so ‹Calistus Munbar› wie bei VERNE, (das reziproke ‹BARNUM› kam mir noch rechter als ihm). Die technischen Daten (Seite 114) hab' ich ihm zu Ehren einfach, ohne nachzurechnen, abgeschrieben : das war ich meinem Vorbild, dem Meister der Genauigkeiten, schuldig !

Sonst allerdings kaum noch etwas. Wer sich die beiden Stücke nebeneinanderlegt, wird erkennen, daß ich – ob Szenerie; ob Ereignisse; ob Denkweisen der Personen & Persönchen; schweigen wir ganz vom ‹Styl› ! – ihm *Entscheidendes* nicht zu verdanken habe.

5

Aber das wäre, möchte man einwenden können, immerhin schon wieder 10 Jahre her – ach was, ich will mir auch ma das Gütchen tun, und ‹2 Lustra› schreiben – und wo denn das, zu einer wahren Liebe erforderliche, ‹on revient toujours› bliebe ? – Ich glaube, mir selbst hierauf die Antwort leisten zu können. –

Ganz abgesehen davon, daß ich noch 1 weiteres Buch VERNE's in petto habe; wo er, ähnlich wie in der ‹Propellerinsel›, einen glänzenden Grundeinfall dadurch verplemperte, daß er ein banales, ja läppisches Fabuliergeranke korbmachern drum-herum flocht : also das könnte *ich so viel* besser-bedeutender machen ! – man vergebe mir die kleine Prahlerei : mehrere Andere könnten's ebenfalls, ich weiß, es ist grade in diesen Fällen ganz peinlich leicht, und eigentlich ein rechter Einwand gegen VERNE – den Titel nenne ich diesmal selbstredend nicht; ich war wirklich bereits entsagungsvoll genug. –

Aber voriges Jahr zum Beispiel, hat mich ein guter Bekannter im Auto mit nach Tönning genommen – ich reise nicht mehr gern; nur wenn es unbedingt sein *muß*, also dienstlich – und so machte ich denn auch hier die morose Bedingung, daß wir am 15. Juni, gegen Abend, dort einzutreffen hätten. Das geschah. Am Morgen darauf sind wir dann langsam die Eider entlang, nach Osten zu, gebummelt..... *(leiser)* : »die sich in unzähligen Krümmungen dahinwindet : oft kommt man ganz nahe an den Punkt wieder zurück, wo man vorher war. Das Land ist flach aber üppig grün, und hat viele Weiden, auf denen sich Pferde, Kühe & Schafe zu Hunderten frei umhertummeln. Von Zeit zu Zeit erscheinen einzelne bewaldete Hügelchen – Fabriken, Landgüter, die Häuser mit ungeheurem Strohdache bedeckt; die niedrigen gelbgrauen Backsteinmauern durchbrochen durch Fenster mit grünem Rahmen. Kleine Flecken, die alle unter Bäumen wie versteckt liegen. / Von der Pracht der Vegetation dieser nordischen Lande, macht sich Derjenige, der sie nicht selbst gesehen hat, kaum eine richtige Vorstellung ! Der Kanal führt durch einen veritablen Park, eine Art ‹Saint Cloud›; aber mit 200 Fuß hohen Bäumen, vorzüglich Buchen. Oft erweitert sich die Eider zu ausgedehnten & ruhigen Wasserbecken, welche das Bild ihrer anmutigen Ufer unverändert widerspiegeln. Weiterhin zieht sich der Fluß zusammen, und windet sich in zahllosen Biegungen unter gigantischen Bäumen hin, deren Kronen sich über seinem Bette berühren & ein für die Sonnenstrahlen undurchdringliches Gewölbe bilden : die Yacht gleitet ruhig durch die geheimnisvollen Laubengänge, zwischen hölzernen Baken & geflochtenen Uferwänden hin, und die Fahrt scheint nach unbekannten Welten zu gehen ! Rings um das Schiff zittert & säuselt ein Blättermeer, und das Ufer verschwindet gänzlich unter dem dunkelglänzenden Grün.....«

Vielleicht haben meine Begleiter – das heißt, korrekt gesprochen war *ich* ja der Bey-Fahrer; eine Art ‹denkenden Ballastes› – gemeint, ich schwelgte in Reminiszenzen à la ‹Eidora Romani terminus Imperii› – (aber nein; das wäre ungerecht; sie wußten natürlich, daß ich ein ‹fruchtbringender Gesellschafter› bin & immer ‹meine Gründe› habe). Immerhin muß es erst einmal rätselhaft – also auch wiederum furchtbar spannend – gewirkt haben : wieso ich öfters, gerade an dieser 1 bestimmten, für unbeschnittene Augen gänzlich un-markanten Stelle zu halten gebeten; mich, den alten Leinpfad entlang, ans Ufer verfügt; und dann – während männiglich die Einsatzmöglichkeiten eines Bötchens mit Außenmotor überschlug, oder in den prachtvoll blau- & windigen Fluten plätscherte – mir's vorzustellen versucht habe :

wie der ‹Saint Michel III› damals, am 16. und 17. Juni 1881, hier laviert haben werde (war es doch tatsächlich nötig geworden, zu überlegen, ob man nicht Bugspriet samt Gallion abmontieren müsse). Denn Jules Verne's Dampfyacht war immerhin 33 Meter lang; und hatte, außer dem Kapitän Ollive & dessen Sohn, 1 Maschinisten, 2 Heizer, 1 Obersteuermann, 3 Matrosen, 1 Schiffsjungen & 1 Koch – alles Bretonen – an Bord; die 4 Passagiere ungerechnet.

Und mag man es für noch so pueril halten, dies ‹errötend seinen Spuren folgen› – (es ist selbstverständlich *mehr*; ist ein Sich-Identifizieren, ein ‹Sich-Durchlässig-Machen› für die Mentalität eines Anderen; (daß Jahreszeit, also Temperatur, Sonnenlauf, Stand der Herrn & Frauen Sternbilder, ebenfalls möglichst gleich sein sollten, mag immerhin Pedanterie heißen)) – ich habe jedenfalls mehrfach-ungescheut das betreffende Kleinoktavbändchen aus der Tasche gezogen, und's, im Stehen, nachgelesen :

: »Was aber beginnt man, während die Yacht durch das Wasser der Schleusenkammer gehoben oder gesenkt wird; je nachdem auf welcher Seite der Wasserscheide man sich befindet ? Nun, man lustwandelt auf den, sauber wie Parkwege unterhaltenen, Uferpfaden; man legt sich träumend in den dichten Schatten, der mit erquickender Kühlung labt. Freundliche Schenken, meist da errichtet wo der Weg einen Winkel bildet, laden mit ihren angestrichenen Holztischen zu einem Glase vortrefflichen, schäumenden Bieres ein : Alles ringsum ist voll fröhlichen Lebens, reinlichst & wirklich bezaubernd.«

Das würde – falls ich die Zeit dazu finden sollte; ich kann's jetzt noch nicht sagen – auch eine hübsche Geschichte werden. Schon ist einiges Archiv-, Akten-, Urkunden-Studium davorgeschaltet; obwohl die französische VERNE-Forschung praktisch noch nicht vorhanden ist : die einzige sich so nennende ‹Biografie› ist reine Windbeutelei, deren Hauptforce in unzähligen »Hélas !« & sonstigen Deklamationen besteht. (Die paar Bemerkungen ROLAND BARTHES' sind von professoraler doktrinärer Unzulänglichkeit; man merkt ihnen sofort an, daß sie von einem Mann zweiten Ranges stammen, der niemals imstande gewesen ist, auch nur 1 einzigen brauchbaren Roman zu bauen.)

Also dies Buch steht ernstlich mit auf dem Programm; ebenfalls lose angeregt durch JULES VERNE. –

Aber nun direkt *‹schreiben wie er›* ? :

: *Jamais !*

DAS LEPTOTHE=HERZ

Anmerkungen zu Jules Verne's *‹Reise zum Mittelpunkt der Erde›; Diogenes Verlag, Zürich, 1971.*

I

Über die Bedeutung eines im Fleiße alternden Mannes, der auf sämtliche 64 Felder eines Schachbretts je 1 Roman hätte legen können, (auf manche sogar 2), wäre heut, nachdem mehrfach, und nie ganz ohne Erfolg, der Versuch seiner Wiedergewinnung gemacht worden ist, beinah schon Probehaltiges zu äußern. Hier, bei beschränktem Raum, genüge die Andeutung : wie er den Beweis geführt hat, daß Naturwissenschaften und Technik nicht nur nicht ‹ohne Poesie› seien; sondern sogar ideale Nährböden für gesichertere, schärfer beleuchtete Träumungen, als die früheren eisenbahnlosen, die gräßlichen Zeiten. Die Fantasien der Gelehrten – (sie selbst nennen's ‹Theorien›) – sind allzeit geschickt und keck gewesen, und unterscheiden sich von denen der Dichter nur durch die geringere Sprachkraft. Jedenfalls ward gerade in den Dezennien 1860–1900, wo die Technik die Zivilisation durchdrang, und alles Milieu in ‹Naturalismus› zu (ver)enden drohte, der Nachweis überwichtig, daß die Nüchternheit von Zahlen=Daten=Fakten (sichtbar in Gestalten von Schaltern=Hebeln-=Motoren) um überhaupt verarbeitet, ertragen, werden zu können, den Heiligen Ehebund mit einer wahrhaft kolossalen Romantik nicht bloß erlaubte, sondern sogar forderte – und die erste der hier möglichen Sprößlingsscharen, lieferte eben Jules Verne, mit seiner sensiblen Trockenheit und konstruktiven Süße – ‹eine Rose aus Stahl›, (wie G. de Bastard – Was'n Name auch wieder ! – ihn nannte).

Das haben nicht nur die Techniker anerkannt – indem sie das erste Atom=U=Boot ‹Nautilus› und Tebbutt den Kometen 1881 iii ‹Komet Verne› tauften; oder Lesseps (vom Suez=Kanal) nicht ruhte, bis er ihm das Kreuz der Ehrenlegion verschafft hatte; Roosevelt (‹Teddy›) schätzte die ‹500 Millionen› sehr – auch die Dichter haben ihn fast Alle gemocht. Seine eigenen Zeitgenossen zwar kannten ihn, schätzten ihn weniger – er war ob seines relativ geringen Wortschatzes leicht zu benaserümpfen; ‹die Liebe› eliminierte er 100%ig und allzubewußt, (worauf sie sich denn rächte, und sich in die KulissenBildungen seiner Werke einschlingelte); und gewisse Schemata verwendete er auch überflüssig häufig – etwa das vom grundgelehrten, aber eben etwas akadämischen Herrn; der dafür über den umfassend ‹praktischen›, witzig=pfiffigen, dabei treuwiegoldnen Dienertyp verfügt – am ‹dicksten› ist er noch mit Dumas=Père gewesen, mit dem zusammen er sogar mal ein Theaterstück geschrieben hat. Aber Gerhart Hauptmann erwähnt den ‹Grünen Strahl›, Proust's ‹Recherche› kennt ihn ebenso, wie Joyce im ‹Odysseus›; Sartre erwähnt ihn in seinen ‹Wörtern›; und ich schließlich bin zeitlich so gefallen, daß meine Kinderjahre noch in die letzte Verne=Flut vor dem 1. Weltkrieg hineinreichen; ich habe das halbe Jahrhundert seines ‹Einfrierens› überdauert; und erlebe nunmehr seine, sehr berechtigte Renaissance; (ich habe mich aber auch stets bei ihm bedankt; und werde das, gelegentlich, wiedrum tun). –

Kleinigkeiten aus seiner Bio. / Das beigegebene Porträt des 25=Jährigen, (von dem, die Züge hoffnungslos verschmierenden Bart befreit), zeigt die unerwartete Massivität, zumal der Kinnpartie : wenn man *das* sieht, wird eine Energie begreiflich, die, 40 Jahre lang, alle 6 Monate ein Buch an Hetzel abliefern konnte. (Ich empfehle nb, sich einmal ähnlich das Bild des jungen Raabe anzusehen : welch prachtvoller Kopf ! Und wenn man in dem Band umblättert, ebbes Ausgefranstes Aufgeweicht=Umrißloses – schade um *das* Gesicht!) / Er begann, wie schon angedeutet, mit einer ganzen Anzahl von Arbeiten für's Theater – Vaudevilles, (‹Musicals› würd man heute sagen) – leichtgewichtige Libretti; ⅓ verloren; ⅓ ungedruckt; alle ein paar Wochen lang aufgeführt & recensiert & wieder ab, id Versenkung. / Erst als er schon 35 Jahre alt war, fand er die Form, durch die er gerad in diesen Tagen wieder aufsteigt ‹vers l'immortalité et l'éternelle jeunesse›, (wie's auf seinem Grabstein steht) : 1863 erschien die erste der ‹wundersamen Reisen›, die ‹5 Wochen im Ballon›. Die hier gleich ganz nahe besprochene ‹Reise zum Mittelpunkt der Erde› war das zweite der Serie. / Er war verheiratet; (nachdem er lange Jahre dem Club ‹Onze=sans=Femmes› angehört hatte; über seinen 1. Sohn war er verstört & ernüchtert : der war ihm zu laut !). / Eine späte Große Liebe, ‹extra=terrestre & supra=humaine›, soll einer ‹Syrène› gegolten haben – übersetzen Wir : einer Sängerin; deren Denkmal das, in seiner rührenden Entschlüsselbarkeit ergreifende, Buch vom ‹Karpathenschloß› ist : der Bericht vom Alten Manne, der, in seiner technisch abgesicherten Einsamkeit, sich allabendlich Bild & Stimme der Geliebten zurückruft; (‹vermittelst Film & TonBand› würde heut jeder Teener, kopfschüttelnd=verständnisvoll einwerfen – schon recht; aber nicht 1892 selbstverständlich. Hier scheint, wieder einmal, durch ‹Die Familie› allerlei sekretiert & verschwunden=gemacht.) / Er war übrigens, in Gesellschaft, ‹mürrisch und verschlossen›; ob man ihm auch, ad Abendtafel, die hübschesten Puppen von Amiens oder Nantes zur Seite setzte – er, schwerer AltersDiabetiker, bei dem Augen & Gehör nachließen, vertrug weder Lob noch Tadel noch die bloße Erwähnung seiner Bücher : ‹Über öffentlich geträumte Träume reden ? Jamais !› / Deutschland hat er, spätestens von 70=71 an, gehaßt. (Umso einzigartiger dies ‹Centre de la Terre› hier; dessen Helden ja Norddeutsche sind.) / Einmal verübte ein Jugendlicher ein RevolverAttentat auf ihn, das ihn bis in die Grundfesten erschüttert hat – seine ganze ‹Einstellung zur Jugend› ward ‹eine andere› ! (Int'ressant, daß er, während der Zeit seiner Genesung, 800 ‹magische Quadrate› in Worten entwarf.) / Eins noch, (und typisch für sehr erfolgreiche UnterhaltungsAutoren), sei betont : er hat, sein ganzes Leben hindurch, immer wieder versucht in die ‹Literatur› vorzustoßen. Ein Dialog zwischen ‹Léonard de Vinci et la Joconde› wollte die geisterhaft unkörperliche Liebe philosofisch begründen & rechtfertigen, (ist also wohl zum ‹Sirenen›=Kreise zu rechnen). – Das zweite dieser Stücke läßt sich bis '64 zurückverfolgen; auf einen Artikel im ‹Musée›, id er bereits dem Wunsche Ausdruck lieh : es möchte Einer kommen, der Edgar Poe's ‹Gordon Pym› fortsetze. (Er scheint Poe nur id Baudelaire'schen Übersetzung gekannt zu haben; (wie denn seine linguistische Ausrüstung nichts weniger als umwerfend gewesen sein dürfte).). Immerhin erlaubte ihm seine Prädilektion für ‹les îles froides; les mers tristes›, nachzufühlen, daß Freund Poe zwar ein WortMagier ersten Ranges gewesen sei; gleichzeitig aber nicht ‹1 atom de foi› gehabt habe – was den Tatbestand schlicht trifft und eines der Unterscheidungsmerkmale darstellt, gegenüber einem Mann, der, und begeistert, eine vollstündige Audienz bei Papst Leo xiii. goutieren konnte, samt dessen eunuchoidem Lob : ‹er sei so brav hodenlos›; (und Keiner der Beiden sagte sich, daß ‹das ja dann irgendwo doch raus müsse !› Wir *sind* nun einmal, seit der Pflanzen= oder Einzeller= oder Schnecken=Stufe, in 2 Geschlechter zerspalten – meinthalben so sehr à la Plato=Aristophanes wie man will – also aus Epochen her, die weit=weit vor jeglichem ‹Christentumb› liegen – so daß man eigentlich nur noch den Kopf schütteln kann, über WortZeugs, das mit Adjektiven wie ‹religiös› oder gar ‹kultisch› arbeitet)). Jedenfalls hat Verne sich als genötigt empfunden, diese, (seiner Empfindung nach ‹eine Lücke› ausfüllende) Fortsetzung zu schreiben; und seine ‹Sphinx de Glâce› kenn' ich selbstredend auch.)

2

Nun speziell zur ‹Reise zum Mittelpunkt der Erde›. Einige der Lokalitäten hat er gekannt : das alte Hamburg, in dessen Königstraße Nr. 19 er seinen Helden, den Professor Lidenbrock, wohnen läßt, (wie oft hab' ich nicht als Kind davorgestanden – man kam ganz schnell vom Gänsemarkt dorthin; es konnte aber auch Große Bleichen, oder der Jungfernstieg sein – und mich gewundert, daß keine Tafel das Haus ziere !). Schleswig=Holstein hat er, mit seiner langen Yacht, dem ‹Saint Michel iii› besucht, die Eider von W nach O durchfahren, und in Kiel geankert; (ich bin die Eider mehrfach, aus bekanntin eigenproduktiven Gründen, entlang gepilgramt); wie Axel, der Neffe des Prof., habe ich in Kopenhagen auf dem Kongens Nytorv gestanden, und am Turm der ‹vår Frälsers Kirk› hochgesehen; bin auf der Terrasse v Schloß Helsingör gewandelt, am ganzen Leibe uniformiert, (‹tis bitter cold, and I am sick at heart›). An literarischen Vorlagen, die Verne benützt hat, kenne ich Figuier, ‹La Terre avant le Déluge› (Paris 1862; ob er unsern alten deutschen Quenstedt benützte, ist strittig); die S. 109 erwähnte Olsen'sche Karte von Island besaß ich einst ebenso, wie seine Hauptquellen für die Schilderung des Landesinneren, (von denen Kerguelen, den Verne notorisch gut kannte, oft vergessen wird).

Jetzt, da ich dies schreibe, liegen 5 Ausgaben des Buches rechts & links neben der Maschine : das französische Original des Verlages Hetzel, (die ‹Textvarianten› sind noch nicht gesammelt; es gibt aber welche, wenn auch nur ganz geringfügiger Art). Drei deutsche Ausgaben : die alte ‹Parallelübersetzung› des Verlags Hartleben, (‹Wien. Pest. Leipzig.›; deswegen zu erwähnen, weil eine ganze, scheinbar selbständige Serie, erschienen in ‹Leipzig, bei Adolph Schumann›, identisch damit ist; man hat sogar denselben Satz benützt), die vermutlich, wie die meisten der Reihe von einem ‹Dr. K. Lanz› steif übertragen sein dürfte. Dann die durchaus leidliche Übersetzung von Walter Heichen (Druck und Verlag von A. Weichert, Berlin; die mich seit über 50 Jahren begleitet). Und endlich nun die neueste Diogenes=Übertragung, von Wille und Klau. (Das fünfte ist die englische ‹Everyman›=Übersetzung, ‹20.000 Leagues under the Sea›.)

Die neue, dankenswert mit den alten französischen Illustrationen versehene Übersetzungsreihe – was die alte Hartleben'sche freilich auch hatte; und sogar im doppelt so großen Format, dem des Originals, womit verglichen die jetzigen doch arg ‹verkleinert› und undeutlich wirken – ist bereits ausgiebig gelobt worden : ‹nur aus Zürich könne der deutsche Verne kommen›; man habe ‹in jedem Betracht philologische Akribie walten lassen› (Werner Helwig); die Ausgabe sei ‹in jeder Beziehung sorgfältig›; und schließlich erweist man auch mir in Prospekten und Klappentexten die Ehre, frühere Veröffentlichungen eideshelferisch zu zitieren – bin ich es ja wohl allmählich dem Käuferpublikum, wie auch mir selbst, schuldig geworden, einmal 1 Band des bisher Vorgelegten zu untersuchen – es stehen schließlich mein Geschmack und meine Urteilsfähigkeit auf dem Spiel.

3

Also einfach den Seiten nach.

Da gehört zum Nebenpersonal die Haushälterin Martha (warum hat man eigentlich nicht das ‹Marth*e*› des Originals belassen ?; siehe ‹Schwerdtlein›), das ‹alte Mädchen› (S. 5) – franz. eine ‹vieille servante›, also wohl eher ‹bejahrte Dienerin›; die Übersetzer gebärden sich leider oft burschikos. (Auch den Namen der ‹ersten Liebhaberin›, Gräuben, hat man in ‹Grete› umgewandelt).

S. 8 : Der Geolog L. ist mit einfachsten Hilfsmitteln ‹ein sehr starker Mann›; entsprechender wäre ‹war nicht zu schlagen›, bzw. ‹vollbrachte der Mann Wunderdinge›. Er macht, sehr charakteristisch, nicht ‹Riesenschritte› (S. 10); wohl aber solche von ‹mathematisch genau 3 Fuß Länge›. Er ist, zwar nicht in seinen ‹Mußestunden› (14) wohl aber in seinen ‹moments perdus›, seinen ‹verlorneren Momenten› Bibliomane; beherrscht auch so manche Sprache : ‹Nicht nur, daß er die 2.000 Sprachen und die 4.000 Dialekte, die es auf der Erde gibt, fließend sprach, er verstand auch sehr viel davon› – abgesehen von dem merkwürdigen, hier gemachten Unterschiede, heißt es im Original selbstverständlich ‹die 2.000 Sprachen und 4.000 Idiome, die auf unserm Globen im Schwange sind, sprach er freilich *nicht* geläufig; aber er kannte doch ein gut Teil davon›; (so ist das ja auch wahrscheinlicher). Da sitzt er also jetzt, in seinem ‹alles andere als senkrechten› Hause (im französischen : ‹der aplomb seiner Linien ließ zu wünschen übrig›), in seinen ‹Plüschsessel› (14) geworfen, (korrekt : ‹ein mit Utrechter Sammet ausgeschlagener Fauteuil›), und klappt ‹die vergilbte Schwarte, aus der ein ebenfalls vergilbtes Buchzeichen heraushing› auf und zu : ‹Scharteke› wäre besser; und Verne hat ‹jaunâtre› und ‹décoloré›; da sein Wortschatz notorisch begrenzt war, hätte man ihm das ‹verblichen, farblos geworden› doch wahrlich lassen können. Und der Neffe antwortet ‹mit der Begeisterung, die er von mir erwartete› ? : nein; wohl aber mit ‹erzwungenem Enthusiasmus› – Kleinigkeiten, gewiß; aber grad auf diesen beiden Seiten 14=15 finden sich 8 davon; (und wer ‹Großigkeiten› will, der lese nur weiter !) Aus dem Buch fällt das Pergament, das Anlaß zu der ganzen Reise wird ‹mein Onkel stürzte sich darauf›... – mal abgesehen davon, daß es der ‹Oheim› ist, heißt es ‹il se précipita sur ce brimborion›, gleich ‹stürzte sich auf den Bettel› (‹Quark› wäre schon zu schlaksig). Marthe unterbricht mit : ‹Das Essen ist angerichtet› – zu französisch : ‹Die Suppe steht auf dem Tisch›. Dann entziffert man weiter die ‹merkwürdigen Wörter› (25) : warum nicht das ‹barock› des Originals beibehalten ?

Axel denkt, in einer Dechiffrierpause an Spaziergänge mit seinem

Gretchen; man käme da an der ‹alten Mühle› vorbei – daß die zusätzlich ‹goudronné› ist, also ‹schwarzgetheert›, wird weggelassen – aber schon ruft ihn d Prof, zur Ordnung; und hier S. 28 oben, ist zum ersten obwohl nicht zum letzten Mal, ein ganzer kleiner Absatz ausgefallen; nach Zeile 4 möge der Benützer sich ad Rand schreiben : ‹So weit war ich in meinem Traum, als mein Onkel auf den Tisch schlug, und mich barsch wieder zur Besinnung brachte›. (Wie kümmerlich im Dialog so übersetzt ist, belege 29 : ‹Na, na›, sagte der Professor; franz. ‹Hein !› fit le professeur gleich ‹Holla !› machte der Professor). / Und damit man mir nicht, hinsichtlich ‹Auslassungen› kleinliche ‹KorinthenKackerei› vorwerfe, will ich gleich das dickste Exempel hier erwähnen : S. 274, in der ebenso schönen, wie schlecht übersetzten Halluzination Axel's steht's : ‹Das Leptothe=Herz allein schlägt in dieser entvölkerten Welt› – damit die Besitzer selbst der rarst=schönsten Nachschlagewerke nicht in Verzweiflung verfallen, will ich's gleich erklären; im Original geht das so : ‹Mich dünkt, als glitten am verschwommnen Gestade die gewaltigen Säugetiere der ersten Zeiten vorüber, das *Leptotherium*, das...› (*nun ist bei den Zürchern eine ganze Seite verschwunden* !; es geht, 33 Zeilen später, dann so weiter) : ‹...das ganze Leben der Erde vereinigt sich in meinem Gemüthe, und mein / *Herz schlägt allein*›. Man fragt sich : wird bei Diogenes denn keine Korrektur gelesen ? (In der gleichen Stelle noch mehrere Possen; ein fossiler Fisch wird gefangen, den ‹mein Onkel nicht erkennen› kann – es heißt natürlich ‹bestimmen›; und der GasNebel ist nicht bloß 14.000 mal größer als die Erde; sondern ‹vierzehnhundert=tausendmal›. Ich sprech's zwischendurch einfach 'mal aus : Alles ist so schnellfingrig=fantasielos geraten, die Unzulänglichkeit derart abscheulich, der Mangel an Einfühlungsvermögen so allumfassend, daß ich es mir für die Zukunft verbitten muß, mich auf Verlagsprospekten zum Appetitmachen anzuführen ! –

Weiter, S. 33 – (zur richtigen Begriffsbildung : ich ‹springe› ! Ich führe, von je 20 Zetteln, immer nur 1=2 vor.) – ein Mineralogen=Kollege hat ‹Geoden› geschickt : warum nicht das, so viel anschaulich schönere ‹Klappersteine› ? Axel's Pfeifenkopf zeigt eine ‹hingestreckte Najade› ? : sie ist ‹nonchalament étendue›, nachlässig=hingestreckt; und wird, im Bräunungsprozeß, allmählich zu ‹einer Negerin› : einer ‹negresse accomplie›; (um die Feinheit hervorzuheben, setze ich den englischen Ausdruck her ‹an accomplished negress›). / Nackte ‹Fehler› trifft man in peinlichem Überfluß; die ‹Schwäne« von 34=oben, sind ‹Störche›. Unschärfen ganzer Haufen : der ‹ähnliche Fall› von 42=Mitte, ist ein ‹Präzedenzfall›; (und die 6 Zeilen späteren Magenkrämpfe, ‹die für mich kleinen Vielfraß nicht gerade lustig waren›, heißen ehrlicher ‹die für einen Jüngling, von angemessen gefräßigem Naturell, nicht eben ein Labsal waren›... : ? – : ‹Dasselbe ?› : es ist eben *nicht*=dasselbe ! / S. 45 : der Professor ‹stürzte sich auf das Blatt Papier› ?; oh nein : ‹Wirren Blicks fiel er über das Blatt Papier her, und las, mit erregter Stimme...›. / S. 49 : ‹Glaubst Du, daß es so viel Verwegene gibt ?› – im Französischen steht : ‹daß die Zahl dieser Tollkühnen so groß sein würde ?› Aber der Prof. schickt ihn, überlegen, an das ‹zweite Fach des großen Bücherschranks› – ‹de la grande bibliotheque› : there is a difference. Man besieht sich die Island=Karte : ? : – und das dort ist der Sneffels ? : ‹Lui=même.› was nicht ‹Ja, der› wiederzugeben ist; sondern mit ‹Eben derselbe.› / S. 60 : ‹Ich eilte auf sie zu›; im Original : ‹Mit 10 Schritten war ich neben ihr.› / S. 63 : im Hause packt man schon; Axel erblickt : ‹eine Schar Dienstmänner, die alle möglichen Dinge *auf die Straße trugen*›; zu deutsch : ‹auf der Hausflur absetzten›. / S. 67 die kleine Gräuben ist so ruhig, als handle es sich nur um ‹eine Fahrt› nach Lübeck oder Helgoland – im Original ‹une promenade›, also ‹eine Spazierfahrt, einen Ausflug›. / Jegliche Seite 4 bis 5 Beanstandungen. / 73 : ‹mein Onkel hatte in seiner Hast übersehen› – das wäre witzlos; und es lautet denn auch im Original sarkastischer : er ‹hatte, in seiner überstürzten Eile, die Anschlußzeiten so genau berechnet› daß man natürlich alle Anschlüsse verpaßt. / 74 : der Prof. hätte dem Zug am liebsten ‹Beine gemacht› ?; ‹poussait le wagon avec ses pieds› : ich weiß wohl noch, wie unsre Eltern, während endloser Personenzugfahrten um 1920, uns Kinder damit beschäftigten, daß Wir ‹schieben helfen› sollten ! / 75 : ‹da der Prof. viele Sprachen beherrschte› : ‹in seiner Eigenschaft als Polyglott›; (umso richtiger, als im Stromboli=Finale, noch ein (letztes) Mal darauf zurückgekommen wird). / 76 : der kopenhagener Islandfahrer läßt sich, für die Überfahrt auf seinem ‹Kahn› – (in zürcher Anführungsstrichen) – gut bezahlen; französisch lediglich ‹sur son bâtiment›. / S. 77 : das ‹rote Dach›, unter dem die ‹Fregatten schlafen› frappiert den modernen Leser. / 78 : ‹Er befahl mir...›; : ‹ich erhielt Ordre, meine Schritte dorthin zu lenken›. / Man besteigt den schmalen=hohen KirchThurm : ‹Monte !› ruft der Professor : ‹Hinauf !›, (nicht ‹weiter› wie Diogenes will !) Und nicht ‹Ich schlug die Augen auf›; wohl aber ‹Je dus ouvrir les yeux› : ‹Ich mußte die Augen öffnen›. / Endlich embarkiert man sich : ‹Du wirst uns be*stimmt zustimmen*› : franz. : ‹tu nous approuverais sans doute› : ‹Du wirst uns zweifellos Beifall zollen›.

4

Wo anfangen, wo enden ? Ich führe nur noch ein paar der empfindlicheren Possen auf. / S. 85 : die ‹von den Südwestwinden zerklüftete Küste› ? : nein; sie ist ‹wildzerklüftet und von den SW Winden berannt›. Noch ehe mein Onkel ‹an Deck ging› ? : nein; er geht ‹von Bord› / S. 88 es ‹interessiert mich wenig› ? : ‹cela m'interesse médiocrement›; dh ‹nur mittelmäßig›. / Typisch das Verfahren des Verlages auf S. 92 unten, dies in 2 Zeilen zusammenzuquetschen : ‹Als ich in das Haus des Herrn Fridrickson zurückkam, fand ich meinen Onkel dort bereits vor.› – abgesehen davon, daß VERNE den Mann ‹Fridriksson› schreibt, fehlen sowohl das ‹après une bonne Promenade› – ‹nach einem ausgiebigen Spaziergang›; wie auch daß er den Onkel ‹schon in Gesellschaft unsres Wirtes› dort vorfindet – weil man damit auf die andre Seite gekommen wäre, hat man anderthalb Zeilen einfach weggeputzt. / S. 95 Der Onkel gehört (angeblich) ‹schon Hunderten von Wiss. Gesellsch.› an – franz. ‹une centaine› also ‹rund hundert› – und er nimmt Herrn F.'s Antrag ‹zu dessen Befriedigung... gern› an ? : nein; ‹huldvoll› nimmt er an, und F. ist darob ‹tief gerührt›. / S. 105 : ‹ein Thermometer vom jungen Boissonas› in Genf – sagen wir ‹B. junior›; es war ein berühmter Instrumentenmacher. / S. 154 das ‹Scheitern vor dem Ziel› ist natürlich ein ‹échouer au port›, also ‹im Hafen›. / S. 155 der Schatten des Scartaris zeichnet sich wie ‹eine spitze Gräte ab, und begann sich mit dem leuchtenden Gestein langsam zu drehen› ? : nein; allenfalls wohl ‹Grat› aber ‹Spitze› wäre noch besser; da die Sonne den Schatten wirft, ist statt ‹Gestein› ‹Gestirn› zu lesen. Und der Professor ruft erleichtert=begeistert : ‹Au centre du Globe !› also ‹Auf zum Mittelpunkt der Erde !›. Bei Diogenes freilich bemerkt er dämisch : ‹Da geht es zum MdE.› / S. 156 ‹bis jetzt war die Ermüdung schlimmer als die Schwierigkeiten› – ‹Strapazen› wäre besser. / S. 176 ist wieder ein Satz ausgefallen; hinter Zeile 11 ist einzusetzen ‹Bergauf ?› machte mein Oheim achselzuckend›. / S. 201, wo man im Innern d Erde Wasserrauschen vernimmt, ist das ‹Gebirgsbach› besonders bildstörend; im Original steht auch ‹torrent› dh ‹reißendes Wasser›. / S. 203 ‹Nichts ist gefährlicher› – wenn man wenigstens noch geschrieben hätte ‹war› gefährlicher; die korrekteste Übersetzung müßte lauten ‹nichts konnte ja riskanter sein›. / Besagtes Wasser ist auch heiß, und man ‹verbrannte› sich die Hände – sagn Wa ‹verbrühte›. / S. 218 Der Erdradius beträgt an dieser Stelle 1600 Meilen, und ‹davon haben wir *zwölfhundert* zurückgelegt ?› – wollen's kurz machen; es sind ‹douze›, ‹ein Dutzend›. / S. 247 ein Beispiel für das schnell=schlottrige Verfahren der Übersetzer : ‹Zuerst sah ich nichts. Ich kniff meine lichtentwöhnten Augen zu. Als ich sie wieder aufschlug, war ich mehr erschrocken als verwundert.› Dabei heißt es : ‹Meine des Lichts entwöhnten Augen schlossen sich jäh. Als ich sie wieder zu öffnen vermochte, war ich noch immer mehr bestürzt, als erstaunt›. / S. 254 ‹Es sind nur Pilze.› sagte er. Im Original : ‹Ce n'est qu'une forêt de champignons› : ‹Das ist nichts als ein Wald von Champignons›. Aber ‹eine tödliche Kälte ging von diesen Ungetümen aus›; im Original ‹voûtes charnues› : ‹Eine tödliche Kälte kam von diesen fleischigen Wölbungen hernieder.› / S. 256 Lepidodendren sieht man dort ‹mit zylindrischen geteilten Stengeln und langen rauhhaarigen Blättern› – korrekt : ‹mit dichotom verzweigten Stämmen, die in langen Blättern endigten, und von rauhem Haar strotzten wie ungeheuerliche Fettpflanzen› : dies verwünschte DrüberhinGehusche ! / S. 258 er setzt sich auf einen Felsvorsprung, unter dem die Wellen ‹venaient se briser avec fracas› – soll angeblich heißen ‹glucksten› ! Ein ‹sich tosend brachen› wäre angemessener. Und er fragt sich auch : ‹Würden wir je das andere Ufer kennen können ?› – mal abgesehen von dem klanglich schwer erträglichen ‹kennen=können› muß es auch heißen ‹zu Gesicht bekommen ?› / Einschiffung : ‹ein aus zwei zusammengebundenen *Stäben* hergestellter Mast› – es sind ‹Stangen›. Gegen Mittag trieben riesige Algen auf den Wellen : ‹ich wußte, wie gefährlich diese Pflanzen werden können›. Original : ‹Je connais la puissance végétative de ces plantes› : ‹ich kannte die vegetative Kraft dieser Pflanzen› / S. 276 ‹ich habe geträumt› – bei mir steht ‹ich habe eine momentane Halluzination gehabt› / 277 ‹Die Geschwindigkeit ist nicht zu klein, aber das Meer ist zu groß› – beide Male muß ein ‹*mir*› hinzugefügt werden, um den Sinn herauszuholen ! / 280 betrachtet er bestürzt die ‹Hacke› (mit der man eine Lotung im Meer vorgenommen hat) – es ist ein ‹barre de fer› ein Stück Eisen. Etwas später wird es sogar zur ‹angeknabberten Spitzhacke› : ‹demi rongé› mit ‹angeknabbert› wiederzugeben ! / 286 ‹daß unser Floß zigmal fast kentert› – das ist Schuljungen-Deutsch; im Original sind's ‹*zwan*=zig Mal›. ‹Man hört ein schrilles Pfeifen› – bei VERNE : ‹Zischen von fabelhaft durchdringender Schärfe läßt sich hören.› : diese Schludrigkeit ! / S. 296f. zieht ein Gewitter auf; und d Wolken sehen aus wie ‹dicke Wattebäusche› – wie ‹BaumwollBallen› ! ‹Nous aurons de l'orage› bemerkt denn auch Axel : ‹Wir bekommen ein Gewitter› – vielleicht wäre ‹Es wird Sturm setzen› vorzuziehen. ‹Allgemeines Schweigen. Auch der Wind schweigt.› – im Original ‹Silence général. Le vent se tait.› gleich : ‹Der Wind ist abgeflaut.› Die Haare sträuben sich, ‹wie wenn man sich einem Elektrogerät nähert› – es ist natürlich eine ‹ElektrisierMaschine›. (Wie heißt es in der Reklame ? doch nicht etwa, daß unsre Jugend sich an dergleichen naturwissenschaftlich bilden solle ?). Axel macht den Vorschlag, den Mast zu ‹fällen› – jeder Seemann hätte zumindest ‹kappen› gesagt; aber es heißt auch nur ‹abatton› also ‹umlegen, niederlegen›. ‹Das Floß wird emporgehoben und schwankt nach allen Seiten› : wie das Tempo verfehlt ist ! ‹Das Floß hebt sich; es hüpft förmlich !› ‹Mein Onkel ist der Länge nach hingefallen› ? nein : ‹umgeschleudert›. ‹Das Floß jagt mit einer Schnelligkeit dahin, die ich nicht schätzen kann› – im Original ‹die ich nicht zu schätzen vermag; aber noch immer nicht so reißend schnell, wie die Wassertropfen, die es verdrängt, und die in ihrer Geschwindigkeit schnurgerade Linien bilden.› : wieder 3 Zeilen gespart ! Aber anhalten will Niemand : ‹Nej›, sagt Hans, ‹sanft den Kopf schüttelnd.› Natürlich nicht sanft; sondern ‹doucement›, in diesem Falle ‹gemächlich›. Die Unbeholfenheit nimmt kein Ende ! : ‹Hans ist wie immer› ? : nein : ‹Hans nur ist der alte›. ‹Wir sollten unser Segel einholen› ? nein : ‹Das Segel muß herunter !› ‹Wir sind starr vor Schrecken› ? – nein : ‹zu Eis erstarrt›. Der Kugelblitz auf dem Floß ist so groß wie eine ‹Kanonenkugel› ? nein: wie eine ‹bombe de dix pouce› wie eine ‹zehnzöllige Bombe›. Die Blitze ‹wüten› ? : sie ‹züngeln durcheinander›. / ‹Wohin geht es nur ?› – hier hat das französische das unendlich viel stärkere : ‹Ou allons-nous ? Ou allons-nous› ? : ‹Wo fahren wir hin ? Wo fahren wir hin ?› / S. 309, Zeile 10 vu fehlt wieder eine Zeile : ‹Diese Heiterkeit war etwas arg !› –

5

Ich will nun ein Ende machen; aber Niemand wird hoffentlich daran zweifeln, daß ich noch 10 weitere Seiten mit Ausstellungen zu füllen vermöchte – schiebe ich also die hunderte von verbleibenden Zetteln einfach in mein Diogenes=Exemplar hinein; wo sie ruhen mögen, bis sich ein In't'ressent dafür finden wird.

Ein Resümee muß jedenfalls lauten : zumindest dieser eine Band der mit solcher Lautstärke ausposaunten Verne=Ausgabe – gerühmt von allen möglichen Leuten, (die sich anscheinend auch darin einig sind, nie eine andere Übersetzung, geschweige denn das französische Original in die Hand genommen zu haben) – ist ein kläglicher Rückschritt gegenüber den älteren deutschen Übertragungen, zumal der von Walter Heichen. Nicht nur, daß der Ton des Originals total verfehlt, und durch pueriles Geschnodder ersetzt worden ist : die reinen Fehler, richtiger schon ‹Böcke›, treten in solchen Hunderter=Rudeln auf, daß der Ausdruck ‹Stümperei› eine nicht mehr zu verantwortende Beschönigung darstellt.

Es steht nur zu hoffen, daß sich bald Jemand finden werde, der auch die andern, bisher vorgelegten Bände einmal genauer durchmusterte und uns über ihre Wertrelation dann des näheren unterrichtete.

ERSTVERÖFFENTLICHUNGEN

TOM ALL ALONE'S:
unter dem Titel *Bericht vom Nichtmörder. Charles Dickens* in Süddeutscher Rundfunk, 1. Programm, 1. Juli 1960, 22 h 30–23 h 40, Erstdruck unter dem Titel *Tom all alone's / Bericht vom Nicht-Mörder* in *Der Triton mit dem Sonnenschirm.* Karlsruhe: Stahlberg 1969, S. 100–152

ANGRIA & GONDAL:
Süddeutscher Rundfunk, 1. Programm, 1. Juli 1960, 22 h 30–23 h 40, Erstdruck in *Der Triton mit dem Sonnenschirm.* Karlsruhe: Stahlberg 1969, S. 6–49

DREI SCHWESTERN.:
Erstveröffentlichung

»DER TITEL ALLER TITEL!«:
unter dem Titel *Der Mann, der Wilkie Collins war* in Norddeutscher Rundfunk, 3. Programm, 18. April 1966, 21 h 05–22 h 05, Erstdruck unter dem Titel *»Der Titel aller Titel!«* in *Der Triton mit dem Sonnenschirm.* Karlsruhe: Stahlberg 1969, S. 154–192

ENTER CONTE FOSCO:
unter dem Titel *Wilkie Collins ist mitnichten tot* in ‹Die Welt› vom 14. Oktober 1965

SYLVIE & BRUNO:
in *Trommler beim Zaren.* Karlsruhe: Stahlberg 1966, S. 253–282

DIE 10 KAMMERN DES BLAUBART:
in ‹Die Andere Zeitung› vom 11. Januar 1962

VON DEUTSCHER ART UND KUNST:
in ‹Die Andere Zeitung› vom 25. November 1959

DICHTER & IHRE GESELLEN: JULES VERNE
unter dem Titel *Warum ich nicht wie Jules Verne schreibe* in Hessischer Rundfunk, 1. Programm, 7. November 1965, 10 h 05–10 h 35, Erstdruck unter dem Titel *Dichter & ihre Gesellen: Jules Verne* in *Trommler beim Zaren.* Karlsruhe: Stahlberg 1966, S. 321–340

DAS LEPTOTHE=HERZ:
in *Das Leptothe=Herz.* Zürich: Haffmans 1987, S. 190–212